瑞蘭國際

瑞蘭國際

法語動詞變化寶典

淡江大學法國語文學系榮譽教授
楊淑娟 著

序

學過法語的人士都會覺得它是一種很有魅力的語言，甚至會稱讚它是全世界最美麗的語言之一，那是因為該語言以柔和與具旋律感而聞名。然而，初學者經常會被既多又難的法語動詞變化和複雜的文法規則所困擾，導致影響學習之樂趣與成效。因此，本人想透過這本《法語動詞變化寶典》引領大家突破困境，達到更佳的學習境界。

本書共分兩部分：

第一部分：語氣、時態與規則

法文共有 6 種說話的語氣（mode）及 20 種時態（temps）：直陳式有 8 個時態，命令式有 2 個，虛擬式有 4 個，條件式、不定式及分詞式都各有 2 個。因為考量實用性，本人在《法語動詞變化寶典》裡，列出直陳式、命令式、虛擬式及條件式等 4 種說話的語氣及 11 個時態。除一般動詞外，只選擇直陳式、命令式 2 種說話的語氣及 5 個時態用於代動詞（verbes pronominaux）。書中針對 3 組動詞在說話的語氣及時態都作詳盡的規則說明，最後的「小提醒」作為學習祕訣，讓學習者對動詞變化規則一目了然。

因為動詞數量相當多，無法全部列出，因此，本書精選 150 個法語動詞，包括 130 個必學動詞（其中 16 個必背動詞）與 20 個必學代動詞。透過這些動詞變化，相信足以帶領學習者探索這美麗的法語世界。

第二部分：動詞變化與對話

每種語言都有其獨特性，中文的動詞不變化，但是法文的動詞則要隨著 6 個人稱的主詞、說話的語氣及事件發生的時間而變化。因此，學習者一開始學習法語就要將動詞變化視為該語言之特色，並找出學習方法才能事半功倍。

每個動詞變化之後，皆以一個簡短易懂的對話，增添背誦動詞變化之餘的一點學習樂趣。

在此，本人衷心感謝協助本書的朋友們：巴黎第三大學榮譽教授 Pierre-Edmond ROBERT 給予很多寶貴的意見、中央大學林德祐教授協助校稿。最後感謝瑞蘭國際有限公司的王愿琦、葉仲芸與潘治婷三位小姐大力協助出版此書。

淡江大學法國語文學系榮譽教授

楊淑娟

目錄

第一部分

語氣、時態與規則

1. 法語說話的語氣與時態（modes et temps）

法語共有 6 種說話的語氣及 20 種時態：直陳式（8 個時態）、命令式（2 個時態）、虛擬式（4 個時態）、條件式（2 個時態）、不定式（2 個時態）以及分詞式（2 個時態）。請看以下的介紹：

6 種說話的語氣	20 種時態
1. 直陳式（indicatif）	1. 現在時（présent） 2. 過去未完成時（imparfait） 3. 複合過去時（passé composé） 4. 愈過去時（plus-que-parfait） 5. 簡單未來時（futur simple） 6. 未來完成時（futur antérieur） 7. 簡單過去時（passé simple） 8. 過去完成時（passé antérieur）
2. 命令式（impératif）	9. 現在時（présent） 10. 過去時（passé）
3. 虛擬式（subjonctif）	11. 現在時（présent） 12. 過去時（passé） 13. 過去未完成時（imparfait） 14. 愈過去時（plus-que-parfait）
4. 條件式（conditionnel）	15. 現在時（présent） 16. 過去時（passé）
5. 不定式（infinitif）	17. 現在時（présent） 18. 過去時（passé）
6. 分詞式（participe）	19. 現在時（présent） 20. 過去時（passé）

因為直陳式的簡單過去時（passé simple）及過去完成時（passé antérieur）和虛擬式的過去未完成時（imparfait）及愈過去時（plus-que-parfait）都用於書寫，較常出現於文學作品中，因此在此不列出動詞變化。至於分詞式（participe）也是如同上述，而不定式（infinitif）的動詞變化非常簡單，在此也省略。

2. 法語動詞必學清單

2-1　必背的 16 個法語動詞：

aller（去）、avoir（有）、devoir（應該）、dire（說）、être（是）、faire（做）、finir（完成）、falloir（應該）、partir（離開）、pleuvoir（下雨）、pouvoir（可以）、prendre（拿、搭交通工具、點餐或飲料）、savoir（知道）、sortir（出去）、venir（來）、vouloir（想要）

2-2　必學的 20 個法語代動詞：

s'en aller（離開）、s'amuser（自娛）、s'arrêter（停止）、s'asseoir（坐下來）、se changer（換衣服）、se coiffer（梳頭髮）、se dépêcher（趕快）、se doucher（沖澡）、s'habiller（穿衣服）、s'installer（安頓）、s'intéresser (à)（感興趣）、se laver（梳洗）、se marier (avec)（結婚）、s'occuper (de)（照顧）、se promener（散步）、se réveiller（醒來）、se reposer（休息）、se servir (de)（使用）、se souvenir (de)（回憶）、se taire（閉嘴）

2-3 必學的 130 個法語動詞：

A	accepter（接受）、acheter（買）、adorer（熱愛）、aider（幫助）、aimer（愛）、aller（去）、amener（帶（人）來）、appeler（叫）、apporter（帶（東西）來）、apprendre（學習）、arriver（抵達）、attendre（等待）、avoir（有）
B	balayer（打掃）、boire（喝）
C	casser（打破）、chanter（唱歌）、chercher（尋找）、commencer（開始）、comprendre（了解）、conduire（開車）、connaître（認識）、construire（建造）、continuer（繼續）、couper（切）、courir（跑）、craindre（害怕、擔心）、croire（認為）
D	danser（跳舞）、décider（決定）、déjeuner（用午餐）、demander（詢問）、déménager（搬家）、descendre（下去）、dessiner（畫畫）、détester（討厭）、devenir（變成）、devoir（應該）、dîner（用晚餐）、dire（說）、donner（給）、dormir（睡覺）、douter（懷疑）
E	écouter（傾聽）、écrire（寫）、emmener（帶（人）走）、employer（使用）、emporter（帶（東西）走）、entendre（聽到）、entrer（進來）、envoyer（寄）、espérer（希望）、essayer（試）、étudier（學習）、être（是）、expliquer（解釋）
F	faire（做）、falloir（應該）、fermer（關）、finir（完成）
G	gagner（贏）、grandir（長高）、grossir（變胖）
H	habiter（居住）
I	inviter（邀請）
J	jeter（丟）、jouer（玩、演奏（樂器）、做（運動））
L	laver（用水洗）、lire（閱讀）
M	manger（吃）、marcher（走）、mettre（放、穿、戴）、monter（上去）、montrer（指出）
N	nager（游泳）、nettoyer（擦洗）
O	obéir（服從）、obtenir（獲得）、offrir（贈送）、oublier（忘記）、ouvrir（打開）
P	parler（說（話、語言））、partir（離開）、passer（度過）、payer（付錢）、penser（想、認為）、peindre（繪畫、粉刷）、perdre（遺失、失去）、permettre（允許）、plaire（取悅於某人）、pleurer（哭）、pleuvoir（下雨）、posséder（擁有）、pouvoir（可以）、préférer（比較喜歡）、prendre（拿、搭交通工具、點餐或飲料）、promettre（承諾）、prononcer（發音）、proposer（提議）
Q	quitter（離開）

R	recevoir（收到）、réfléchir（考慮）、refuser（拒絕）、regarder（注視）、regretter（後悔）、remplir（裝滿、填寫）、rencontrer（遇到）、rentrer（回家）、répondre（回答）、rester（留下來）、réussir（成功）
S	savoir（知道）、servir（供應）、sortir（出去）、souhaiter（祝福）、suivre（跟隨）
T	tenir（拿去、拿著）、terminer（結束）、tomber（跌倒）、traduire（翻譯）、travailler（工作）、trouver（找到）
U	utiliser（使用）
V	vendre（賣）、venir（來）、visiter（參觀）、vivre（生活）、voir（看到）、vouloir（想要）、voyager（旅行）

3. 法語動詞變化規則解說

3-1 直陳式現在時（Présent de l'indicatif）

首先介紹 avoir 及 être 在「直陳式現在時」的變化，之後會介紹法語三組動詞的變化規則。avoir 及 être 不僅是動詞，也扮演助動詞的角色。因此，要牢記它們的動詞變化，方能與其他時態配合與靈活運用。

avoir 有			
J' 我	ai	Nous 我們	avons
Tu 你、妳	as	Vous 您、你們、妳們	avez
Il / Elle 他、她	a	Ils / Elles 他們、她們	ont

être 是			
Je 我	suis	Nous 我們	sommes
Tu 你、妳	es	Vous 您、你們、妳們	êtes
Il / Elle 他、她	est	Ils / Elles 他們、她們	sont

1）第一組動詞（Verbes du 1er groupe en *-er*）

一般而言，凡是原形動詞字尾是以 ***-er*** 結尾，就屬於第一組動詞，當然也有特殊的情況。根據統計，90% 的動詞屬於第一組動詞（《*Nouvelle grammaire du français*》p.311），有 4,000 個動詞屬於這一組（辭典《*Le bon usage*》p.765）。第一組動詞的字尾有規則性的變化 ***-e, -es, -e, -ons, -ez, -ent***，以下列舉 8 個字首為子音的動詞，以說明這組的動詞變化。

a. 字首為子音的動詞

commencer 開始			
Je	commence	Nous	commençons
Tu	commences	Vous	commencez
Il / Elle	commence	Ils / Elles	commencent

在第一人稱複數變化時，若 *-c* 之後接 o，則必須將 *-c* → *-ç*。類似的動詞如：forcer（強制）、lancer（拋）、placer（置於）、prononcer（發音）、recommencer（重新開始）、renoncer（放棄）等。

jeter 丟			
Je	jette	Nous	jetons
Tu	jettes	Vous	jetez
Il / Elle	jette	Ils / Elles	jettent

在第一、二、三人稱單數及第三人稱複數變化時，必須重覆子音 *-t*。類似的動詞如：feuilleter（翻閱）、projeter（放映）、rejeter（否決）等。

manger 吃			
Je	mange	Nous	mangeons
Tu	manges	Vous	mangez
Il / Elle	mange	Ils / Elles	mangent

在第一人稱複數變化時，因發音的需求必須保留 *-e*。類似的動詞如：aménager（布置）、arranger（安排）、bouger（動）、changer（改變）、charger（委託）、corriger（改正）、déménager（搬家）、déranger（打擾）、diriger（領導）、engager（著手進行）、loger（住宿）、mélanger（混合）、nager（游泳）、partager（分享）、plonger（潛水）、protéger（保護）、ranger（整理）、rédiger（撰寫）、voyager（旅行）等。

payer 付錢			
Je	paie / paye	Nous	payons / payons
Tu	paies / payes	Vous	payez / payez
Il / Elle	paie / paye	Ils / Elles	paient / payent

在第一、二、三人稱單數及第三人稱複數變化時，表中兩種寫法都可以使用：***-yer* → *-ie*** 或 ***-yer* → *-ye***。但是第一及第二人稱複數還是保留 ***-y***。類似的動詞如：balayer（掃地）、bégayer（口吃）、rayer（除去）等。

nettoyer 擦洗			
Je	nettoie	Nous	nettoyons
Tu	nettoies	Vous	nettoyez
Il / Elle	nettoie	Ils / Elles	nettoient

在第一、二、三人稱單數及第三人稱複數變化時，必須將 ***-oyer* → *-oie, -oies*, *-oie, -oient***；但是第一及第二人稱複數還是保留 ***-y***。類似的動詞如：se noyer（溺水）、renvoyer（差遣）、se tutoyer（互相以你稱呼）、se vouvoyer（互相以您稱呼）等。

préférer 比較喜歡			
Je	préfère	Nous	préférons
Tu	préfères	Vous	préférez
Il / Elle	préfère	Ils / Elles	préfèrent

在第一、二、三人稱單數及第三人稱複數變化時，必須將倒數第二個音節 ***-é* → *-è***。類似的動詞如：célébrer（慶祝）、céder（讓步）、compléter（補足）、gérer（掌管）、libérer（釋放）、modérer（現代化）、pénétrer（潛入）、posséder（擁有）、précéder（在之前）、procéder（進行）、récupérer（收回）、régler（付錢）、répéter（重複）、sécher（弄乾）、succéder（繼承）、suggérer（提議）、tolérer（忍耐）、transférer（轉）等。

peser 稱重			
Je	pèse	Nous	pesons
Tu	pèses	Vous	pesez
Il / Elle	pèse	Ils / Elles	pèsent

在第一、二、三人稱單數及第三人稱複數變化時，必須將倒數第二個音節 ***-e* → *-è***。類似的動詞如：lever（舉起）、mener（帶）、promener（帶人去散步）、se lever（站起來、起床）、se promener（自己去散步）、ramener（帶回來）、relever（扶起）、semer（播種）、soulever（抬起）等。

rappeler 回電話給某人			
Je	rappelle	Nous	rappelons
Tu	rappelles	Vous	rappelez
Il / Elle	rappelle	Ils / Elles	rappellent

在第一、二、三人稱單數及第三人稱複數變化時，必須重覆子音 ***-l***。類似的動詞如：ficeler（用繩捆綁）、renouveler（換新）、ruisseler（溪水般地流動）等。

例外：雖然 geler（結凍）是以 ***-eler*** 結尾的動詞，但其變化不能跟 rappeler 一樣，而是在第一、二、三人稱單數及第三人稱複數變化時將 ***-e* → *-è***，例如：Je gèle、Tu gèles、Il / Elle gèle、Nous gelons、Vous gelez、Ils / Elles gèlent。因此，這個動詞的變化是例外的情況。類似的動詞如：congeler（冷凍）、décongeler（解凍）、dégeler（使融化）、harceler（騷擾）、peler（削）、surgeler（快速冷凍）等。

b. 字首為母音的動詞

凡是字首為母音起首或字首 h 不發音的動詞，與主詞 Je 連用時，必須將 e 省略，並在主詞 J 的右上角加上撇號「'」，Je → J'。例如：

J'achète、J'aime、J'annonce、J'appelle、J'envoie、J'essuie、J'essaie、J'espère、J'emmène、J'interroge、J'habite 等。

連音：凡是字首為母音起首的動詞，與第三人稱單複數及第一、二人稱複數連用時，要注意發音的連音問題。例如：

Il‿aime、Elle‿aime、Nous‿aimons、Vous‿aimez、Ils‿aiment、Elles‿aiment

Il‿habite、Elle‿habite、Nous‿habitons、Vous‿habitez、Ils‿habitent、Elles‿habitent

以下列舉 10 個字首為母音的動詞，以說明這組的動詞變化。

acheter 買			
J'	achète	Nous	achetons
Tu	achètes	Vous	achetez
Il / Elle	achète	Ils / Elles	achètent

雖然 acheter 是以 ***-eter*** 結尾的動詞，但其變化不能跟 jeter 一樣（請參考字首為子音的動詞「jeter」p.17），而是在第一、二、三人稱單數及第三人稱複數變化時將 ***-e*** → ***-è***。因此，這個動詞的變化是例外的情況。

aimer 愛			
J'	aime	Nous	aimons
Tu	aimes	Vous	aimez
Il / Elle	aime	Ils / Elles	aiment

annoncer 宣布			
J’	annonce	Nous	annonçons
Tu	annonces	Vous	annoncez
Il / Elle	annonce	Ils / Elles	annoncent

與動詞 commencer 用法相同（請參考字首為子音的動詞「commencer」p.17），在第一人稱複數變化時，若 *-c* 之後接 o，則必須將 *-c* → *-ç*。類似的動詞如：avancer（前進）。

appeler 叫			
J’	appelle	Nous	appelons
Tu	appelles	Vous	appelez
Il / Elle	appelle	Ils / Elles	appellent

與動詞 rappeler 用法相同（請參考字首為子音的動詞「rappeler」p.19），在第一、二、三人稱單數及第三人稱複數變化時，必須重覆子音 *-l*。類似的動詞如：épeler（拼寫）、étinceler（閃爍）等。

envoyer 寄			
J’	envoie	Nous	envoyons
Tu	envoies	Vous	envoyez
Il / Elle	envoie	Ils / Elles	envoient

與動詞 nettoyer 用法相同（請參考字首為子音的動詞「nettoyer」p.18），在第一、二、三人稱單數及第三人稱複數變化時，必須將 *-oyer* → *-oie*, *-oies*, *-oie*, *-oient*；但是第一及第二人稱複數還是保留 *-y*。類似的動詞如：aboyer（吠）、employer（使用）等。

essayer 試			
J'	essaie / essaye	Nous	essayons
Tu	essaies / essayes	Vous	essayez
Il / Elle	essaie / essaye	Ils / Elles	esssaient / essayent

與動詞payer用法相同（請參考字首為子音的動詞「payer」p.18），在第一、二、三人稱單數及第三人稱複數變化時，表中兩種寫法都可以：***-yer*** → ***-ie***或***-yer*** → ***-ye***；但是第一及第二人稱複數還是保留 ***-y***。類似的動詞如：effrayer（讓人害怕）。

essuyer 擦乾			
J'	essuie	Nous	essuyons
Tu	essuies	Vous	essuyez
Il / Elle	essuie	Ils / Elles	essuient

在第一、二、三人稱單數及第三人稱複數變化時，必須將 ***-uyer*** → ***-uie***, ***-uies***, ***-uie***, 7-***uient***；但是第一及二人稱複數還是保留 ***-y***。類似的動詞如：appuyer（按）、ennuyer（使感到無聊）等。

espérer 希望			
J'	espère	Nous	espérons
Tu	espères	Vous	espérez
Il / Elle	espère	Ils / Elles	espèrent

與動詞 préférer 用法相同（請參考字首為子音的動詞「préférer」p.18），在第一、二、三人稱單數及第三人稱複數變化時，必須將倒數第二個音節 ***-é*** → ***-è***。類似的動詞如：accéder（到達）、accélérer（加速）、adhérer（加入會員）、aérer（空氣流通）、élever（提高）、exagérer（誇大）、insérer（插入）、intégrer（納入）、interpréter（解釋）、inquiéter（擔心）、opérer（開刀）等。

emmener 帶（人）走			
J’	emmène	Nous	emmenons
Tu	emmènes	Vous	emmenez
Il / Elle	emmène	Ils / Elles	emmènent

與動詞peser用法相同（請參考字首為子音的動詞「peser」p.19），在第一、二、三人稱單數及第三人稱複數變化時，必須將倒數第二個音節 ***-e*** → ***-è***。類似的動詞如：achever（完成）、amener（帶來）、enlever（除去）等。

interroger 質問			
J’	interroge	Nous	interrogeons
Tu	interroges	Vous	interrogez
Il / Elle	interroge	Ils / Elles	interrogent

與動詞 manger 用法相同（請參考字首為子音的動詞「manger」p.17）。在第一人稱複數變化時，因發音的需求必須保留 ***-e***。類似的動詞如：exiger（嚴格要求）、obliger（強迫）等。

例外：

aller 去			
Je	vais	Nous	allons
Tu	vas	Vous	allez
Il / Elle	va	Ils / Elles	vont

2）第二組動詞（Verbes du 2ème groupe en *-ir*）

一般而言，凡是原形動詞的詞尾以 ***-ir*** 結尾，以及現在分詞以 ***-issant*** 結尾的動詞，都屬於第二組動詞。根據統計，大約有 300 多個動詞都屬於第二組動詞（《*Nouvelle grammaire du français*》p.311）。這一組動詞的字尾有規則性的變化 ***-is, -is, -it, -issons, -issez, -issent***，以下列舉 3 個動詞以說明這組的動詞變化。

choisir 選擇			
Je	choisis	Nous	choisissons
Tu	choisis	Vous	choisissez
Il / Elle	choisit	Ils / Elles	choisissent

finir 完成			
Je	finis	Nous	finissons
Tu	finis	Vous	finissez
Il / Elle	finit	Ils / Elles	finissent

obéir 服從			
J'	obéis	Nous	obéissons
Tu	obéis	Vous	obéissez
Il / Elle	obéit	Ils / Elles	obéissent

其他較常用的動詞：abolir（摧毀）、aboutir（達到）、accomplir（完成）、affaiblir（使衰弱）、agir（行動）、agrandir（擴大）、amincir（使變瘦）、applaudir（鼓掌）、approfondir（加深）、assoupir（使緩和）、atterrir（降落）、avertir（通知）、bâtir（建造）、blanchir（使變白）、convertir（兌換）、définir（下定義）、démolir（拆毀）、désobéir（不服從）、éclaircir（使晴朗）、enrichir（使富有）、envahir（侵占）、établir（設立）、fleurir（開花）、fraîchir（天氣轉涼）、garantir（保證）、grandir（長高）、grossir（變胖）、

guérir（治癒）、haïr（恨）、investir（投資）、jaunir（變黃）、maigrir（變瘦）、mûrir（使成熟）、noircir（變黑）、nourrir（養活）、pâlir（臉色變得蒼白）、punir（處罰）、raccourcir（縮短）、rafraîchir（使涼爽）、rajeunir（使年輕）、ralentir（減速）、réfléchir（考慮）、remplir（裝滿）、réjouir（使高興）、réunir（使聚集）、réussir（獲得成功）、rougir（變紅）、rôtir（烤）、saisir（抓住）、salir（弄髒）、unir（連接）、vieillir（變老）、vomir（嘔吐）等。

3）第三組動詞（**Verbes du 3ème groupe en *-ir, -ire, -ure, -uire, -ivre, -uivre, -aire, -endre, -ondre, -erdre, -ordre, -oudre, -aindre, -eindre, -oindre, -ttre, -aître, -oir, -oire, -pre, -cre,* etc.**）

一般而言，屬於第三組動詞的詞尾很多（如上列）。根據統計，有 370 個動詞屬於第三組動詞（《*Nouvelle grammaire du français*》p.311）。雖然詞根變化多，但是這一組動詞的詞尾變化大都還是有規則性，以 ***-s, -s, -t, -ons, -ez, -ent*** 或是以 ***-ds, -ds, -d, -ons, -ez, -ent*** 作為結尾。以下先列舉 8 個動詞以說明這組的變化，接著再詳述其他第三組動詞。

dormir 睡覺			
Je	dors	Nous	dormons
Tu	dors	Vous	dormez
Il / Elle	dort	Ils / Elles	dorment

écrire 寫			
J’	écris	Nous	écrivons
Tu	écris	Vous	écrivez
Il / Elle	écrit	Ils / Elles	écrivent

conduire 開車			
Je	conduis	Nous	conduisons
Tu	conduis	Vous	conduisez
Il / Elle	conduit	Ils / Elles	conduisent

vivre 生活			
Je	vis	Nous	vivons
Tu	vis	Vous	vivez
Il / Elle	vit	Ils / Elles	vivent

attendre 等待			
J’	attends	Nous	attendons
Tu	attends	Vous	attendez
Il / Elle	attend	Ils / Elles	attendent

peindre 繪畫、粉刷			
Je	peins	Nous	peignons
Tu	peins	Vous	peignez
Il / Elle	peint	Ils / Elles	peignent

mettre 放、穿、戴			
Je	mets	Nous	mettons
Tu	mets	Vous	mettez
Il / Elle	met	Ils / Elles	mettent

voir 看到			
Je	vois	Nous	voyons
Tu	vois	Vous	voyez
Il / Elle	voit	Ils / Elles	voient

為了幫助學習者更有效率地學習第三組動詞變化，在此試著將結尾相同的第三組動詞列出。本人參考過多本動詞變化的解說，雖然有些動詞的詞根有變化，但是詞尾還是有規則性的。以下於每種情況舉出一個動詞變化作為例子，同時也列出變化相同的動詞。

a. 動詞以 *-ir* 結尾→詞尾 *-s, -s, -t, -ons, -ez, -ent*

	dormir 睡覺	**courir** 跑	**sortir** 出去	**servir** 供應
Je	dors	cours	sors	sers
Tu	dors	cours	sors	sers
Il / Elle	dort	court	sort	sert
Nous	dormons	courons	sortons	servons
Vous	dormez	courez	sortez	servez
Ils / Elles	dorment	courent	sortent	servent
	其他： s'endormir 入睡 se rendormir 重新入睡	其他： parcourir 走遍 secourir 援救	其他： mentir 欺騙 partir 離開 sentir 聞 se sentir 感覺	其他： resservir 再供應 se servir 使用

	soutenir 支持	venir 來	acquérir 獲得	bouillir 煮沸
Je / J’	soutiens	viens	acquiers	bous
Tu	soutiens	viens	acquiers	bous
Il / Elle	soutient	vient	acquiert	bout
Nous	soutenons	venons	acquérons	bouillons
Vous	soutenez	venez	acquérez	bouillez
Ils / Elles	soutiennent	viennent	acquièrent	bouillent
	其他： appartenir 屬於 contenir 包含 entretenir 保養 maintenir 維持 obtenir 獲得 tenir 拿去、拿著 retenir 留住	其他： convenir 適合 devenir 變成 intervenir 介入 parvenir 達到 prévenir 通知 provenir 來自 revenir 再回來 se souvenir 回憶	其他： conquérir 征服	

	fuir 逃跑	mourir 死亡
Je	fuis	meurs
Tu	fuis	meurs
Il / Elle	fuit	meurt
Nous	fuyons	mourons
Vous	fuyez	mourez
Ils / Elles	fuient	meurent

例外：動詞以 *-ir* 結尾 → 詞尾 *-e, -es, -e, -ons, -ez, -ent*

	accueillir 歡迎	ouvrir 打開
Je / J'	accueille	ouvre
Tu	accueilles	ouvres
Il / Elle	accueille	ouvre
Nous	accueillons	ouvrons
Vous	accueillez	ouvrez
Ils / Elles	accueillent	ouvrent
	其他： cueillir 採摘 recueillir 收集	其他： couvrir 覆蓋 se couvrir 穿衣服 découvrir 發現 offrir 贈送 souffrir 受苦

b. 動詞以 *-ire* 結尾 → 詞尾 *-s, -s, -t, -ons, -ez, -ent*

	décrire 描寫	**interdire** 禁止	**rire** 大笑	例外 **dire** 說
Je / J'	décris	interdis	ris	dis
Tu	décris	interdis	ris	dis
Il / Elle	décrit	interdit	rit	dit
Nous	décrivons	interdisons	rions	disons
Vous	décrivez	interdisez	riez	dites
Ils / Elles	décrivent	interdisent	rient	disent
	其他： écrire 寫 inscrire 登記 prescrire 開處方 transcrire 標注	其他： contredire 與……相反 élire 選舉 lire 閱讀 prédire 預言 suffire 足夠	其他： sourire 微笑	

c. 動詞以 *-ure, -uire, -ivre, -uivre, -aire* 結尾

→ 詞尾 *-s, -s, -t, -ons, -ez, -ent*

	conclure 結論	**conduire** 開車	**vivre** 生活	**suivre** 跟隨	**plaire** 取悅於某人
Je / J’	conclus	conduis	vis	suis	plais
Tu	conclus	conduis	vis	suis	plais
Il / Elle	conclut	conduit	vit	suit	plaît
Nous	concluons	conduisons	vivons	suivons	plaisons
Vous	concluez	conduisez	vivez	suivez	plaisez
Ils / Elles	concluent	conduisent	vivent	suivent	plaisent
	其他： inclure 包含	其他： construire 建造 cuire 煮 détruire 破壞 introduire 把……插進 produire 出產 réduire 減少 séduire 誘惑 traduire 翻譯	其他： survivre 倖存	其他： poursuivre 追趕	其他： déplaire 使人不高興 se taire 閉嘴

d. 動詞以 *-endre, -ondre, -erdre* 結尾 → 詞尾 *-ds, -ds, -d, -ons, -ez, -ent*

	entendre **聽到**	**prendre** **拿**	**répondre** **回答**	**perdre** **遺失、失去**
Je / J'	entends	prends	réponds	perds
Tu	entends	prends	réponds	perds
Il / Elle	entend	prend	répond	perd
Nous	entendons	prenons	répondons	perdons
Vous	entendez	prenez	répondez	perdez
Ils / Elles	entendent	prennent	répondent	perdent
	其他： attendre 等待 défendre 禁止 dépendre 取決於 descendre 下去 étendre 展開 pendre 吊 prétendre 認為 rendre 還 suspendre 暫停 tendre 伸出 vendre 賣	其他： apprendre 學習 comprendre 了解 entreprendre 進行 surprendre 使驚訝	其他： confondre 混淆 correspondre 符合 fondre 使融化 pondre 下蛋 tondre 修剪	其他： reperdre 再次遺失、失去

e. 動詞以 *-ordre, -oudre* 結尾 → 詞尾 *-ds, -ds, -d, -ons, -ez, -ent*

	mordre 咬	**coudre** 縫紉	**moudre** 磨	例外 **résoudre** 解決
Je	mords	couds	mouds	résous
Tu	mords	couds	mouds	résous
Il / Elle	mord	coud	moud	résout
Nous	mordons	cousons	moulons	résolvons
Vous	mordez	cousez	moulez	résolvez
Ils / Elles	mordent	cousent	moulent	résolvent
	其他： tordre 使彎曲			

f. 動詞以 *-aindre, -eindre, -oindre, -ttre* 結尾

→ 詞尾 *-s, -s, -t, -ons, -ez, -ent*

	craindre 害怕	**éteindre** 關（燈）	**rejoindre** 會合	**permettre** 允許
Je / J'	crains	éteins	rejoins	permets
Tu	crains	éteins	rejoins	permets
Il / Elle	craint	éteint	rejoint	permet
Nous	craignons	éteignons	rejoignons	permettons
Vous	craignez	éteignez	rejoignez	permettez
Ils / Elles	craignent	éteignent	rejoignent	permettent
	其他： plaindre 同情	其他： atteindre 到達 peindre 繪畫、粉刷 repeindre 重新畫、重新粉刷 teindre 染	其他： joindre 附加	其他： admettre 承認 battre 打 combattre 作戰 commettre 犯錯 mettre 放、穿、戴 remettre 放回 transmettre 傳達

g. 動詞以 *-aître, -oir* 結尾 → 詞尾 *-s, -s, -t, -ons, -ez, -ent*

	connaître 認識	**recevoir** 收到	**voir** 看到
Je / J'	connais	reçois	vois
Tu	connais	reçois	vois
Il / Elle	connaît	reçoit	voit
Nous	connaissons	recevons	voyons
Vous	connaissez	recevez	voyez
Ils / Elles	connaissent	reçoivent	voient
	其他： apparaître 出現 disparaître 消失 naître 出生 paraître 顯得 reconnaître 認出	其他： apercevoir 瞥見 concevoir 構想 décevoir 使失望	其他： revoir 再看到 prévoir 預測

h. 動詞以 *-oire, -pre* 結尾 → 詞尾 *-s, -s, -t, -ons, -ez, -ent*

動詞以 *-cre* 結尾 → 詞尾 *-s, -s, -c, -ons, -ez, -ent*

	croire 認為	**rompre** 中斷	**convaincre** 說服
Je / J'	crois	romps	convaincs
Tu	crois	romps	convaincs
Il / Elle	croit	rompt	convainc
Nous	croyons	rompons	convainquons
Vous	croyez	rompez	convainquez
Ils / Elles	croient	rompent	convainquent
		其他： interrompre 打斷	其他： vaincre 戰勝

i. 不規則的第三組動詞

	boire 喝	**devoir** 應該	**faire** 做	**pouvoir** 可以	**savoir** 知道	**vouloir** 想要	**valoir** 價值
Je	bois	dois	fais	peux	sais	veux	vaux
Tu	bois	dois	fais	peux	sais	veux	vaux
Il / Elle	boit	doit	fait	peut	sait	veut	vaut
Nous	buvons	devons	faisons	pouvons	savons	voulons	valons
Vous	buvez	devez	faites	pouvez	savez	voulez	valez
Ils / Elles	boivent	doivent	font	peuvent	savent	veulent	valent

j. 只用於第三人稱（非人稱）單數的兩個動詞變化

	falloir 應該	**pleuvoir** 下雨
Je		
Tu		
Il	faut	pleut
Nous		
Vous		
Ils / Elles		

小提醒：

綜合以上三組動詞在「直陳式現在時」的變化，可以得出以下結論：

1. 絕大部分動詞的字尾變化有規則可循，有些詞根依然要變化。但是有一些例外的情況，因此，學習者只能下功夫反覆背熟。
2. 法文動詞變化複雜，學習者要先**背熟「直陳式現在時」**，因為「**命令式現在時**」、「**直陳式過去未完成時**」及「**虛擬式現在時**」都與「**直陳式現在時**」有關係。

3-2 直陳式過去未完成時（Imparfait de l'indicatif）

「直陳式過去未完成時」的動詞變化有規則可循，不需與助動詞配合。首先介紹 avoir 及 être 的動詞變化，之後介紹三組動詞的變化規則。

avoir 有			
J'	avais	Nous	avions
Tu	avais	Vous	aviez
Il / Elle	avait	Ils / Elles	avaient

être 是			
J'	étais	Nous	étions
Tu	étais	Vous	étiez
Il / Elle	était	Ils / Elles	étaient

1) 第一組動詞（Verbes du 1er groupe en *-er*）

將動詞變化成「直陳式現在時」的第一人稱複數時，必須先將詞尾 ***-ons*** 刪除，再加上 ***-ais, -ais, -ait, -ions, -iez, -aient***。以下列舉 3 個動詞為例：

entrer 進來（Nous entr**ons**）			
J'	entrais	Nous	entrions
Tu	entrais	Vous	entriez
Il / Elle	entrait	Ils / Elles	entraient

manger 吃（Nous mange**ons**）			
Je	mangeais	Nous	mangions
Tu	mangeais	Vous	mangiez
Il / Elle	mangeait	Ils / Elles	mangeaient

se lever 起床、站起來（**Nous nous levons**）			
Je me	levais	Nous nous	levions
Tu te	levais	Vous vous	leviez
Il / Elle se	levait	Ils / Elles se	levaient

2) 第二組動詞（Verbes du 2ème groupe en *-ir*）

如上述第一組動詞的變化，將動詞變化成「直陳式現在時」的第一人稱複數時，必須先將詞尾 ***-ons*** 刪除，再加上 ***-ais, -ais, -ait, -ions, -iez, -aient***。以下列舉 3 個動詞為例：

choisir 選擇（Nous choisiss**ons**）			
Je	choisissais	Nous	choisissions
Tu	choisissais	Vous	chsoisissiez
Il / Elle	choisissait	Ils / Elles	chsoisissaient

finir 完成（Nous finiss**ons**）			
Je	finissais	Nous	finissions
Tu	finissais	Vous	finissiez
Il / Elle	finissait	Ils / Elles	finissaient

obéir 服從（Nous obéiss**ons**）			
J’	obéissais	Nous	obéissions
Tu	obéissais	Vous	obéissiez
Il / Elle	obéissait	Ils / Elles	obéissaient

3）第三組動詞（Verbes du 3ème groupe en *-ir, -ire, -ure, -uire, -ivre, -uivre, -aire, -endre, -ondre, -erdre, -ordre, -oudre, -aindre, -eindre, -oindre, -ttre, -aître, -oir, -oire, -pre, -cre,* etc.）

雖然第三組的動詞字尾有如此地多，但是只要將這一組結尾相同的動詞整理出來，學習起來就比較容易。再次列出在「3-1 直陳式現在時」所看過的第三組動詞（p.25 ～ p.37）。如上述第一、二組動詞的變化，將動詞變化成「直陳式現在時」的第一人稱複數時，必須先將詞尾 ***-ons*** 刪除，再加上 ***-ais, -ais, -ait, -ions, -iez, -aient***。

a. 動詞以 *-ir* 結尾

	courir **跑** （Nous couro**ns**）	**appartenir** **屬於** （Nous apparteno**ns**）	**venir** **來** （Nous veno**ns**）	**acquérir** **獲得** （Nous acquéro**ns**）
Je / J'	courais	appartenais	venais	acquérais
Tu	courais	appartenais	venais	acquérais
Il / Elle	courait	appartenait	venait	acquérait
Nous	courions	appartenions	venions	acquérions
Vous	couriez	apparteniez	veniez	acquériez
Ils / Elles	couraient	appartenaient	venaient	acquéraient
	其他： dormir 睡覺 mentir 欺騙 parcourir 走遍 partir 離開 sentir 聞 servir 供應 sortir 出去	其他： contenir 包含 entretenir 保養 maintenir 維持 obtenir 獲得 tenir 拿去、拿著 retenir 留住 soutenir 支持	其他： convenir 適合 devenir 變成 intervenir 介入 parvenir 達到 prévenir 通知 provenir 來自 revenir 再回來 se souvenir 回憶	其他： conquérir 征服

	fuir 逃跑 （Nous fuy**ons**）	**mourir** 死亡 （Nous mour**ons**）	**accueillir** 歡迎 （Nous accueill**ons**）	**ouvrir** 打開 （Nous ouvr**ons**）
Je / J'	fuyais	mourais	accueillais	ouvrais
Tu	fuyais	mourais	accueillais	ouvrais
Il / Elle	fuyait	mourait	accueillait	ouvrait
Nous	fuyions	mourions	accueillions	ouvrions
Vous	fuyiez	mouriez	accueilliez	ouvriez
Ils / Elles	fuyaient	mouraient	accueillaient	ouvraient
			其他： cueillir 採摘 recueillir 收集	其他： couvrir 覆蓋 se couvrir 穿衣服 découvrir 發現 offrir 贈送 souffrir 受苦

b. 動詞以 *-ire* 結尾

	décrire 描寫 （Nous décriv**ons**）	**lire** 閱讀 （Nous lis**ons**）	**rire** 大笑 （Nous ri**ons**）
Je / J'	décrivais	lisais	riais
Tu	décrivais	lisais	riais
Il / Elle	décrivait	lisait	riait
Nous	décrivions	lisions	riions
Vous	décriviez	lisiez	riiez
Ils / Elles	décrivaient	lisaient	riaient
	其他： écrire 寫 inscrire 登記 prescrire 開處方 transcrire 標注	其他： contredire 與……相反 dire 說 élire 選舉 interdire 禁止 prédire 預言 suffire 足夠	其他： sourire 微笑

c. 動詞以 *-ure, -uire, -ivre, -uivre* 結尾

	conclure 結論 （Nous conclu**ons**）	**conduire** 開車 （Nous conduis**ons**）	**vivre** 生活 （Nous viv**ons**）	**suivre** 跟隨 （Nous suiv**ons**）
Je / J'	concluais	conduisais	vivais	suivais
Tu	concluais	conduisais	vivais	suivais
Il / Elle	concluait	conduisait	vivait	suivait
Nous	concluions	conduisions	vivions	suivions
Vous	concluiez	conduisiez	viviez	suiviez
Ils / Elles	concluaient	conduisaient	vivaient	suivaient
	其他： inclure 包含	其他： construire 建造 cuire 煮 détruire 破壞 introduire 把……插進 produire 出產 réduire 減少 séduire 誘惑 traduire 翻譯	其他： survivre 倖存	其他： poursuivre 追趕

d. 動詞以 *-aire, -endre, -ondre* 結尾

	plaire 取悅於某人 （Nous plais**ons**）	**ent**endre 聽到 （Nous entend**ons**）	**pr**endre 拿 （Nous pren**ons**）	**rép**ondre 回答 （Nous répond**ons**）
Je / J'	plaisais	entendais	prenais	répondais
Tu	plaisais	entendais	prenais	répondais
Il / Elle	plaisait	entendait	prenait	répondait
Nous	plaisions	entendions	prenions	répondions
Vous	plaisiez	entendiez	preniez	répondiez
Ils / Elles	plaisaient	entendaient	prenaient	répondaient
	其他： déplaire 使人不高興 se taire 閉嘴	其他： attendre 等待 défendre 禁止 dépendre 取決於 descendre 下去 étendre 展開 pendre 吊 prétendre 認為 rendre 還 suspendre 暫停 tendre 伸出 vendre 賣	其他： apprendre 學習 comprendre 了解 entreprendre 進行 surprendre 使驚訝	其他： confondre 混淆 correspondre 符合 fondre 使融化 pondre 下蛋 tondre 修剪

e. 動詞以 *-erdre, -ordre, -oudre* 結尾

	perdre 遺失、失去 （Nous perd**ons**）	**mordre** 咬 （Nous mord**ons**）	**coudre** 縫紉 （Nous cous**ons**）	**moudre** 磨 （Nous moul**ons**）	**résoudre** 解決 （Nous résolv**ons**）
Je	perdais	mordais	cousais	moulais	résolvais
Tu	perdais	mordais	cousais	moulais	résolvais
Il / Elle	perdait	mordait	cousait	moulait	résolvait
Nous	perdions	mordions	cousions	moulions	résolvions
Vous	perdiez	mordiez	cousiez	mouliez	résolviez
Ils / Elles	perdaient	mordaient	cousaient	moulaient	résolvaient
	其他： reperdre 再次遺失、失去	其他： tordre 使彎曲			

f. 動詞以 *-aindre, -eindre, -oindre, -ttre* 結尾

	craindre 害怕 （Nous craign**ons**）	**éteindre** 關燈 （Nous éteign**ons**）	**joindre** 附加 （Nous joign**ons**）	**battre** 打 （Nous batt**ons**）
Je / J’	craignais	éteignais	joignais	battais
Tu	craignais	éteignais	joignais	battais
Il / Elle	craignait	éteignait	joignait	battait
Nous	craignions	éteignions	joignions	battions
Vous	craigniez	éteigniez	joigniez	battiez
Ils / Elles	craignaient	éteignaient	joignaient	battaient
	其他： plaindre 同情	其他： atteindre 到達 peindre 繪畫、粉刷 repeindre 重新畫、重新粉刷 teindre 染	其他： rejoindre 會合	其他： admettre 承認 combattre 作戰 commettre 犯錯 mettre 放、穿、戴 permettre 允許 remettre 放回 transmettre 傳達

g. 動詞以 *-aître, -oir* 結尾

	connaître 認識 （Nous connaiss**ons**）	**recev**oir 收到 （Nous recev**ons**）	**v**oir 看到 （Nous voy**ons**）	**dev**oir 應該 （Nous dev**ons**）
Je / J'	connaissais	recevais	voyais	devais
Tu	connaissais	recevais	voyais	devais
Il / Elle	connaissait	recevait	voyait	devait
Nous	connaissions	recevions	voyions	devions
Vous	connaissiez	receviez	voyiez	deviez
Ils / Elles	connaissaient	recevaient	voyaient	devaient
	其他： apparaître 出現 disparaître 消失 naître 出生 paraître 顯得 reconnaître 認出	其他： apercevoir 瞥見 concevoir 構想 décevoir 使失望	其他： revoir 再看到 prévoir 預測	

h. 動詞以 *-oir, -oire, -pre, -cre* 結尾

	savoir 知道 （Nous savons）	**croire** 認為 （Nous croyons）	**rompre** 中斷 （Nous rompons）	**convaincre** 說服 （Nous convainquons）
Je / J'	savais	croyais	rompais	convainquais
Tu	savais	croyais	rompais	convainquais
Il / Elle	savait	croyait	rompait	convainquait
Nous	savions	croyions	rompions	convainquions
Vous	saviez	croyiez	rompiez	convainquiez
Ils / Elles	savaient	croyaient	rompaient	convainquaient
			其他： interrompre 打斷	其他： vaincre 戰勝

i. 以下不規則的第三組動詞，在「直陳式過去未完成時」都變得有規則可循。

	boire 喝 （Nous buvons）	**faire** 做 （Nous faisons）	**pouvoir** 可以 （Nous pouvons）	**vouloir** 想要 （Nous voulons）	**valoir** 價值 （Nous valons）
Je	buvais	faisais	pouvais	voulais	valais
Tu	buvais	faisais	pouvais	voulais	valais
Il / Elle	buvait	faisait	pouvait	voulait	valait
Nous	buvions	faisions	pouvions	voulions	valions
Vous	buviez	faisiez	pouviez	vouliez	valiez
Ils / Elles	buvaient	faisaient	pouvaient	voulaient	valaient

j. 只用於第三人稱（非人稱）單數的兩個動詞變化

	falloir 應該	**pleuvoir** 下雨
Je		
Tu		
Il	fallait	pleuvait
Nous		
Vous		
Ils / Elles		

小提醒：

綜合以上三組動詞在「直陳式過去未完成時」的變化，可以得出以下結論：

1. 無論是哪一組動詞，只要先將原形動詞變化成「**直陳式現在時」的第一人稱複數**，將詞尾 ***-ons*** 刪除，再加上 ***-ais***, ***-ais***, ***-ait***, ***-ions***, ***-iez***, ***-aient***，就是「直陳式過去未完成時」。
2. 有三個例外的動詞（être、falloir、pleuvoir），它們不能依照上面的規則做變化。

3-3 直陳式複合過去時（Passé composé de l'indicatif）

「直陳式複合過去時」的動詞變化要與助動詞（auxiliaire）以及過去分詞（participe passé）配合。助動詞分為 avoir 及 être 兩種，如何選擇呢？大部分的動詞（包含作為動詞的 avoir 及 être）都與助動詞 avoir 配合。但是代動詞（verbes pronominaux）及 14 個動作動詞（verbes de mouvement）就必須與助動詞 être 配合。以下是 avoir 及 être 的「直陳式複合過去時」的動詞變化：

avoir 有					
主詞	**助動詞**	**過去分詞**	**主詞**	**助動詞**	**過去分詞**
J'	ai	eu	Nous	avons	eu
Tu	as	eu	Vous	avez	eu
Il / Elle	a	eu	Ils / Elles	ont	eu

être 是					
主詞	**助動詞**	**過去分詞**	**主詞**	**助動詞**	**過去分詞**
J'	ai	été	Nous	avons	été
Tu	as	été	Vous	avez	été
Il / Elle	a	été	Ils / Elles	ont	été

1）第一組動詞（Verbes du 1er groupe en *-er*）

凡是以 ***-er*** 結尾的第一組動詞，須先將字尾改成 ***-é***，再將助動詞 avoir 及 être 變化成「直陳式現在時」。以下列舉 3 個動詞為例：

manger 吃					
主詞	助動詞	過去分詞	主詞	助動詞	過去分詞
J’	ai	mangé	Nous	avons	mangé
Tu	as	mangé	Vous	avez	mangé
Il / Elle	a	mangé	Ils / Elles	ont	mangé

當動詞與助動詞 avoir 連用時，過去分詞不需隨主詞的陰陽性及單複數做變化。

entrer 進來					
主詞	助動詞	過去分詞	主詞	助動詞	過去分詞
Je	suis	entré(e)	Nous	sommes	entré(e)s
Tu	es	entré(e)	Vous	êtes	entré(e)s
Il	est	entré	Ils	sont	entrés
Elle	est	entrée	Elles	sont	entrées

entrer 是動作動詞（verbe de mouvement），必須使用助動詞 être，而且過去分詞也須隨主詞的陰陽性及單複數做變化。

se lever 起床							
主詞	代詞	助動詞	過去分詞	主詞	代詞	助動詞	過去分詞
Je	me	suis	levé(e)	Nous	nous	sommes	levé(e)s
Tu	t’	es	levé(e)	Vous	vous	êtes	levé(e)s
Il	s’	est	levé	Ils	se	sont	levés
Elle	s’	est	levée	Elles	se	sont	levées

se lever 是代動詞（verbe pronominal），必須使用助動詞 être，而且過去分詞也須隨主詞的陰陽性及單複數做變化。在「直陳式複合過去時」中代動詞的用法有點複雜，因為不僅包含人稱代詞（me、t'、s'、nous、vous、se），又有助動詞與過去分詞共三個部分，不過這三個部分在句中的排序位置是固定的。

2）第二組動詞（Verbes du 2ème groupe en *-ir*）

凡是以 ***-ir*** 結尾的第二組動詞，須先將字尾改成 ***-i***，再將助動詞 avoir 及 être 變化成「直陳式現在時」。以下列舉 3 個動詞為例：

choisir 選擇			
J'ai	choisi	Nous avons	choisi
Tu as	choisi	Vous avez	choisi
Il / Elle a	choisi	Ils / Elles ont	choisi

finir 結束			
J'ai	fini	Nous avons	fini
Tu as	fini	Vous avez	fini
Il / Elle a	fini	Ils / Elles ont	fini

obéir 服從			
J'ai	obéi	Nous avons	obéi
Tu as	obéi	Vous avez	obéi
Il / Elle a	obéi	Ils / Elles ont	obéi

3）第三組動詞（Verbes du 3ème groupe en *-ir, -ire, -ure, -uire, -ivre, -uivre, -aire, -endre, -ondre, -erdre, -ordre, -oudre, -aindre, -eindre, -oindre, -ttre, -aître, -oir, -oire, -pre, -cre,* etc.）

雖然第三組動詞的字尾有如此地多，但是只要將這一組結尾相同的動詞整理出來，學習起來就比較容易。再次列出於「3-1 直陳式現在時」所看過的第三組動詞（p.25 ～ p.37），讓學習者更容易掌握其變化。原則上，以下這些動詞都是與助動詞 avoir 配合，所以只呈現過去分詞的變化；如果是需要與助動詞 être 配合的情況，我們也會特別列出。

a. 動詞以 *-ir* 結尾→過去分詞以 *-i* 結尾

dormir → -i **睡覺**			**partir → -i** **離開**		
	助動詞	**過去分詞**		**助動詞**	**過去分詞**
J’	ai	dormi	Je	suis	parti(e)
Tu	as	dormi	Tu	es	parti(e)
Il / Elle	a	dormi	Il	est	parti
Nous	avons	dormi	Elle	est	partie
Vous	avez	dormi	Nous	sommes	parti(e)s
Ils / Elles	ont	dormi	Vous	êtes	parti(e)s
其他： accueillir 歡迎 bouillir 煮沸 cueillir 採摘 fuir 逃走 mentir 欺騙 recueillir 收集 sentir 聞 servir 供應			Ils	sont	partis
			Elles	sont	parties
			其他： sortir 出去		

b. 動詞以 *-ir* 結尾→過去分詞以 *-u* 結尾

obtenir → -u 獲得		
	助動詞	過去分詞
J'	ai	obtenu
Tu	as	obtenu
Il / Elle	a	obtenu
Nous	avons	obtenu
Vous	avez	obtenu
Ils / Elles	ont	obtenu

其他：

appartenir 屬於
contenir 包含
convenir 適合
courir 跑
entretenir 保養
intervenir 介入
maintenir 維持
parcourir 走遍
prévenir 通知
retenir 留住
soutenir 支持
tenir 拿去、拿著

devenir → -u 變成		
	助動詞	過去分詞
Je	suis	devenu(e)
Tu	es	devenu(e)
Il	est	devenu
Elle	est	devenue
Nous	sommes	devenu(e)s
Vous	êtes	devenu(e)s
Ils	sont	devenus
Elles	sont	devenues

其他：

parvenir 達到
provenir 來自
revenir 再回來
se souvenir 回憶
venir 來

c. 動詞以 *-rir* 結尾→過去分詞以 *-ert* 結尾
動詞以 *-érir* 結尾→過去分詞以 *-is* 結尾
動詞以 *-ure* 結尾→過去分詞以 *-u* 結尾
動詞以 *-uire* 結尾→過去分詞以 *-uit* 結尾

	offrir → -ert **贈送**		**acquérir → -is** **獲得**	**conclure → -u** **結論**	**conduire → -uit** **開車**
	助動詞	**過去分詞**	**過去分詞**	**過去分詞**	**過去分詞**
J'	ai	offert	acquis	conclu	conduit
Tu	as	offert	acquis	conclu	conduit
Il / Elle	a	offert	acquis	conclu	conduit
Nous	avons	offert	acquis	conclu	conduit
Vous	avez	offert	acquis	conclu	conduit
Ils / Elles	ont	offert	acquis	conclu	conduit
	其他： couvrir 覆蓋 découvrir 發現 ouvrir 打開 souffrir 受苦		其他： conquérir 征服	其他： inclure 包含	其他： construire 建造 cuire 煮 détruire 破壞 introduire 把……插進 produire 出產 réduire 減少 séduire 誘惑 traduire 翻譯

d. 動詞以 *-ire* 結尾→過去分詞以 *-it, -u, -i* 結尾

動詞以 *-ivre* 結尾→過去分詞以 *-écu* 結尾

動詞以 *-uivre* 結尾→過去分詞以 *-uivi* 結尾

	écrire → -it 寫		lire → -u 閱讀	rire → -i 笑	vivre → -écu 生活	suivre → -uivi 跟隨
	助動詞	過去分詞	過去分詞	過去分詞	過去分詞	過去分詞
J’	ai	écrit	lu	ri	vécu	suivi
Tu	as	écrit	lu	ri	vécu	suivi
Il / Elle	a	écrit	lu	ri	vécu	suivi
Nous	avons	écrit	lu	ri	vécu	suivi
Vous	avez	écrit	lu	ri	vécu	suivi
Ils / Elles	ont	écrit	lu	ri	vécu	suivi
	其他： contredire 與……相反 inscrire 登記 interdire 禁止 prédire 預言 prescrire 開處方 transcrire 標注		其他： élire 選舉	其他： sourire 微笑 suffire 足夠	其他： survivre 倖存	其他： poursuivre 追趕

e. 動詞以 *-aire* 結尾→過去分詞以 *-ait, -u* 結尾

	faire → -ait 做		**plaire → -u** 取悅於某人		**se taire → -u** 閉嘴	
	助動詞	過去分詞	過去分詞		代詞 + 助動詞	過去分詞
J’	ai	fait	plu	Je	me suis	tu(e)
Tu	as	fait	plu	Tu	t’es	tu(e)
Il / Elle	a	fait	plu	Il	s’est	tu
Nous	avons	fait	plu	Elle	s’est	tue
Vous	avez	fait	plu	Nous	nous sommes	tu(e)s
Ils / Elles	ont	fait	plu	Vous	vous êtes	tu(e)s
	其他： distraire 使分心		其他： déplaire 使人不高興	Ils	se sont	tus
				Elles	se sont	tues

f. 動詞以 *-dre* 結尾→過去分詞以 *-du* 結尾

	attendre→-du 等待		**répondre→-du** 回答	**perdre→-du** 遺失、失去	**mordre→-du** 咬
	助動詞	過去分詞	過去分詞	過去分詞	過去分詞
J'	ai	attendu	répondu	perdu	mordu
Tu	as	attendu	répondu	perdu	mordu
Il / Elle	a	attendu	répondu	perdu	mordu
Nous	avons	attendu	répondu	perdu	mordu
Vous	avez	attendu	répondu	perdu	mordu
Ils / Elles	ont	attendu	répondu	perdu	mordu
	其他： défendre 禁止 dépendre 取決於 entendre 聽到 étendre 展開 pendre 吊 prétendre 認為 rendre 還 suspendre 暫停 tendre 伸出 vendre 賣		其他： confondre 混淆 correspondre 符合 fondre 使融化 pondre 下蛋	其他： reperdre 再次遺失、失去	其他： tordre 使彎曲

g. 動詞以 *-dre* 結尾→過去分詞以 *-su, -lu* 結尾

	coudre→-su 縫紉		**moudre→-lu** 磨	**résoudre →-lu** 解決
	助動詞	過去分詞	過去分詞	過去分詞
J'	ai	cousu	moulu	résolu
Tu	as	cousu	moulu	résolu
Il / Elle	a	cousu	moulu	résolu
Nous	avons	cousu	moulu	résolu
Vous	avez	cousu	moulu	résolu
Ils / Elles	ont	cousu	moulu	résolu

h. 動詞以 *-endre* 結尾→過去分詞以 *-is* 結尾
動詞以 *-aindre* 結尾→過去分詞以 *-aint* 結尾
動詞以 *-eindre* 結尾→過去分詞以 *-eint* 結尾

	prendre→-is 拿		**craindre→-aint** 害怕	**éteindre→-eint** 關（燈）
	助動詞	過去分詞	過去分詞	過去分詞
J'	ai	pris	craint	éteint
Tu	as	pris	craint	éteint
Il / Elle	a	pris	craint	éteint
Nous	avons	pris	craint	éteint
Vous	avez	pris	craint	éteint
Ils / Elles	ont	pris	craint	éteint
	其他： apprendre 學習 comprendre 了解 entreprendre 著手進行 surprendre 使驚訝		其他： plaindre 同情	其他： atteindre 到達 peindre 繪畫、粉刷 repeindre 重新畫、重新粉刷 teindre 染

i. 動詞以 *-oindre* 結尾→過去分詞以 *-oint* 結尾

動詞以 *-ettre* 結尾→過去分詞以 *-is* 結尾

動詞以 *-ttre* 結尾→過去分詞以 *-ttu* 結尾

	joindre→-oint 附加		**mettre→-is** 放	**battre→-ttu** 打
	助動詞	過去分詞	過去分詞	過去分詞
J'	ai	joint	mis	battu
Tu	as	joint	mis	battu
Il / Elle	a	joint	mis	battu
Nous	avons	joint	mis	battu
Vous	avez	joint	mis	battu
Ils / Elles	ont	joint	mis	battu
	其他： rejoindre 會合		其他： admettre 承認 commettre 犯錯 permettre 允許 promettre 答應 remettre 放回 transmettre 傳達	其他： combattre 與……作戰

j. 動詞以 *-aître* 結尾→過去分詞以 *-u* 結尾
動詞以 *-cevoir* 結尾→過去分詞以 *-çu* 結尾
動詞以 *-ouvoir* 結尾→過去分詞以 *-u* 結尾

	connaître→-u 認識		**recevoir→-çu** 收到	**promouvoir→-u** 推廣
	助動詞	過去分詞	過去分詞	過去分詞
J'	ai	connu	reçu	promu
Tu	as	connu	reçu	promu
Il / Elle	a	connu	reçu	promu
Nous	avons	connu	reçu	promu
Vous	avez	connu	reçu	promu
Ils / Elles	ont	connu	reçu	promu
	其他： apparaître 出現 disparaître 消失 paraître 顯得 reconnaître 認出		其他： apercevoir 瞥見 concevoir 構想 décevoir 使失望	其他： émouvoir 使感動

k. 動詞以 *-oir* 結尾→過去分詞以 *-u* 結尾
動詞以 *-oire* 結尾→過去分詞以 *-u* 結尾
動詞以 *-pre* 結尾→過去分詞以 *-pu* 結尾
動詞以 *-cre* 結尾→過去分詞以 *-cu* 結尾

	voir→-u 看到		boire→-u 喝	rompre→-pu 斷	convaincre→-cu 説服
	助動詞	過去分詞	過去分詞	過去分詞	過去分詞
J'	ai	vu	bu	rompu	convaincu
Tu	as	vu	bu	rompu	convaincu
Il / Elle	a	vu	bu	rompu	convaincu
Nous	avons	vu	bu	rompu	convaincu
Vous	avez	vu	bu	rompu	convaincu
Ils / Elles	ont	vu	bu	rompu	convaincu
	其他： prévoir 預測 revoir 再看到		其他： croire 認為	其他： interrompre 打斷	其他： vaincre 戰勝

l. 其他

	devoir 應該		pouvoir 可以	savoir 會	vouloir 想要	valoir 價值
	助動詞	過去分詞	過去分詞	過去分詞	過去分詞	過去分詞
J'	ai	dû	pu	su	voulu	valu
Tu	as	dû	pu	su	voulu	valu
Il / Elle	a	dû	pu	su	voulu	valu
Nous	avons	dû	pu	su	voulu	valu
Vous	avez	dû	pu	su	voulu	valu
Ils / Elles	ont	dû	pu	su	voulu	valu

m. 以下 18 個動詞中，有 7 個動詞（星號 * 標示）既可用助動詞 avoir，也可用助動詞 être；其餘 11 個動詞則只能用助動詞 être

	aller 去		sortir* 出去	venir 來	descendre* 下來
	助動詞	過去分詞	過去分詞	過去分詞	過去分詞
Je	suis	allé(e)	sorti(e)	venu(e)	descendu(e)
Tu	es	allé(e)	sorti(e)	venu(e)	descendu(e)
Il	est	allé	sorti	venu	descendu
Elle	est	allée	sortie	venue	descendue
Nous	sommes	allé(e)s	sorti(e)s	venu(e)s	descendu(e)s
Vous	êtes	allé(e)s	sorti(e)s	venu(e)s	descendu(e)s
Ils	sont	allés	sortis	venus	descendus
Elles	sont	allées	sorties	venues	descendues
		其他： arriver 抵達 entrer* 進來 rentrer* 回家 retourner* 返回 monter* 上去 passer* 經過、度過 rester 停留 tomber 跌倒	其他： partir 離開	其他： revenir 再回來 devenir 變成	其他： redescendre 再下去

	naître 出生		mourir 死亡
	助動詞	過去分詞	過去分詞
Je	suis	né(e)	mort(e)
Tu	es	né(e)	mort(e)
Il	est	né	mort
Elle	est	née	morte
Nous	sommes	né(e)s	mort(e)s
Vous	êtes	né(e)s	mort(e)s
Ils	sont	nés	morts
Elles	sont	nées	mortes

n. 只用於第三人稱（非人稱）單數的兩個動詞變化

	falloir 應該		pleuvoir 下雨	
	助動詞	過去分詞	助動詞	過去分詞
Je				
Tu				
Il	a	fallu	a	plu
Nous				
Vous				
Ils / Elles				

小提醒：

綜合以上三組動詞在「直陳式複合過去時」的變化，可以得出以下結論：

1. 不論是哪一組動詞都要與助動詞 **avoir** 或 **être** 配合，因此，先要背熟這兩個助動詞的「直陳式現在時」（p.16）。
2. 助動詞 **avoir** 或 **être** 的選用也是有規則的，請參考本單元的章節說明（p.51）。
3. 第一及第二組動詞的過去分詞之變化是固定的；第三組的過去分詞變化多，但還是有規則可循，學習者得下功夫背熟。

3-4　直陳式愈過去時（Plus-que-parfait de l'indicatif）

「直陳式愈過去時」的動詞變化結合助動詞及過去分詞時，如同「直陳式複合過去時」。而三組動詞的過去分詞變化也與「直陳式複合過去時」一樣（例如：J'ai **parlé**.、J'avais **parlé**.、Elle est **partie**.、Elle était **partie**.）。但是助動詞 avoir 及 être 則要使用「直陳式過去未完成時」（p.38）。首先介紹 avoir 及 être 在「直陳式愈過去時」的動詞變化，再介紹三組動詞的變化規則，每一組動詞將各列出 3 個動詞為例。

avoir 有					
主詞	**助動詞**	**過去分詞**	**主詞**	**助動詞**	**過去分詞**
J'	avais	eu	Nous	avions	eu
Tu	avais	eu	Vous	aviez	eu
Il / Elle	avait	eu	Ils / Elles	avaient	eu

être 是					
主詞	**助動詞**	**過去分詞**	**主詞**	**助動詞**	**過去分詞**
J'	avais	été	Nous	avions	été
Tu	avais	été	Vous	aviez	été
Il / Elle	avait	été	Ils / Elles	avaient	été

1）第一組動詞（Verbes du 1er groupe en *-er*）

凡是以 ***-er*** 結尾的第一組動詞，須先將字尾改成 ***-é***，再將助動詞 avoir 及 être 變化成「直陳式過去未完成時」。以下列舉 3 個動詞為例：

manger 吃					
主詞	**助動詞**	**過去分詞**	**主詞**	**助動詞**	**過去分詞**
J'	avais	mangé	Nous	avions	mangé
Tu	avais	mangé	Vous	aviez	mangé
Il / Elle	avait	mangé	Ils / Elles	avaient	mangé

entrer 進來					
主詞	**助動詞**	**過去分詞**	**主詞**	**助動詞**	**過去分詞**
J'	étais	entré(e)	Nous	étions	entré(e)s
Tu	étais	entré(e)	Vous	étiez	entré(e)s
Il	était	entré	Ils	étaient	entrés
Elle	était	entrée	Elles	étaient	entrées

se lever 站起來、起床							
主詞	**代詞**	**助動詞**	**過去分詞**	**主詞**	**代詞**	**助動詞**	**過去分詞**
Je	m'	étais	levé(e)	Nous	nous	étions	levé(e)s
Tu	t'	étais	levé(e)	Vous	vous	étiez	levé(e)s
Il	s'	était	levé	Ils	s'	étaient	levés
Elle	s'	était	levée	Elles	s'	étaient	levées

2）第二組動詞（Verbes du 2ème groupe en *-ir*）

凡是以 ***-ir*** 結尾的第二組動詞，須先將字尾改成 ***-i***，再將助動詞 avoir 及 être 變化成「直陳式過去未完成時」。以下列舉 3 個動詞為例：

choisir 選擇			
J'avais	choisi	Nous avions	choisi
Tu avais	choisi	Vous aviez	choisi
Il / Elle avait	choisi	Ils / Elles avaient	choisi

finir 結束			
J'avais	fini	Nous avions	fini
Tu avais	fini	Vous aviez	fini
Il / Elle avait	fini	Ils / Elles avaient	fini

obéir 服從			
J'avais	obéi	Nous avions	obéi
Tu avais	obéi	Vous aviez	obéi
Il / Elle avait	obéi	Ils / Elles avaient	obéi

3）第三組動詞（Verbes du 3ème groupe en *-ir, -ire, -ure, -uire, -ivre, -uivre, -aire, -endre, -ondre, -erdre, -ordre, -oudre, -aindre, -eindre, -oindre, -ttre, -aître, -oir, -oire, -pre, -cre,* etc.）

雖然第三組動詞的詞尾變化很多，但是過去分詞的變化還是與「直陳式複合過去時」的過去分詞一樣（p.54 ～ p.65），助動詞 avoir 及 être 則變化成「直陳式過去未完成時」（p.38）。以下列舉 3 個動詞為例：

boire 喝			
J'avais	bu	Nous avions	bu
Tu avais	bu	Vous aviez	bu
Il / Elle avait	bu	Ils / Elles avaient	bu

ouvrir 打開			
J'avais	ouvert	Nous avions	ouvert
Tu avais	ouvert	Vous aviez	ouvert
Il / Elle avait	ouvert	Ils / Elles avaient	ouvert

partir 離開			
J'étais	parti(e)	Nous étions	parti(e)s
Tu étais	parti(e)	Vous étiez	parti(e)s
Il était	parti	Ils étaient	partis
Elle était	partie	Elles étaient	parties

第三組的其他動詞的過去分詞之變化，請參考 p.54 ～ p.65。

小提醒：

綜合以上三組動詞在「直陳式愈過去時」的變化，可以得出以下結論：

1. 無論是哪一組動詞都要與助動詞 **avoir** 或 **être** 配合，因此，先要背熟這兩個助動詞的「直陳式過去未完成時」（p.38）。
2. 助動詞 **avoir** 或 **être** 的選用也是有規則的，請參考「3-3 直陳式複合過去時」的說明（p.51）。
3. 第一及第二組動詞的過去分詞之變化是固定的；第三組的過去分詞變化多，但還是有規則可循，學習者得下功夫背熟。
4. 「直陳式**愈過去時」的過去分詞**和「直陳式**複合過去時」的過去分詞相同**。

3-5 直陳式簡單未來時（Futur simple de l'indicatif）

「直陳式簡單未來時」的動詞變化不需與助動詞配合，而是在不定式動詞（原形動詞）之後加上各個人稱的動詞變化字尾 ***-ai, -as, -a, -ons, -ez, -ont***。雖然動詞變化有規則可循，但還是有例外。首先介紹 avoir 及 être 在「直陳式簡單未來時」的動詞變化，再介紹三組動詞的變化規則。

avoir 有			
J'	aurai	Nous	aurons
Tu	auras	Vous	aurez
Il / Elle	aura	Ils / Elles	auront

être 是			
Je	serai	Nous	serons
Tu	seras	Vous	serez
Il / Elle	sera	Ils / Elles	seront

1）第一組動詞（Verbes du 1er groupe en *-er*）

一般而言，這一組動詞的變化是在不定式動詞（原形動詞）之後加上各個人稱的動詞變化字尾 ***-ai, -as, -a, -ons, -ez, -ont***。以下列舉 3 個動詞為例：

manger 吃			
Je	mangerai	Nous	mangerons
Tu	mangeras	Vous	mangerez
Il / Elle	mangera	Ils / Elles	mangeront

entrer 進來			
J'	entrerai	Nous	entrerons
Tu	entreras	Vous	entrerez
Il / Elle	entrera	Ils / Elles	entreront

se lever 起床、站起來			
Je me	lèverai	Nous nous	lèverons
Tu te	lèveras	Vous vous	lèverez
Il / Elle se	lèvera	Ils / Elles se	lèveront

在第一組動詞中還是有些例外的動詞，雖是如此，詞尾的變化依然是有規則可循。

	aller 去	**appeler 叫**	**feuilleter 翻閱**	**payer 付錢**
Je / J’	irai	appellerai	feuilletterai	paierai / payerai
Tu	iras	appelleras	feuilletteras	paieras / payeras
Il / Elle	ira	appellera	feuilletera	paiera / payera
Nous	irons	appellerons	feuilletterons	payerons / payerons
Vous	irez	appellerez	feuilletterez	payerez / payerez
Ils / Elles	iront	appelleront	feuilletteront	paieront / payeront
		其他： rappeler 回電 注意： 須重複 ***-l***	其他： jeter 丟 projeter 投影 注意： 須重複 ***-t***	其他： essayer 試

	employer 使用	例外：envoyer 寄	acheter 買
J'	emploierai	enverrai	achèterai
Tu	emploieras	enverras	achèteras
Il / Elle	emploiera	enverra	achètera
Nous	emploierons	enverrons	achèterons
Vous	emploierez	enverrez	achèterez
Ils / Elles	emploieront	enverront	achèteront
	其他： nettoyer 擦洗 essuyer 擦乾 s'ennuyer 感到無聊 注意： ***-y* → *-i***		其他： achever 完成 amener 帶來 congeler 冷藏 emmener 帶（人）走 enlever 拿走 geler 結凍 lever 抬起 se lever 站起來、起床 mener 帶 peler 削 peser 稱重 promener 帶人去散步 soulever 稍稍抬起 注意： 倒數第二個音節的 ***-e* → *-è***

2）第二組動詞（Verbes du 2ème groupe en *-ir*）

如前面第一組動詞變化的說明。以下列舉 3 個動詞為例：

choisir 選擇			
Je	choisirai	Nous	choisirons
Tu	choisiras	Vous	choisirez
Il / Elle	choisira	Ils / Elles	choisiront

finir 完成			
Je	finirai	Nous	finirons
Tu	finiras	Vous	finirez
Il / Elle	finira	Ils / Elles	finiront

obéir 服從			
J'	obéirai	Nous	obéirons
Tu	obéiras	Vous	obéirez
Il / Elle	obéira	Ils / Elles	obéiront

3）第三組動詞（Verbes du 3ème groupe en *-ir, -ire ,-ure, -uire, -ivre, -uivre, -aire, -endre, -ondre, -erdre, -ordre, -oudre, -aindre, -eindre, -oindre, -ttre, -aître, -oir, -oire, -pre, -cre*, etc.）

如同第一及第二組動詞，在不定式動詞（原形動詞）之後加上各個人稱的動詞變化字尾 ***-ai, -as, -a, -ons, -ez, -ont***。但在第三組動詞中，如有 ***-e*** 結尾的動詞，一定要刪除 ***-e***，之後加上各個人稱的動詞變化字尾 ***-ai, -as, -a, -ons, -ez, -ont***。雖然第三組動詞的字尾有如此地多，但是只要將該組結尾相同的動詞整理出來，學習起來就比較容易。可參照在「3-1 直陳式現在時」中所列出的第三組動詞（p.25 ～ p.37）。以下將先列出詞尾有 ***-e*** 的動詞，接著列出其他詞尾的動詞，最後列出不規則的動詞。

a. 動詞以 *-ire, -ure, -uire, -ivre, -uivre, -aire, -endre, -ondre, -erdre, -ordre, -oudre, -aindre, -eindre, -oindre, -ttre, -aître, -oire, -pre, -cre* 結尾，刪除 *-e*，詞尾再加上 *-ai, -as, -a, -ons, -ez, -ont*。

	écrire 寫	**conclure 結論**	**conduire 開車**
Je / J’	écrirai	conclurai	conduirai
Tu	écriras	concluras	conduiras
Il / Elle	écrira	conclura	conduira
Nous	écrirons	conclurons	conduirons
Vous	écrirez	conclurez	conduirez
Ils / Elles	écriront	concluront	conduiront
	其他： décrire 描寫 inscrire 登記 prescrire 開處方 réécrire 重新寫 transcrire 標注 contredire 與……相反 dire 說 élire 選舉 lire 閱讀 prédire 預言 rire 大笑 suffire 足夠 sourire 微笑	其他： inclure 包含	其他： construire 建造 cuire 煮 détruire 破壞 introduire 把……插進 produire 出產 réduire 減少 séduire 誘惑 traduire 翻譯

	vivre 生活	suivre 跟隨	plaire 取悅於某人
Je	vivrai	suivrai	plairai
Tu	vivras	suivras	plairas
Il / Elle	vivra	suivra	plaira
Nous	vivrons	suivrons	plairons
Vous	vivrez	suivrez	plairez
Ils / Elles	vivront	suivront	plairont
	其他： survivre 倖存	其他： poursuivre 追趕	其他： déplaire 使人不高興 se taire 閉嘴

	attendre 等待	répondre 回答	perdre 遺失、失去
Je / J'	attendrai	répondrai	perdrai
Tu	attendras	répondras	perdras
Il / Elle	attendra	répondra	perdra
Nous	attendrons	répondrons	perdrons
Vous	attendrez	répondrez	perdrez
Ils / Elles	attendront	répondront	perdront
	其他： apprendre 學習 comprendre 了解 défendre 禁止 dépendre 取決於 descendre 下去 entendre 聽到 étendre 展開 pendre 吊 prendre 拿 prétendre 認為 rendre 還 surprendre 使驚訝 tendre 伸出 vendre 賣	其他： confondre 混淆 correspondre 符合 fondre 使融化 pondre 下蛋 tondre 修剪	其他： reperdre 再次遺失、失去

	mordre 咬	résoudre 解決	craindre 害怕
Je	mordrai	résoudrai	craindrai
Tu	mordras	résoudras	craindras
Il / Elle	mordra	résoudra	craindra
Nous	mordrons	résoudrons	craindrons
Vous	mordrez	résoudrez	craindrez
Ils / Elles	mordront	résoudront	craindront
	其他： tordre 使彎曲	其他： coudre 縫紉 moudre 磨	其他： plaindre 同情

	éteindre 關（燈）	rejoindre 會合	promettre 答應
Je / J'	éteindrai	rejoindrai	promettrai
Tu	éteindras	rejoindras	promettras
Il / Elle	éteindra	rejoindra	promettra
Nous	éteindrons	rejoindrons	promettrons
Vous	éteindrez	rejoindrez	promettrez
Ils / Elles	éteindront	rejoindront	promettront
	其他： atteindre 到達 peindre 繪畫、粉刷 repeindre 重新畫、重新粉刷 teindre 染	其他： joindre 附加	其他： admettre 承認 battre 打 combattre 與……作戰 commettre 犯錯誤 mettre 放 permettre 允許 remettre 放回 transmettre 傳達

	connaître 認識	boire 喝	rompre 中斷	convaincre 說服
Je / J'	connaîtrai	boirai	romprai	convaincrai
Tu	connaîtras	boiras	rompras	convaincras
Il / Elle	connaîtra	boira	rompra	convaincra
Nous	connaîtrons	boirons	romprons	convaincrons
Vous	connaîtrez	boirez	romprez	convaincrez
Ils / Elles	connaîtront	boiront	rompront	convaincront
	其他： apparaître 出現 disparaître 消失 naître 出生 paraître 顯得 reconnaître 認出	其他： croire 認為	其他： interrompre 打斷	其他： vaincre 戰勝

b. 動詞以 *-ir* 結尾，詞尾再加上 *-ai, -as, -a, -ons, -ez, -ont*。

	dormir 睡覺	**obtenir** 獲得	**prévenir** 通知
Je / J’	dormirai	obtiendrai	préviendrai
Tu	dormiras	obtiendras	préviendras
Il / Elle	dormira	obtiendra	préviendra
Nous	dormirons	obtiendrons	préviendrons
Vous	dormirez	obtiendrez	préviendrez
Ils / Elles	dormiront	obtiendront	préviendront
	其他： bouillir 煮開 couvrir 覆蓋 découvrir 發現 fuir 逃跑 mentir 欺騙 offrir 送 ouvrir 打開 partir 離開 souffrir 受苦 sentir 聞 servir 供應 sortir 出去	其他： appartenir 屬於 entretenir 保養 maintenir 維持 tenir 拿去、拿著 retenir 留住 soutenir 支持	其他： convenir 適合 devenir 變成 intervenir 介入 parvenir 達到 provenir 來自 revenir 再回來 venir 來 se souvenir 回憶

c. 動詞以 *–ir, -oir* 結尾，注意詞根的變化，詞尾再加上 *-ai, -as, -a, -ons, -ez, -ont*。

	accueillir 歡迎	**acquérir** 獲得	**recevoir** 收到
Je / J'	accueillerai	acquerrai	recevrai
Tu	accueilleras	acquerras	recevras
Il / Elle	accueillera	acquerra	recevra
Nous	accueillerons	acquerrons	recevrons
Vous	accueillerez	acquerrez	recevrez
Ils / Elles	accueilleront	acquerront	recevront
	其他： cueillir 採摘 recueillir 收集	其他： conquérir 征服 courir 跑 mourir 死亡 parcourir 走遍	其他： apercevoir 瞥見 concevoir 構想 décevoir 使失望 promouvoir 推廣 émouvoir 使感動 prévoir 預測

d. 雖然以下的動詞變化不規則，但詞尾依然是 *-ai, -as, -a, -ons, -ez, -ont*。

	aller 去	**devoir** 應該	**faire** 做	**pouvoir** 可以	**savoir** 知道	**valoir** 價值
Je / J’	irai	devrai	ferai	pourrai	saurai	vaudrai
Tu	iras	devras	feras	pourras	sauras	vaudras
Il / Elle	ira	devra	fera	pourra	saura	vaudra
Nous	irons	devrons	ferons	pourrons	saurons	vaudrons
Vous	irez	devrez	ferez	pourrez	saurez	vaudrez
Ils / Elles	iront	devront	feront	pourront	sauront	vaudront

	venir 來	**voir** 看到	**vouloir** 想要
Je	viendrai	verrai	voudrai
Tu	viendras	verras	voudras
Il / Elle	viendra	verra	voudra
Nous	viendrons	verrons	voudrons
Vous	viendrez	verrez	voudrez
Ils / Elles	viendront	verront	voudront
		其他： revoir 再看到	

	s’asseoir **坐下來**
Je m’	assiérai / assoirai
Tu t’	assiéras / assoiras
Il / Elle s’	assiéra / assoira
Nous nous	assiérons / assoirons
Vous vous	assiérez / assoirez
Ils / Elles s’	assiéront / assoiront

e. 雖然以下這兩個動詞只有第三人稱單數的變化，但詞尾依然是 *-a*。

	falloir 應該	**pleuvoir** 下雨
Je		
Tu		
Il	faudra	pleuvra
Nous		
Vous		
Ils / Elles		

小提醒：

綜合以上三組動詞在「直陳式簡單未來時」的變化，可以得出以下結論：

1. 在第一及第二組的原形動詞之後，加上各個人稱的動詞變化字尾 ***-ai, -as, -a, -ons, -ez, -ont***。
2. 第三組動詞中，如有 ***-e*** 結尾的動詞，一定要刪除 ***-e***，之後在各個人稱的動詞變化字尾加上 ***-ai, -as, -a, -ons, -ez, -ont***。
3. 「直陳式簡單未來時」中有不規則變化的動詞，學習者得下功夫背熟。

3-6 直陳式未來完成時（Futur antérieur de l'indicatif）

「直陳式未來完成時」的動詞變化要與助動詞（auxiliaire）及過去分詞（participe passé）配合，如同「直陳式複合過去時」與「直陳式愈過去時」。三組動詞的過去分詞變化和「直陳式複合過去時」與「直陳式愈過去時」一樣（p.51 ～ p.70），但是助動詞 avoir 及 être 的變化要使用「直陳式簡單未來時」（p.72）。首先介紹 avoir 及 être 在「直陳式未來完成時」的動詞變化，再介紹三組動詞的變化規則。

avoir 有					
主詞	**助動詞**	**過去分詞**	**主詞**	**助動詞**	**過去分詞**
J'	aurai	eu	Nous	aurons	eu
Tu	auras	eu	Vous	aurez	eu
Il / Elle	aura	eu	Ils / Elles	auront	eu

être 是					
主詞	**助動詞**	**過去分詞**	**主詞**	**助動詞**	**過去分詞**
J'	aurai	été	Nous	aurons	été
Tu	auras	été	Vous	aurez	été
Il / Elle	aura	été	Ils / Elles	auront	été

1）第一組動詞（Verbes du 1er groupe en *-er*）

凡是以 ***-er*** 結尾的第一組動詞，須先將字尾改成 ***-é***，再將助動詞 avoir 及 être 變化成「直陳式簡單未來時」。以下列舉 3 個動詞為例：

manger 吃			
J'aurai	mangé	Nous aurons	mangé
Tu auras	mangé	Vous aurez	mangé
Il / Elle aura	mangé	Ils / Elles auront	mangé

entrer 進來			
Je serai	entré(e)	Nous serons	entré(e)s
Tu seras	entreé(e)	Vous serez	entré(e)s
Il sera	entré	Ils seront	entrés
Elle sera	entrée	Elles seront	entrées

se lever 起床、站起來			
Je me serai	levé(e)	Nous nous serons	levé(e)s
Tu te seras	levé(e)	Vous vous serez	levé(e)s
Il se sera	levé	Ils se seront	levés
Elle se sera	levée	Elles se seront	levées

2）第二組動詞（Verbes du 2ème groupe en *-ir*）

凡是以 ***-ir*** 結尾的第二組動詞，須先將字尾改成 ***-i***，再將助動詞 avoir 及 être 變化成「直陳式簡單未來時」。以下列舉 3 個動詞為例：

choisir 選擇			
J'aurai	choisi	Nous aurons	choisi
Tu auras	choisi	Vous aurez	choisi
Il / Elle aura	choisi	Ils / Elles auront	choisi

finir 完成			
J'aurai	fini	Nous aurons	fini
Tu auras	fini	Vous aurez	fini
Il / Elle aura	fini	Ils / Elles auront	fini

obéir 服從			
J'aurai	obéi	Nous aurons	obéi
Tu auras	obéi	Vous aurez	obéi
Il / Elle aura	obéi	Ils / Elles auront	obéi

3）第三組動詞（Verbes du 3ème groupe en *-ir, -ire , -ure, -uire, -ivre, -uivre, -aire, -endre, -ondre, -erdre, -ordre, -oudre, -aindre, -eindre, -oindre, -ttre, -aître, -oir, -oire, -pre, -cre,* etc.）

雖然第三組動詞的詞尾變化很多，但是過去分詞的變化還是跟「直陳式複合過去時」與「直陳式愈過去時」的過去分詞一樣。至於助動詞 avoir 及 être 則變化成「直陳式簡單未來時」。以下列舉 3 個動詞為例：

boire 喝			
J'aurai	bu	Nous aurons	bu
Tu auras	bu	Vous aurez	bu
Il / Elle aura	bu	Ils / Elles auront	bu

ouvrir 打開			
J'aurai	ouvert	Nous aurons	ouvert
Tu auras	ouvert	Vous aurez	ouvert
Il / Elle aura	ouvert	Ils / Elles auront	ouvert

partir 離開			
Je serai	parti(e)	Nous serons	parti(e)s
Tu seras	parti(e)	Vous serez	parti(e)s
Il sera	parti	Ils seront	partis
Elle sera	partie	Elles seront	parties

第三組的其他動詞的過去分詞之變化，請參考 p.54 ～ p.65。

小提醒：

綜合以上三組動詞在「直陳式未來完成時」的變化，可以得出以下結論：

1. 無論是哪一組動詞都要與助動詞 **avoir** 或 **être** 配合，因此，先要背熟這兩個助動詞的「**直陳式簡單未來時**」（p.72）。
2. 助動詞 **avoir** 或 **être** 的選用也是有規則的，請參考「3-3 直陳式複合過去時」的說明（p.51）。
3. 第一及第二組動詞的過去分詞之變化是固定的；第三組動詞的過去分詞變化多，但還是有規則可循，學習者得下功夫背熟。
4. 「直陳式未來完成時」的**過去分詞**和「直陳式複合過去時」及「直陳式愈過去時」的**過去分詞都相同**。

3-7 命令式現在時（Présent de l'impératif）

命令式只有三種人稱變化，包括你（妳）、我們、你們（妳們、您），並且只呈現動詞而不寫出人稱。

1）第一組動詞（Verbes du 1er groupe en *-er*）

先將動詞變化成「直陳式現在時」，再選第二人稱單、複數及第一人稱複數作為「命令式現在時」。注意第二人稱單數之變化，要將字尾的 ***-s*** 刪掉。

例一：Parler 説

直陳式現在時		命令式現在時
Je	parle	
Tu	parles	**parle**
Il / Elle	parle	
Nous	parlons	**parlons**
Vous	parlez	**parlez**
Ils / Elles	parlent	

例二：Se reposer 休息（這個動詞是代動詞，因此有動詞及人稱代名詞兩個部分。）

直陳式現在時			命令式現在時
主詞	人稱代名詞	動詞	動詞＋人稱代名詞（兩字中間要加「-」）
Je	me	repose	
Tu	te	reposes	**repose-toi**
Il / Elle	se	repose	
Nous	nous	reposons	**reposons-nous**
Vous	vous	reposez	**reposez-vous**
Ils / Elles	se	reposent	

2）第二組動詞（Verbes du 2ème groupe en *-ir*）

如前述第一組動詞的變化，先將動詞變化成「直陳式現在時」，再選第二人稱單、複數及第一人稱複數作為「命令式現在時」。

例一：Réfléchir 考慮

直陳式現在時		命令式現在時
Je	réfléchis	
Tu	réfléchis	**réfléchis**
Il / Elle	réfléchit	
Nous	réfléchissons	**réfléchissons**
Vous	réfléchissez	**réfléchissez**
Ils / Elles	réfléchissent	

3）第三組動詞（Verbes du 3ème groupe *en -ir, -ire, -ure, -uire, -ivre, -uivre, -aire, -endre, -ondre, -erdre, -ordre, -oudre, -aindre, -eindre, -oindre, -ttre, -aître, -oir, -oire, -pre, -cre,* etc.）

請參考「直陳式現在時」的第三組動詞變化（p.25～p.36）。如上述第一、二組動詞的變化，先將動詞變化成「直陳式現在時」，再選第二人稱單、複數及第一人稱複數作為「命令式現在時」。

例一：Boire 喝

直陳式現在時		命令式現在時
Je	bois	
Tu	bois	**bois**
Il / Elle	boit	
Nous	buvons	**buvons**
Vous	buvez	**buvez**
Ils / Elles	boivent	

例二：Partir 離開

直陳式現在時		命令式現在時
Je	pars	
Tu	pars	**pars**
Il / Elle	part	
Nous	partons	**partons**
Vous	partez	**partez**
Ils / Elles	partent	

例外：

aller 去	**avoir** 有	**être** 是	**savoir** 知道	**vouloir** 想要
va	aie	sois	sache	veux / veuille
allez	ayons	soyons	sachons	voulons / veuillons
allons	ayez	soyez	sachez	voulez / veuillez

小提醒：

綜合以上三組動詞在「命令式現在時」的變化，可以得出以下結論：

1. 命令式只呈現動詞而不寫出人稱。
2. 須熟背「直陳式現在時」的第二人稱單、複數及第一人稱複數的動詞變化。
3. 須熟背「命令式現在時」中 5 個例外的動詞變化。

3-8 虛擬式現在時（Présent du subjonctif）

虛擬式的動詞變化要特別注意一點，一定要在主詞前面加上 que 才正確，因為該動詞變化是指 que 之後所引出的附屬子句之動詞。首先介紹 avoir 及 être 在「虛擬式現在時」的動詞變化，再介紹三組動詞的變化規則。

avoir 有			
Que j'	aie	Que nous	ayons
Que tu	aies	Que vous	ayez
Qu'il / Qu'elle	ait	Qu'ils / Qu'elles	aient

être 是			
Que je	sois	Que nous	soyons
Que tu	sois	Que vous	soyez
Qu'il / Qu'elle	soit	Qu'ils / Qu'elles	soient

1）第一組動詞（Verbes du 1er groupe en *-er*）

先將動詞變化成「直陳式現在時」的第三人稱複數，將 ***-ent*** 刪掉，然後在第一、二及第三人稱單數字尾加上 ***-e***, ***-es***, ***-e***，但得保留原來第三人稱複數的字尾 ***-ent***。除此之外，還需要用到「直陳式過去未完成時」的第一與第二人稱複數之變化 ***-ions***, ***-iez***。

以下列舉 3 個動詞為例：

manger 吃（Ils mangent）			
Que je	mange	Que nous	mangions
Que tu	manges	Que vous	mangiez
Qu'il / Qu'elle	mange	Qu'ils / Qu'elles	mangent

entrer 進來（Ils entrent）			
Que j'	entre	Que nous	entrions
Que tu	entres	Que vous	entriez
Qu'il / Qu'elle	entre	Qu'ils / Qu'elles	entrent

se lever 起床、站起來（Ils se lèvent）			
Que je me	lève	Que nous nous	levions
Que tu te	lèves	Que vous vous	leviez
Qu'il / Qu'elle se	lève	Qu'ils / Qu'elles se	lèvent

2）第二組動詞（Verbes du 2ème groupe en *-ir*）

請參考第一組動詞變化的說明（p.94）。以下列舉 3 個動詞為例：

choisir 選擇（Ils choisissent）			
Que je	choisisse	Que nous	choisissions
Que tu	choisisses	Que vous	choisissiez
Qu'il / Qu'elle	choisisse	Qu'ils / Qu'elles	choisissent

finir 完成（Ils finissent）			
Que je	finisse	Que nous	finissions
Que tu	finisses	Que vous	finissiez
Qu'il / Qu'elle	finisse	Qu'ils / Qu'elles	finissent

obéir 服從（Ils obéissent）			
Que j'	obéisse	Que nous	obéissions
Que tu	obéisses	Que vous	obéissiez
Qu'il / Qu'elle	obéisse	Qu'ils / Qu'elles	obéissent

3）第三組動詞（**Verbes du 3ème groupe en *-ir, -ire , -ure, -uire, -ivre, -uivre, -aire, -endre, -ondre, -erdre, -ordre, -oudre, -aindre, -eindre, -oindre, -ttre, -aître, -oir, -oire, -pre, -cre,* etc.**）

請參考第一組動詞變化的説明（p.94）。以下列舉 3 個動詞為例：

boire 喝（Ils boivent）			
Que je	boive	Que nous	buvions
Que tu	boives	Que vous	buviez
Qu'il / Qu'elle	boive	Qu'ils / Qu'elles	boivent

ouvrir 打開（Ils ouvrent）			
Que j'	ouvre	Que nous	ouvrions
Que tu	ouvres	Que vous	ouvriez
Qu'il / Qu'elle	ouvre	Qu'ils / Qu'elles	ouvrent

partir 離開（Ils partent）			
Que je	parte	Que nous	partions
Que tu	partes	Que vous	partiez
Qu'il / Qu'elle	parte	Qu'ils / Qu'elles	partent

例外：

	aller 去	avoir 有	être 是	faire 做	pouvoir 可以	savoir 知道
Que je / Que j'	aille	aie	sois	fasse	puisse	sache
Que tu	ailles	aies	sois	fasses	puisses	saches
Qu'il / Qu'elle	aille	ait	soit	fasse	puisse	sache
Que nous	allions	ayons	soyons	fassions	puissions	sachions
Que vous	alliez	ayez	soyez	fassiez	puissiez	sachiez
Qu'ils / Qu'elles	aillent	aient	soient	fassent	puissent	sachent

	valoir 價值	vouloir 想要
Que je	vaille	veuille
Que tu	vailles	veuilles
Qu'il / Qu'elle	vaille	veuille
Que nous	valions	voulions
Que vous	valiez	vouliez
Qu'ils / Qu'elles	vaillent	veuillent

以下這兩個動詞只有第三人稱單數的變化：

	falloir 應該	pleuvoir 下雨
Qu'il	faille	pleuve

小提醒：

綜合以上三組動詞在「虛擬式現在時」的變化，可以得出以下結論：

1. 在主詞前須加上 **que**。
2. 先將動詞變化成「直陳式現在時」的第三人稱複數，刪去詞尾 ***-ent***。
3. 然後在第一、二及第三人稱單數詞尾加上 ***-e***, ***-es-***, ***-e***。
4. 保留第三人稱複數的詞尾 ***-ent***。
5. 第一、二人稱複數的動詞變化使用「直陳式過去未完成時」的詞尾 ***-ions***, ***-iez***。

3-9 虛擬式過去時（Passé du subjonctif）

「虛擬式過去時」的動詞變化要與助動詞及過去分詞配合，如同「3-3 直陳式複合過去時」（p.51）、「3-4 直陳式愈過去時」（p.67）、「3-6 直陳式未來完成時」（p.87）與「3-11 條件式過去時」（p.107）。這五個時態的過去分詞變化都一樣：J'ai **parlé**.、J'avais **parlé**.、J'aurai **parlé**.、J'aurais **parlé**.、Que j'aie **parlé**。「虛擬式過去時」的助動詞 avoir 及 être 之變化要使用「3-8 虛擬式現在時」（p.94）。首先介紹 avoir 及 être 在「虛擬式過去時」的動詞變化，再介紹三組動詞的變化規則。

avoir 有			
Que **j'**aie	eu	Que **nous** ayons	eu
Que **tu** aies	eu	Que **vous** ayez	eu
Qu'**il** / Qu'**elle** ait	eu	Qu'**ils** / Qu'**elles** aient	eu

être 是			
Que **j'**aie	été	Que **nous** ayons	été
Que **tu** aies	été	Que **vous** ayez	été
Qu'**il** / Qu'**elle** ait	été	Qu'**ils** / Qu'**elles** aient	été

1）第一組動詞（Verbes du 1er groupe en *-er*）

凡是以 ***-er*** 結尾的第一組動詞，須先將字尾改成 ***-é***，再將助動詞 avoir 及 être 變化成「虛擬式現在時」。以下列舉 3 個動詞為例：

manger 吃			
Que **j'**aie	mangé	Que **nous** ayons	mangé
Que **tu** aies	mangé	Que **vous** ayez	mangé
Qu'**il** / Qu'**elle** ait	mangé	Qu'**ils** / Qu'**elles** aient	mangé

entrer 進來			
Que je sois	entré(e)	Que nous soyons	entré(e)s
Que tu sois	entré(e)	Que vous soyez	entré(e)s
Qu'il soit	entré	Qu'ils soient	entrés
Qu'elle soit	entrée	Qu'elles soient	entrées

se lever 起床、站起來			
Que je me sois	levé(e)	Que nous nous soyons	levé(e)s
Que tu te sois	levé(e)	Que vous vous soyez	levé(e)s
Qu'il se soit	levé	Qu'ils se soient	levés
Qu'elle se soit	levée	Qu'elles se soient	levées

2）第二組動詞（Verbes du 2ème groupe en *-ir*）

凡是以 ***-ir*** 結尾的第二組動詞，須先將字尾改成 ***-i***，再將助動詞 avoir 及 être 變化成「虛擬式現在時」。以下列舉 3 個動詞為例：

choisir 選擇			
Que j'aie	choisi	Que nous ayons	choisi
Que tu aies	choisi	Que vous ayez	choisi
Qu'il / Qu'elle ait	choisi	Qu'ils / Qu'elles aient	choisi

finir 完成			
Que j'aie	fini	Que nous ayons	fini
Que tu aies	fini	Que vous ayez	fini
Qu'il / Qu'elle ait	fini	Qu'ils / Qu'elles aient	fini

obéir 服從			
Que j'aie	obéi	Que nous ayons	obéi
Que tu aies	obéi	Que vous ayez	obéi
Qu'il / Qu'elle ait	obéi	Qu'ils / Qu'elles aient	obéi

3）第三組動詞（Verbes du 3ème groupe en *-ir, -ire,-ure, -uire, -ivre, -uivre, -aire, , -endre, -ondre, -erdre, -ordre, -oudre, -aindre, -eindre, -oindre, -ttre, -aître, -oir, -oire, -pre, -cre.* etc.）

雖然第三組動詞的詞尾變化很多，但是過去分詞的變化和「3-3 直陳式複合過去時」（p.54 ～ p.65）、「3-4 直陳式愈過去時」（p.70）、「3-6 直陳式未來完成時」（p.89）與「3-11 條件式過去時」（p.109）的過去分詞一樣。助動詞 avoir 及 être 則變化成「3-8 虛擬式現在時」（p.94）。以下列舉 3 個動詞為例：

boire 喝			
Que j'aie	bu	Que nous ayons	bu
Que tu aies	bu	Que vous ayez	bu
Qu'il / Qu'elle ait	bu	Qu'ils / Qu'elles aient	bu

ouvrir 打開			
Que j'aie	ouvert	Que nous ayons	ouvert
Que tu aies	ouvert	Que vous ayez	ouvert
Qu'il / Qu'elle ait	ouvert	Qu'ils / Qu'elles aient	ouvert

partir 離開			
Que je sois	parti(e)	Que nous soyons	parti(e)s
Que tu sois	parti(e)	Que vous soyez	parti(e)s
Qu'il soit	parti	Qu'ils soient	partis
Qu'elle soit	partie	Qu'elles soient	parties

第三組的其他動詞的過去分詞之變化，請參考 p.54 ～ p.65。

小提醒：

綜合以上三組動詞在「虛擬式過去時」的變化，可以得出以下結論：

1. 在主詞前必須加上 **que**。
2. 無論是哪一組動詞都要與助動詞 **avoir** 或 **être** 配合，因此，先要背熟這兩個助動詞的「虛擬式現在時」（p.94）。
3. 第一及第二組動詞的過去分詞之變化是固定的；第三組動詞的過去分詞變化多，但還是有規則可循，學習者得下功夫背熟。
4. 「虛擬式過去時」的**過去分詞**與「直陳式複合過去時」、「直陳式愈過去時」、「直陳式未來完成時」與「條件式過去時」的**過去分詞都相同**。

3-10 條件式現在時（Présent du conditionnel）

「條件式現在時」的動詞變化不需與助動詞配合，在不定式動詞（原形動詞）之後加上各個人稱在「直陳式過去未完成時」中的動詞變化字尾 ***-ais, -ais, -ait, -ions, -iez, -aient***。首先介紹 avoir 及 être 在「條件式現在時」的動詞變化，再介紹三組動詞的變化規則。

avoir 有			
J'	aurais	Nous	aurions
Tu	aurais	Vous	auraiez
Il / Elle	aurait	Ils / Elles	auraient

être 是			
Je	serais	Nous	serions
Tu	serais	Vous	seriez
Il / Elle	serait	Ils / Elles	seraient

1）第一組動詞（Verbes du 1er groupe en *-er*）

在不定式動詞（原形動詞）之後加上各個人稱在「直陳式過去未完成時」中的動詞變化字尾 ***-ais, -ais, -ait, -ions, -iez, -aient***。以下列舉 3 個動詞為例：

manger 吃			
Je	mangerais	Nous	mangerions
Tu	mangerais	Vous	mangeriez
Il / Elle	mangerait	Ils / Elles	mangeraient

entrer 進來			
J'	entrerais	Nous	entrerions
Tu	entrerais	Vous	entreriez
Il / Elle	entrerait	Ils / Elles	entreraient

se lever 起床、站起來			
Je me	lèverais	Nous nous	lèverions
Tu te	lèverais	Vous vous	lèveriez
Il / Elle se	lèverait	Ils / Elles se	lèveraient

2）第二組動詞（Verbes du 2ème groupe en *-ir*）

請參考第一組動詞變化的說明。以下列舉 3 個動詞為例：

choisir 選擇			
Je	choisirais	Nous	choisirions
Tu	choisirais	Vous	choisiriez
Il / Elle	choisirait	Ils / Elles	choisiraient

finir 完成			
Je	finirais	Nous	finirions
Tu	finirais	Vous	finiriez
Il / Elle	finirait	Ils / Elles	finiraient

obéir 服從			
J'	obéirais	Nous	obéirions
Tu	obéirais	Vous	obéiriez
Il / Elle	obéirait	Ils / Elles	obéiraient

3）第三組動詞（Verbes du 3ème groupe en *-ir, -ire ,-ure, -uire, -ivre, -uivre, -aire, -endre, -ondre, -erdre, -ordre, -oudre, -aindre, -eindre, -oindre, -ttre, -aître, -oir, -oire, -pre, -cre*, etc.）

如同第一和第二組動詞的變化。但在第三組動詞中，如遇有以 ***-e*** 結尾的動詞，一定要刪除 ***-e***。以下列舉 3 個動詞為例：

boire 喝			
Je	boirais	Nous	boirions
Tu	boirais	Vous	boiriez
Il / Elle	boirait	Ils / Elles	boiraient

ouvrir 打開			
J’	ouvrirais	Nous	ouvririons
Tu	ouvrirais	Vous	ouvririez
Il / Elle	ouvrirait	Ils / Elles	ouvriraient

partir 離開			
Je	partirais	Nous	partirions
Tu	partirais	Vous	partiriez
Il / Elle	partirait	Ils / Elles	partiraient

第三組的其他動詞的過去分詞之變化，請參考 p.77 ～ p.86。

小提醒：

綜合以上三組動詞在「條件式現在時」的變化，可以得出以下結論：

1. 原形動詞＋過去未完成時：
   - 在第一及第二組的原形動詞之後加上 ***-ais, -ais, -ait, -ions, -iez, -aient***。
   - 第三組動詞中，如遇有以 ***-e*** 結尾的動詞，一定要刪除 ***-e***，再加上***-ais, -ais, -ait, -ions, -iez, -aient***。
2. 「條件式現在時」中有不規則變化的動詞，學習者得下功夫背熟。

3-11 條件式過去時（Passé du conditionnel）

「條件式過去時」的動詞變化要與助動詞及過去分詞配合，如同「3-3直陳式複合過去時」（p.51）、「3-4直陳式愈過去時」（p.67）、「3-6直陳式未來完成時」（p.87）與「3-9虛擬式過去時」（p.99），這五個時態的過去分詞變化都一樣：J'ai **parlé**.、J'avais **parlé**.、J'aurai **parlé**.、Que j'aie **parlé**.、J'aurais **parlé**。「條件式過去時」的助動詞avoir及être之變化要使用「3-10條件式現在時」（p.103）。首先介紹avoir及être在「條件式過去時」的動詞變化，再介紹三組動詞的變化規則。

avoir 有			
J'aurais	eu	Nous aurions	eu
Tu aurais	eu	Vous auriez	eu
Il / Elle aurait	eu	Ils / Elles auraient	eu

être 是			
J'aurais	été	Nous aurions	été
Tu aurais	été	Vous auriez	été
Il / Elle aurait	été	Ils / Elles auraient	été

1）第一組動詞（Verbes du 1er groupe en *-er*）

凡是以 ***-er*** 結尾的第一組動詞，須先將字尾改成 ***-é***，再將助動詞 avoir 及 être 變化成「條件式現在時」。以下列舉 3 個動詞為例：

manger 吃			
J'aurais	mangé	Nous aurions	mangé
Tu aurais	mangé	Vous auriez	mangé
Il / Elle aurait	mangé	Ils / Elles auraient	mangé

entrer 進來			
Je serais	entré(e)	Nous serions	entré(e)s
Tu serais	entré(e)	Vous seriez	entré(e)s
Il serait	entré	Ils seraient	entrés
Elle serait	entrée	Elles seraient	entrées

se lever 起床、站起來			
Je me serais	levé(e)	Nous nous serions	levé(e)s
Tu te serais	levé(e)	Vous vous seriez	levé(e)s
Il se serait	levé	Ils se seraient	levés
Elle se serait	levées	Elles se seraient	levées

2）第二組動詞（Verbes du 2ème groupe en *-ir*）

凡是以 ***-ir*** 結尾的第二組動詞，須先將字尾改成 ***-i***，再將助動詞 avoir 及 être 變化成「條件式現在時」。以下列舉 3 個動詞為例：

choisir 選擇			
J'aurais	choisi	Nous aurions	choisi
Tu aurais	choisi	Vous auriez	choisi
Il / Elle aurait	choisi	Ils / Elles auraient	choisi

finir 完成			
J'aurais	fini	Nous aurions	fini
Tu aurais	fini	Vous auriez	fini
Il / Elle aurait	fini	Ils / Elles auraient	fini

obéir 服從			
J'aurais	obéi	Nous aurions	obéi
Tu aurais	obéi	Vous auriez	obéi
Il / Elle aurait	obéi	Ils / Elles auraient	obéi

3）第三組動詞（Verbes du 3ème groupe en *-ir, -ire , -ure, -uire, -ivre, -uivre, -aire, -endre, -ondre, -erdre, -ordre, -oudre, -aindre, -eindre, -oindre, -ttre, -aître, -oir, -oire, -pre, -cre,* etc.）

雖然第三組的詞尾變化很多，但是過去分詞的變化和「3-3 直陳式複合過去時」（p.54）、「3-4 直陳式愈過去時」（p.70）、「3-6 直陳式未來完成時」（p.89）與「3-9 虛擬式過去時」（p.101）的過去分詞一樣。至於助動詞 avoir 及 être 則變化成「條件式現在時」（p.103）。以下列舉 3 個動詞為例：

boire 喝			
J'aurais	bu	Nous aurions	bu
Tu aurais	bu	Vous auriez	bu
Il / Elle aurait	bu	Ils / Elles auraient	bu

ouvrir 打開			
J'aurais	ouvert	Nous aurions	ouvert
Tu aurais	ouvert	Vous auriez	ouvert
Il / Elle aurait	ouvert	Ils / Elles auraient	ouvert

partir 離開			
Je serais	parti(e)	Nous serions	parti(e)s
Tu serais	parti(e)	Vous seriez	parti(e)s
Il serait Elle serait	parti partie	Ils seraient Elles seraient	partis parties

第三組的其他動詞的過去分詞之變化，請參考 p.54 ～ p.65。

小提醒：

綜合以上三組動詞在「條件式過去時」的變化，可以得出以下結論：

1. 無論是哪一組動詞都要與助動詞 **avoir** 或 **être** 配合，因此，先要背熟這兩個助動詞的「條件式現在時」（p.103）。
2. 第一及第二組動詞的過去分詞之變化是固定的；第三組的過去分詞變化多，但還是有規則可循，學習者得下功夫背熟。
3. 「條件式過去時」的**過去分詞**與「直陳式複合過去時」、「直陳式愈過去時」、「直陳式未來完成時」、「虛擬式過去時」的**過去分詞都相同**。

4. 法語動詞變化學習訣竅

如何學好法語動詞變化是有方法的。首先，一定要先熟背「直陳式現在時」的三組動詞變化，之後就會發現每個時態都是環環相扣的，如此學習以幫助記憶。請看以下的分析（以動詞 parler 為例）：

1）「命令式現在時」的動詞如何變化

命令式不需使用主詞，也只有三個人稱的動詞變化，所以只要熟背「直陳式現在時」的動詞變化，就能掌握其他的變化。

直陳式現在時	命令式現在時
Je parle	
Tu parles	**parle**
Il / Elle parle	
Nous parlons	**parlons**
Vous parlez	**parlez**
Ils / Elles parlent	

2）「直陳式過去未完成時」的動詞如何變化

首先，要熟背「直陳式現在時」的第一人稱複數之動詞變化，例如：Nous parl**ons**，刪字尾 ***-ons***。其次，在所有人稱依序加上 ***-ais, -ais, -ait, -ions, -iez, -aient***。

直陳式現在時	直陳式過去未完成時
Je parle	Je parl**ais**
Tu parles	Tu parl**ais**
Il / Elle parle	Il / Elle parl**ait**
Nous parlons	Nous parl**ions**
Vous parlez	Vous parl**iez**
Ils / Elles parlent	Ils / Elles parl**aient**

3）「虛擬式現在時」的動詞如何變化（直陳式現在時＋直陳式過去未完成時）

首先，要在主詞前加 Que。其次，要熟背「直陳式現在時」的第三人稱複數之動詞變化及「直陳式過去未完成時」的第二與第三人稱複數。各人稱不同的詞尾變化詳細說明如下：

1. 第一、二、三人稱單數：先將「直陳式現在時」的第三人稱複數之動詞變化，再將詞尾 ***-ent*** 刪掉，最後再加上 ***-e***, ***-es***, ***-e***
2. 第一、二人稱複數：先將「直陳式現在時」的第三人稱複數之動詞變化，再將詞尾 ***-ent*** 刪掉，最後再加上 ***-ions***, ***-iez***
3. 第三人稱複數：保留原來第三人稱複數的詞尾 ***-ent***。

直陳式現在時	直陳式過去未完成時	虛擬式現在時
Je parle	Je parlais	**Que** je parl**e**
Tu parles	Tu parlais	**Que** tu parl**es**
Il / Elle parle	Il / Elle parlait	**Qu'**il / **Qu'**elle parl**e**
Nous parlons	Nous parl**ions**	**Que** nous parl**ions**
Vous parlez	Vous parl**iez**	**Que** vous parl**iez**
Ils / Elles parl**ent**	Ils / Elles parlaient	**Qu'**ils / **Qu'**elles parl**ent**

4）「直陳式簡單未來時」的動詞如何變化

不定式動詞（原形動詞）之後加上字尾 ***-ai, -as, -a, -ons, -ez, -ont***。

parler
Je parler**ai**
Tu parler**as**
Il / Elle parler**a**
Nous parler**ons**
Vous parler**ez**
Ils / Elles parler**ont**

5）「條件式現在時」的動詞如何變化（不定式動詞＋直陳式過去未完成時字尾）

不定式動詞（原形動詞）之後加上「直陳式過去未完成時」字尾 ***-ais, -ais, -ait, -ions, -iez, -aient***。

parler	**parler**
直陳式過去未完成時	條件式現在時 （不定式動詞（原形動詞）＋ 直陳式過去未完成時字尾）
Je parl**ais**	Je parler**ais**
Tu parl**ais**	Tu parler**ais**
Il / Elle parl**ait**	Il / Elle parler**ait**
Nous parl**ions**	Nous parler**ions**
Vous parl**iez**	Vous parler**iez**
Ils / Elles parl**aient**	Ils / Elles parler**aient**

6）「直陳式簡單未來時」／「條件式現在時」之比較

parler	parler
直陳式簡單未來時 （不定式動詞（原形動詞）＋ ***-ai, -as, -a, -ons, -ez, -ont***）	條件式現在時 （不定式動詞（原形動詞）＋ 過去未完成時字尾） ***-ais, -ais, -ait, -ions, -iez, -aient***）
Je parler**ai**	Je parler**ais**
Tu parler**as**	Tu parler**ais**
Il / Elle parler**a**	Il / Elle parler**ait**
Nous parler**ons**	Nous parler**ions**
Vous parler**ez**	Vous parler**iez**
Ils / Elles parler**ont**	Ils / Elles parler**aient**

7）「過去分詞」如何變化

法語時態分為「簡單時態」（temps simple）及「複合時態」（temps composé），後者搭配助動詞與過去分詞。複合時態包括「直陳式複合過去時」、「直陳式愈過去時」、「直陳式未來完成時」、「條件式過去時」與「虛擬式過去時」等；因此，這些時態的**過去分詞變化都是一樣的**。

注意以下 14 個動作動詞的變化（p.115），因為在過去時態中它們得與助動詞 être 配合，所以過去分詞得隨主詞改變。但其中有 6 個動詞（entrer、rentrer、retourner、sortir、monter、descendre）是既可以用助動詞 **avoir**，也可以用助動詞 **être**。

直陳式複合過去時 （助動詞 現在時 ＋過去分詞）	直陳式愈過去時 （助動詞 過去未完成時 ＋過去分詞）	直陳式未來完成時 （助動詞 簡單未來時 ＋過去分詞）	條件式過去時 （助動詞 條件式現在時 ＋過去分詞）	虛擬式過去時 （助動詞 虛擬式現在時 ＋過去分詞）
Elle a **parlé** Elles ont **parlé**	Elle avait **parlé** Elles avaient **parlé**	Elle aura **parlé** Elles auront **parlé**	Elle aurait **parlé** Elles auraient **parlé**	Qu'elle ait **parlé** Qu'elles aient **parlé**
Elle est **partie** Elles sont **parties**	Elle était **partie** Elles étaient **parties**	Elle sera **partie** Elles seront **parties**	Elle serait **partie** Elles seraient **parties**	Qu'elle soit **partie** Qu'elles soient **parties**
Elle s'est **levée** Elles se sont **levées**	Elle s'était **levée** Elles s'étaient **levées**	Elle se sera **levée** Elles se seront **levées**	Elle se serait **levée** Elles se seraient **levées**	Qu'elle se soit **levée** Qu'elles se soient **levées**

* 14 個動作動詞（verbes de mouvement）：aller（去）、venir（來）、entrer（進來）、rentrer（回家）、retourner（返回）、sortir（出去）、arriver（抵達）、partir（離開）、rester（停留）、monter（上去）、descendre（下來）、naître（出生）、mourir（死亡）、devenir（變成）。

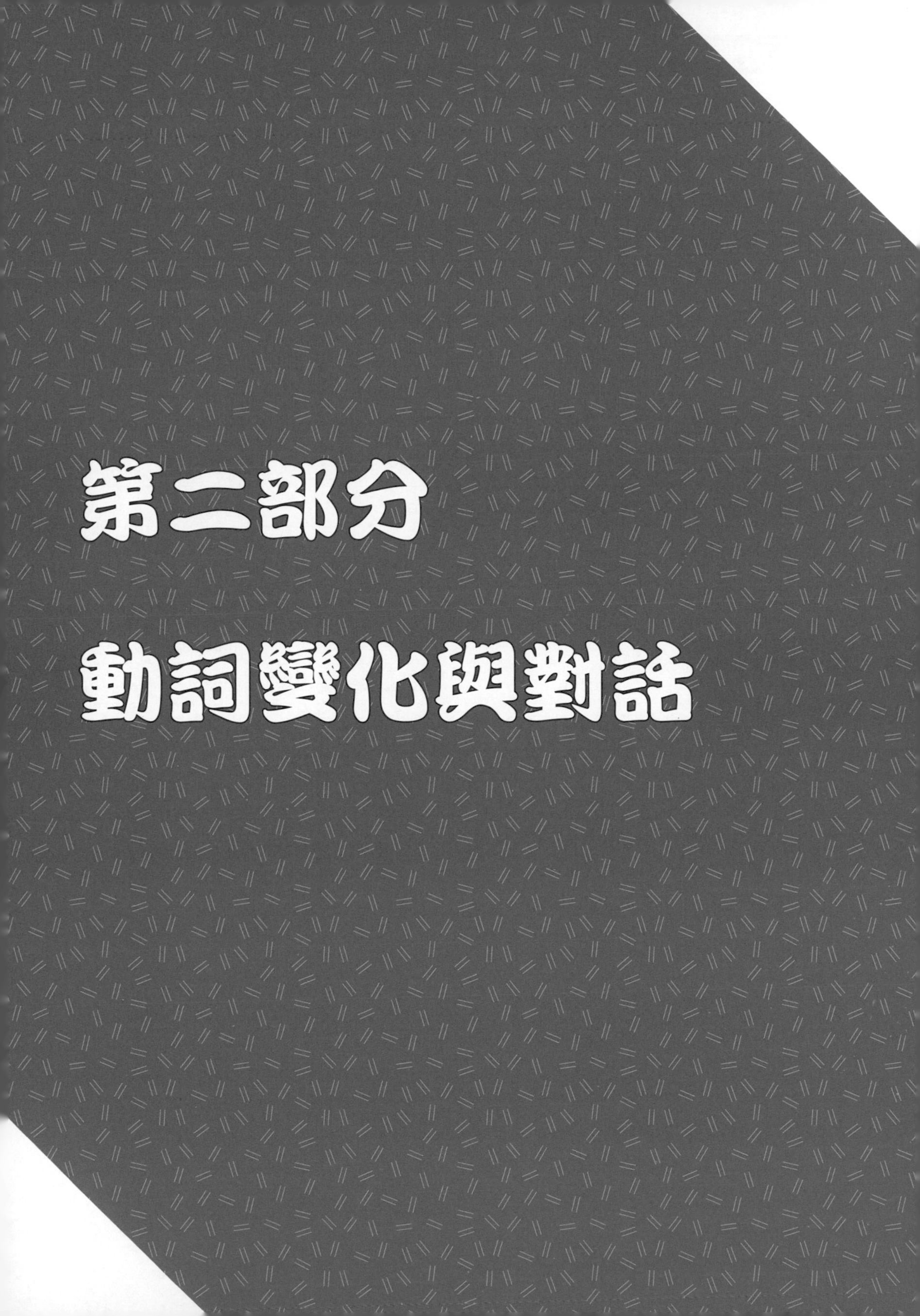
第二部分
動詞變化與對話

Accepter 接受

直陳式（Indicatif）

現在時（Présent）

J’	accepte	Nous	acceptons
Tu	acceptes	Vous	acceptez
Il / Elle	accepte	Ils / Elles	acceptent

過去未完成時（Imparfait）

J’	acceptais	Nous	acceptions
Tu	acceptais	Vous	acceptiez
Il / Elle	acceptait	Ils / Elles	acceptaient

複合過去時（Passé composé）

J’ai	accepté	Nous avons	accepté
Tu as	accepté	Vous avez	accepté
Il / Elle a	accepté	Ils / Elles ont	accepté

愈過去時（Plus-que-parfait）

J’avais	accepté	Nous avions	accepté
Tu avais	accepté	Vous aviez	accepté
Il / Elle avait	accepté	Ils / Elles avaient	accepté

簡單未來時（Futur simple）

J’	accepterai	Nous	accepterons
Tu	accepteras	Vous	accepterez
Il / Elle	acceptera	Ils / Elles	accepteront

未來完成時（Futur antérieur）

J'aurai	accepté	Nous aurons	accepté
Tu auras	accepté	Vous aurez	accepté
Il / Elle aura	accepté	Ils / Elles auront	accepté

命令式（Impératif）

現在時（Présent）

Accepte
Acceptons
Acceptez

虛擬式（Subjonctif）

現在時（Présent）

Que j'	accepte	Que nous	acceptions
Que tu	acceptes	Que vous	acceptiez
Qu'il / Qu'elle	accepte	Qu'ils / Qu'elles	acceptent

過去時（Passé）

Que j'aie	accepté	Que nous ayons	accepté
Que tu aies	accepté	Que vous ayez	accepté
Qu'il / Qu'elle ait	accepté	Qu'ils / Qu'elles aient	accepté

條件式（Conditionnel）

現在時（Présent）

J’	accepterais	Nous	accepterions
Tu	accepterais	Vous	accepteriez
Il / Elle	accepterait	Ils / Elles	accepteraient

過去時（Passé）

J’aurais	accepté	Nous aurions	accepté
Tu aurais	accepté	Vous auriez	accepté
Il / Elle aurait	accepté	Ils / Elles auraient	accepté

Pierre : Veux-tu prendre l’apéro avec nous ce soir ?
今晚妳要跟我們喝杯餐前開胃酒嗎？

Julia : Oui, avec plaisir ! (Oui, **j’accepte** avec plaisir.)
好的，我很樂於接受你的邀請！

Acheter 買

直陳式（Indicatif）

現在時（Présent）

J'	achète	Nous	achetons
Tu	achètes	Vous	achetez
Il / Elle	achète	Ils / Elles	achètent

過去未完成時（Imparfait）

J'	achetais	Nous	achetions
Tu	achetais	Vous	achetiez
Il / Elle	achetait	Ils / Elles	achetaient

複合過去時（Passé composé）

J'ai	acheté	Nous avons	acheté
Tu as	acheté	Vous avez	acheté
Il / Elle a	acheté	Ils / Elles ont	acheté

愈過去時（Plus-que-parfait）

J'avais	acheté	Nous avions	acheté
Tu avais	acheté	Vous aviez	acheté
Il / Elle avait	acheté	Ils / Elles avaient	acheté

簡單未來時（Futur simple）

J'	achèterai	Nous	achèterons
Tu	achèteras	Vous	achèterez
Il / Elle	achètera	Ils / Elles	achèteront

未來完成時（Futur antérieur）

J'aurai	acheté	Nous aurons	acheté
Tu auras	acheté	Vous aurez	acheté
Il / Elle aura	acheté	Ils / Elles auront	acheté

命令式（Impératif）

現在時（Présent）

Achète
Achetons
Achetez

虛擬式（Subjonctif）

現在時（Présent）

Que j'	achète	Que nous	achetions
Que tu	achètes	Que vous	achetiez
Qu'il / Qu'elle	achète	Qu'ils / Qu'elles	achètent

過去時（Passé）

Que j'aie	acheté	Que nous ayons	acheté
Que tu aies	acheté	Que vous ayez	acheté
Qu'il / Qu'elle ait	acheté	Qu'ils / Qu'elles aient	acheté

條件式（Conditionnel）

現在時（Présent）

J'	achèterais	Nous	achèterions
Tu	achèterais	Vous	achèteriez
Il / Elle	achèterait	Ils / Elles	achèteraient

過去時（Passé）

J'aurais	acheté	Nous aurions	acheté
Tu aurais	acheté	Vous auriez	acheté
Il / Elle aurait	acheté	Ils / Elles auraient	acheté

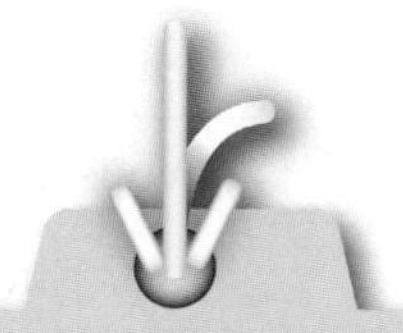

對話

Cécile : **Tu achètes** souvent quelque chose sur Internet ?
妳是不是經常在網路上買東西？

Sylvie : Oui, c'est pratique.
對啊，很方便。

Adorer 熱愛

直陳式（Indicatif）

現在時（Présent）

J’	adore	Nous	adorons
Tu	adores	Vous	adorez
Il / Elle	adore	Ils / Elles	adorent

過去未完成時（Imparfait）

J’	adorais	Nous	adorions
Tu	adorais	Vous	adoriez
Il / Elle	adorait	Ils / Elles	adoraient

複合過去時（Passé composé）

J’ai	adoré	Nous avons	adoré
Tu as	adoré	Vous avez	adoré
Il / Elle a	adoré	Ils / Elles ont	adoré

愈過去時（Plus-que-parfait）

J’avais	adoré	Nous avions	adoré
Tu avais	adoré	Vous aviez	adoré
Il / Elle avait	adoré	Ils / Elles avaient	adoré

簡單未來時（Futur simple）

J’	adorerai	Nous	adorerons
Tu	adoreras	Vous	adorerez
Il / Elle	adorera	Ils / Elles	adoreront

未來完成時（Futur antérieur）

J’aurai	adoré	Nous aurons	adoré
Tu auras	adoré	Vous aurez	adoré
Il / Elle aura	adoré	Ils / Elles auront	adoré

命令式（Impératif）

現在時（Présent）

Adore
Adorons
Adorez

虛擬式（Subjonctif）

現在時（Présent）

Que j’	adore	Que nous	adorions
Que tu	adores	Que vous	adoriez
Qu’il / Qu’elle	adore	Qu’ils / Qu’elles	adorent

過去時（Passé）

Que j’aie	adoré	Que nous ayons	adoré
Que tu aies	adoré	Que vous ayez	adoré
Qu’il / Qu’elle ait	adoré	Qu’ils / Qu’elles aient	adoré

條件式（Conditionnel）

現在時（Présent）

J’	adorerais	Nous	adorerions
Tu	adorerais	Vous	adoreriez
Il / Elle	adorerait	Ils / Elles	adoreraient

過去時（Passé）

J’aurais	adoré	Nous aurions	adoré
Tu aurais	adoré	Vous auriez	adoré
Il / Elle aurait	adoré	Ils / Elles auraient	adoré

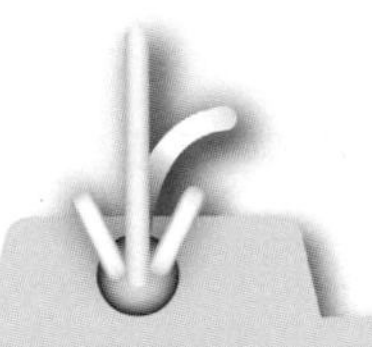

Cédric : Vous aimez beaucoup le café au lait ?
你們很喜歡喝咖啡牛奶嗎？

Anne et son mari : Oui, **nous adorons** ça.
Anne 和她的丈夫： 喜歡，我們超愛。

Aider 幫助

直陳式（Indicatif）

現在時（Présent）

J’	aide	Nous	aidons
Tu	aides	Vous	aidez
Il / Elle	aide	Ils / Elles	aident

過去未完成時（Imparfait）

J’	aidais	Nous	aidions
Tu	aidais	Vous	aidiez
Il / Elle	aidait	Ils / Elles	aidaient

複合過去時（Passé composé）

J’ai	aidé	Nous avons	aidé
Tu as	aidé	Vous avez	aidé
Il / Elle a	aidé	Ils / Elles ont	aidé

愈過去時（Plus-que-parfait）

J’avais	aidé	Nous avions	aidé
Tu avais	aidé	Vous aviez	aidé
Il / Elle avait	aidé	Ils / Elles avaient	aidé

簡單未來時（Futur simple）

J’	aiderai	Nous	aiderons
Tu	aideras	Vous	aiderez
Il / Elle	aidera	Ils / Elles	aideront

未來完成時（Futur antérieur）

J'aurai	aidé	Nous aurons	aidé
Tu auras	aidé	Vous aurez	aidé
Il / Elle aura	aidé	Ils / Elles auront	aidé

命令式（Impératif）

現在時（Présent）

Aide
Aidons
Aidez

虛擬式（Subjonctif）

現在時（Présent）

Que j'	aide	Que nous	aidions
Que tu	aides	Que vous	aidiez
Qu'il / Qu'elle	aide	Qu'ils / Qu'elles	aident

過去時（Passé）

Que j'aie	aidé	Nous ayons	aidé
Que tu aies	aidé	Vous ayez	aidé
Qu'il / Qu'elle ait	aidé	Ils / Elles aient	aidé

條件式（Conditionnel）

現在時（Présent）

J’	aiderais	Nous	aiderions
Tu	aiderais	Vous	aideriez
Il / Elle	aiderait	Ils / Elles	aideraient

過去時（Passé）

J’aurais	aidé	Nous aurions	aidé
Tu aurais	aidé	Vous auriez	aidé
Il / Elle aurait	aidé	Ils / Elles auraient	aidé

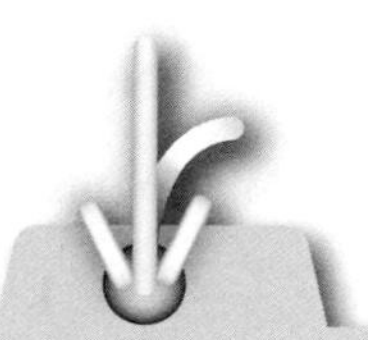

Zoé : Tu peux m’**aider** ?

你能幫我忙嗎？

Samuel : D’accord, j’arrive tout de suite.

好的，我馬上來。

Aimer 愛

直陳式（Indicatif）

現在時（Présent）

J’	aime	Nous	aimons
Tu	aimes	Vous	aimez
Il / Elle	aime	Ils / Elles	aiment

過去未完成時（Imparfait）

J’	aimais	Nous	aimions
Tu	aimais	Vous	aimiez
Il / Elle	aimait	Ils / Elles	aimaient

複合過去時（Passé composé）

J’ai	aimé	Nous avons	aimé
Tu as	aimé	Vous avez	aimé
Il / Elle a	aimé	Ils / Elles ont	aimé

愈過去時（Plus-que-parfait）

J’avais	aimé	Nous avions	aimé
Tu avais	aimé	Vous aviez	aimé
Il / Elle avait	aimé	Ils / Elles avaient	aimé

簡單未來時（Futur simple）

J’	aimerai	Nous	aimerons
Tu	aimeras	Vous	aimerez
Il / Elle	aimera	Ils / Elles	aimeront

未來完成時（Futur antérieur）

J'aurai	aimé	Nous aurons	aimé
Tu auras	aimé	Vous aurez	aimé
Il / Elle aura	aimé	Ils / Elles auront	aimé

命令式（Impératif）

現在時（Présent）

Aime
Aimons
Aimez

虛擬式（Subjonctif）

現在時（Présent）

Que j'	aime	Que nous	aimions
Que tu	aimes	Que vous	aimiez
Qu'il / Qu'elle	aime	Qu'ils / Qu'elles	aiment

過去時（Passé）

Que j'aie	aimé	Que nous ayons	aimé
Que tu aies	aimé	Que vous ayez	aimé
Qu'il / Qu'elle ait	aimé	Qu'ils / Qu'elles aient	aimé

條件式（Conditionnel）

現在時（Présent）

J’	aimerais	Nous	aimerions
Tu	aimerais	Vous	aimeriez
Il / Elle	aimerait	Ils / Elles	aimeraient

過去時（Passé）

J’aurais	aimé	Nous aurions	aimé
Tu aurais	aimé	Vous auriez	aimé
Il / Elle aurait	aimé	Ils / Elles auraient	aimé

Sophie : **Tu** ne m’**aimes** plus ?

你不再愛了我嗎？

Paul : Mais si, **je** t’**aime** toujours.

當然愛，我總是愛妳。

Aller 去

直陳式（Indicatif）

現在時（Présent）

Je	vais	Nous	allons
Tu	vas	Vous	allez
Il / Elle	va	Ils / Elles	vont

過去未完成時（Imparfait）

J’	allais	Nous	allions
Tu	allais	Vous	alliez
Il / Elle	allait	Ils / Elles	allaient

複合過去時（Passé composé）

Je suis	allé(e)	Nous sommes	allé(e)s
Tu es	allé(e)	Vous êtes	allé(e)s
Il est Elle est	allé allée	Ils sont Elles sont	allés allées

愈過去時（Plus-que-parfait）

J’étais	allé(e)	Nous étions	allé(e)s
Tu étais	allé(e)	Vous étiez	allé(e)s
Il était Elle était	allé allée	Ils étaient Elles étaient	allés allées

簡單未來時（Futur simple）

J’	irai	Nous	irons
Tu	iras	Vous	irez
Il / Elle	ira	Ils / Elles	iront

未來完成時（Futur antérieur）

Je serai	allé(e)	Nous serons	allé(e)s
Tu seras	allé(e)	Vous serez	allé(e)s
Il sera Elle sera	allé allée	Ils seront Elles seront	allés allées

注意：這個動詞的字尾雖然以 ***-er*** 結尾，但並不屬於第一組動詞，是個例外的動詞。

命令式（Impératif）

現在時（Présent）

Va
Allons
Allez

注意：命令式的動詞變化是以「直陳式現在時」為基準，但在此的 ***va*** 不能加 ***-s***。

虛擬式（Subjonctif ）

現在時（Présent）

Que j'	aille	Que nous	allions
Que tu	ailles	Que vous	alliez
Qu'il / Qu'elle	aille	Qu'ils / Qu'elles	aillent

過去時（Passé）

Que je sois	allé(e)	Que nous soyons	allé(e)s
Que tu sois	allé(e)	Que vous soyez	allé(e)s
Qu'il soit Qu'elle soit	allé allée	Qu'ils soient Qu'elles soient	allés allées

條件式（Conditionnel）

現在時（Présent）

J’	irais	Nous	irions
Tu	irais	Vous	iriez
Il / Elle	irait	Ils / Elles	iraient

過去時（Passé）

Je serais	allé(e)	Nous serions	allé(e)s
Tu serais	allé(e)	Vous seriez	allé(e)s
Il serait Elle serait	allé allée	Ils seraient Elles seraient	allés allées

Laurent : Qu’est-ce que vous avez fait hier soir ?
妳們昨天晚上做了什麼？

Julie et Irène : **Nous sommes allées** au cinéma avec des amis.
Julie 和 Irène： 我們跟幾個朋友去看電影。

Amener 帶（人）來

直陳式（Indicatif）

現在時（Présent）

J'	amène	Nous	amenons
Tu	amènes	Vous	amenez
Il / Elle	amène	Ils / Elles	amènent

過去未完成時（Imparfait）

J'	amenais	Nous	amenions
Tu	amenais	Vous	ameniez
Il / Elle	amenait	Ils / Elles	amenaient

複合過去時（Passé composé）

J'ai	amené	Nous avons	amené
Tu as	amené	Vous avez	amené
Il / Elle a	amené	Ils / Elles ont	amené

愈過去時（Plus-que-parfait）

J'avais	amené	Nous avions	amené
Tu avais	amené	Vous aviez	amené
Il / Elle avait	amené	Ils / Elles avaient	amené

簡單未來時（Futur simple）

J'	amènerai	Nous	amènerons
Tu	amèneras	Vous	amènerez
Il / Elle	amènera	Ils / Elles	amèneront

未來完成時（Futur antérieur）

J'aurai	amené	Nous aurons	amené
Tu auras	amené	Vous aurez	amené
Il / Elle aura	amené	Ils / Elles auront	amené

命令式（Impératif）

現在時（Présent）

Amène
Amenons
Amenez

虛擬式（Subjonctif）

現在時（Présent）

Que j'	amène	Que nous	amenions
Que tu	amènes	Que vous	ameniez
Qu'il / Qu'elle	amène	Qu'ils / Qu'elles	amènent

過去時（Passé）

Que j'aie	amené	Que nous ayons	amené
Que tu aies	amené	Que vous ayez	amené
Qu'il / Qu'elle ait	amené	Qu'ils / Qu'elles aient	amené

條件式（Conditionnel）

現在時（Présent）

J'	amènerais	Nous	amènerions
Tu	amènerais	Vous	amèneriez
Il / Elle	amènerait	Ils / Elles	amèneraient

過去時（Passé）

J'aurais	amené	Nous aurions	amené
Tu aurais	amené	Vous auriez	amené
Il / Elle aurait	amené	Ils / Elles auraient	amené

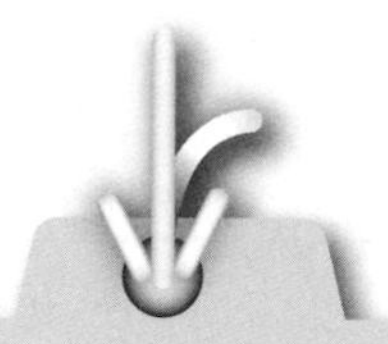

Jean-Pierre : Pour la soirée de la semaine prochaine, **j'amènerai** quelques amis étrangers, ça vous va ?
下週的晚會我將帶幾個外國朋友來，可以嗎？

Sandrine : Mais oui, vous êtes tous les bienvenus.
當然可以，歡迎你（妳）們來參加。

Appeler 叫

直陳式（Indicatif）

現在時（Présent）

J’	appelle	Nous	appelons
Tu	appelles	Vous	appelez
Il / Elle	appelle	Ils / Elles	appellent

過去未完成時（Imparfait）

J’	appelais	Nous	appelions
Tu	appelais	Vous	appeliez
Il / Elle	appelait	Ils / Elles	appelaient

複合過去時（Passé composé）

J’ai	appelé	Nous avons	appelé
Tu as	appelé	Vous avez	appelé
Il / Elle a	appelé	Ils / Elles ont	appelé

愈過去時（Plus-que-parfait）

J’avais	appelé	Nous avions	appelé
Tu avais	appelé	Vous aviez	appelé
Il / Elle avait	appelé	Ils / Elles avaient	appelé

簡單未來時（Futur simple）

J’	appellerai	Nous	appellerons
Tu	appelleras	Vous	appellerez
Il / Elle	appellera	Ils / Elles	appelleront

未來完成時（Futur antérieur）

J'aurai	appelé	Nous aurons	appelé
Tu auras	appelé	Vous aurez	appelé
Il / Elle aura	appelé	Ils / Elles auront	appelé

命令式（Impératif）

現在時（Présent）

Appelle
Appelons
Appelez

虛擬式（Subjonctif）

現在時（Présent）

Que j'	appelle	Que nous	appelions
Que tu	appelles	Que vous	appeliez
Qu'il / Qu'elle	appelle	Qu'ils / Qu'elles	appellent

過去時（passé）

Que j'aie	appelé	Que nous ayons	appelé
Que tu aies	appelé	Que vous ayez	appelé
Qu'il / Qu'elle ait	appelé	Qu'ils / Qu'elles aient	appelé

條件式（Conditionnel）

現在時（Présent）

J'	appellerais	Nous	appellerions
Tu	appellerais	Vous	appelleriez
Il / Elle	appellerait	Ils / Elles	appelleraient

過去時（Passé）

J'aurais	appelé	Nous aurions	appelé
Tu aurais	appelé	Vous auriez	appelé
Il / Elle aurait	appelé	Ils / Elles auraient	appelé

Vincent : Tu vas à la gare maintenant ? **Je** t'**appelle** un Uber Taxi.
妳現在去火車站嗎？我幫妳叫一部 Uber 計程車。

Muriel : C'est vraiment très gentil, merci beaucoup.
太好了，謝謝你。

Apporter 帶（東西）來

直陳式（Indicatif）

現在時（Présent）

J'	apporte	Nous	apportons
Tu	apportes	Vous	apportez
Il / Elle	apporte	Ils / Elles	apportent

過去未完成時（Imparfait）

J'	apportais	Nous	apportions
Tu	apportais	Vous	apportiez
Il / Elle	apportait	Ils / Elles	apportaient

複合過去時（Passé composé）

J'ai	apporté	Nous avons	apporté
Tu as	apporté	Vous avez	apporté
Il / Elle a	apporté	Ils / Elles ont	apporté

愈過去時（Plus-que-parfait）

J'avais	apporté	Nous avions	apporté
Tu avais	apporté	Vous aviez	apporté
Il / Elle avait	apporté	Ils / Elles avaient	apporté

簡單未來時（Futur simple）

J'	apporterai	Nous	apporterons
Tu	apporteras	Vous	apporterez
Il / Elle	apportera	Ils / Elles	apporteront

未來完成時（Futur antérieur）

J'aurai	apporté	Nous aurons	apporté
Tu auras	apporté	Vous aurez	apporté
Il / Elle aura	apporté	Ils / Elles auront	apporté

命令式（Impératif）

現在時（Présent）

Apporte
Apportons
Apportez

虛擬式（Subjonctif）

現在時（Présent）

Que j'	apporte	Que nous	apportions
Que tu	apportes	Que vous	apportiez
Qu'il / Qu'elle	apporte	Qu'ils / Qu'elles	apportent

過去時（passé）

Que j'aie	apporté	Que nous ayons	apporté
Que tu aies	apporté	Que vous ayez	apporté
Qu'il / Qu'elle ait	apporté	Qu'ils / Qu'elles aient	apporté

條件式（Conditionnel）

現在時（Présent）

J’	apporterais	Nous	apporterions
Tu	apporterais	Vous	apporteriez
Il / Elle	apporterait	Ils / Elles	apporteraient

過去時（Passé）

J’aurais	apporté	Nous aurions	apporté
Tu aurais	apporté	Vous auriez	apporté
Il / Elle aurait	apporté	Ils / Elles auraient	apporté

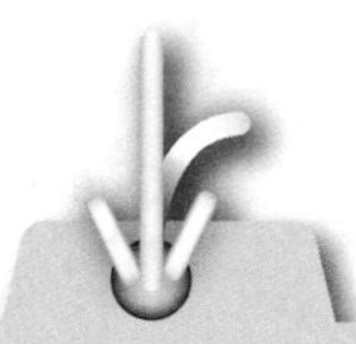

Le père : **Apporte**-moi un verre d’eau, s’il te plaît.
父親：　請你帶一杯水給我。

Le fils : Un instant, je suis au téléphone avec ma copine.
兒子：　等一下，我正在和我的女朋友講電話。

Apprendre 學習

直陳式（Indicatif）

現在時（Présent）

J’	apprends	Nous	apprenons
Tu	apprends	Vous	apprenez
Il / Elle	apprend	Ils / Elles	apprennent

過去未完成時（Imparfait）

J’	apprenais	Nous	apprenions
Tu	apprenais	Vous	appreniez
Il / Elle	apprenait	Ils / Elles	apprenaient

複合過去時（Passé composé）

J’ai	appris	Nous avons	appris
Tu as	appris	Vous avez	appris
Il / Elle a	appris	Ils / Elles ont	appris

愈過去時（Plus-que-parfait）

J’avais	appris	Nous avions	appris
Tu avais	appris	Vous aviez	appris
Il / Elle avait	appris	Ils / Elles avaient	appris

簡單未來時（Futur simple）

J’	apprendrai	Nous	apprendrons
Tu	apprendras	Vous	apprendrez
Il / Elle	apprendra	Ils / Elles	apprendront

未來完成時（Futur antérieur）

J'aurai	appris	Nous aurons	appris
Tu auras	appris	Vous aurez	appris
Il / Elle aura	appris	Ils / Elles auront	appris

命令式（Impératif）

現在時（Présent）

Apprends
Apprenons
Apprenez

虛擬式（Subjonctif）

現在時（Présent）

Que j'	apprenne	Que nous	apprenions
Que tu	apprennes	Que vous	appreniez
Qu'il / Qu'elle	apprenne	Qu'ils / Qu'elles	apprennent

過去時（Passé）

Que j'aie	appris	Que nous ayons	appris
Que tu aies	appris	Que vous ayez	appris
Qu'il / Qu'elle ait	appris	Qu'ils / Qu'elles aient	appris

條件式（Conditionnel）

現在時（Présent）

J’	apprendrais	Nous	apprendrions
Tu	apprendrais	Vous	apprendriez
Il / Elle	apprendrait	Ils / Elles	apprendraient

過去時 （Passé）

J’aurais	appris	Nous aurions	appris
Tu aurais	appris	Vous auriez	appris
Il / Elle aurait	appris	Ils / Elles auraient	appris

Didier et Laure : **Nous apprenons** le français depuis un mois, et toi ?

Didier 和 Laure： 我們學法文學了一個月，妳呢？

Delphine : Moi ? Depuis 3 ans.

我嗎？我學了 3 年。

Arriver 抵達

直陳式（Indicatif）

現在時（Présent）

J’	arrive	Nous	arrivons
Tu	arrives	Vous	arrivez
Il / Elle	arrive	Ils / Elles	arrivent

過去未完成時（Imparfait）

J’	arrivais	Nous	arrivions
Tu	arrivais	Vous	arriviez
Il / Elle	arrivait	Ils / Elles	arrivaient

複合過去時（Passé composé）

Je suis	arrivé(e)	Nous sommes	arrivé(e)s
Tu es	arrivé(e)	Vous êtes	arrivé(e)s
Il est Elle est	arrivé arrivée	Ils sont Elles sont	arrivés arrivées

愈過去時（Plus-que-parfait）

J’étais	arrivé(e)	Nous étions	arrivé(e)s
Tu étais	arrivé(e)	Vous étiez	arrivé(e)s
Il était Elle était	arrivé arrivée	Ils étaient Elles étaient	arrivés arrivées

簡單未來時（Futur simple）

J’	arriverai	Nous	arriverons
Tu	arriveras	Vous	arriverez
Il / Elle	arrivera	Ils / Elles	arriveront

未來完成時（Futur antérieur）

Je serai	arrivé(e)	Nous serons	arrivé(e)s
Tu seras	arrivé(e)	Vous serez	arrivé(e)s
Il sera Elle sera	arrivé arrivée	Ils seront Elles seront	arrivés arrivées

命令式（Impératif）

現在時（Présent）

Arrive
Arrivons
Arrivez

虛擬式（Subjonctif）

現在時（Présent）

Que j'	arrive	Que nous	arrivions
Que tu	arrives	Que vous	arriviez
Qu'il / Qu'elle	arrive	Qu'ils / Qu'elles	arrivent

過去時 （Passé）

Que je sois	arrivé(e)	Que nous soyons	arrivé(e)s
Que tu sois	arrivé(e)	Que vous soyez	arrivé(e)s
Qu'il soit Qu'elle soit	arrivé arrivée	Qu'ils soient Qu'elles soient	arrivés arrivées

條件式（Conditionnel）

現在時（Présent）

J'	arriverais	Nous	arriverions
Tu	arriverais	Vous	arriveriez
Il / Elle	arriverait	Ils / Elles	arriveraient

過去時 （Passé）

Je serais	arrivé(e)	Nous serions	arrivé(e)s
Tu serais	arrivé(e)	Vous seriez	arrivé(e)s
Il serait Elle serait	arrivé arrivée	Ils seraient Elles seraient	arrivés arrivées

Élodie : Tes parents **sont-ils arrivés** ?

你的父母親到了嗎？

Victor : Non, pas encore. Ils vont **arriver** demain.

還沒有。他們明天才到。

Attendre 等待

直陳式（Indicatif）

現在時（Présent）

J’	attends	Nous	attendons
Tu	attends	Vous	attendez
Il / Elle	attend	Ils / Elles	attendent

過去未完成時（Imparfait）

J’	attendais	Nous	attendions
Tu	attendais	Vous	attendiez
Il / Elle	attendait	Ils / Elles	attendaient

複合過去時（Passé composé）

J’ai	attendu	Nous avons	attendu
Tu as	attendu	Vous avez	attendu
Il / Elle a	attendu	Ils / Elles ont	attendu

愈過去時（Plus-que-parfait）

J’avais	attendu	Nous avions	attendu
Tu avais	attendu	Vous aviez	attendu
Il / Elle avait	attendu	Ils / Elles avaient	attendu

簡單未來時（Futur simple）

J’	attendrai	Nous	attendrons
Tu	attendras	Vous	attendrez
Il / Elle	attendra	Ils / Elles	attendront

未來完成時（Futur antérieur）

J'aurai	attendu	Nous aurons	attendu
Tu auras	attendu	Vous aurez	attendu
Il / Elle aura	attendu	Ils / Elles auront	attendu

命令式（Impératif）

現在時（Présent）

Attends
Attendons
Attendez

虛擬式（Subjonctif）

現在時（Présent）

Que j'	attende	Que nous	attendions
Que tu	attendes	Que vous	attendiez
Qu'il / Qu'elle	attende	Qu'ils / Qu'elles	attendent

過去時（Passé）

Que j'aie	attendu	Que nous ayons	attendu
Que tu aies	attendu	Que vous ayez	attendu
Qu'il / Qu'elle ait	attendu	Qu'ils / Qu'elles aient	attendu

條件式（Conditionnel）

現在時（Présent）

J’	attendrais	Nous	attendrions
Tu	attendrais	Vous	attendriez
Il / Elle	attendrait	Ils / Elles	attendraient

過去時（Passé）

J’aurais	attendu	Nous aurions	attendu
Tu aurais	attendu	Vous auriez	attendu
Il / Elle aurait	attendu	Ils / Elles auraient	attendu

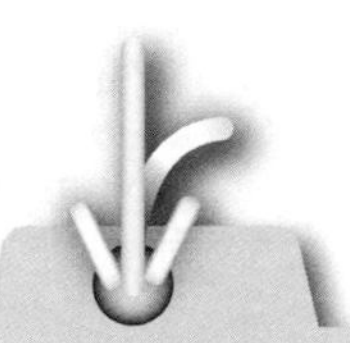

Isabelle : **Tu attends** quelqu’un ?

你在等人嗎？

Loïc : Oui, **j’attends** Louise et Valentine, on va dîner au restaurant.

是的，我在等 Louise 和 Valentine，我們要去餐廳吃晚飯。

Avoir 有

直陳式（Indicatif）

現在時（Présent）

J’	ai	Nous	avons
Tu	as	Vous	avez
Il / Elle	a	Ils / Elles	ont

過去未完成時（Imparfait）

J’	avais	Nous	avions
Tu	avais	Vous	aviez
Il / Elle	avait	Ils / Elles	avaient

複合過去時（Passé composé）

J’ai	eu	Nous avons	eu
Tu as	eu	Vous avez	eu
Il / Elle a	eu	Ils / Elles ont	eu

愈過去時（Plus-que-parfait）

J’avais	eu	Nous avions	eu
Tu avais	eu	Vous aviez	eu
Il / Elle avait	eu	Ils / Elles avaient	eu

簡單未來時（Futur simple）

J’	aurai	Nous	aurons
Tu	auras	Vous	aurez
Il / Elle	aura	Ils / Elles	auront

未來完成時（Futur antérieur）

J'aurai	eu	Nous aurons	eu
Tu auras	eu	Vous aurez	eu
Il / Elle aura	eu	Ils / Elles auront	eu

命令式（Impératif）

現在時（Présent）

Aie
Ayons
Ayez

虛擬式（Subjonctif）

現在時（Présent）

Que j'	aie	Que nous	ayons
Que tu	aies	Que vous	ayez
Qu'il / Qu'elle	ait	Qu'ils / Qu'elles	aient

過去時（Passé）

Que j'aie	eu	Que nous ayons	eu
Que tu aies	eu	Que vous ayez	eu
Qu'il / Qu'elle ait	eu	Qu'ils / Qu'elles aient	eu

條件式（Conditionnel）

現在時（Présent）

J'	aurais	Nous	aurions
Tu	aurais	Vous	auriez
Il / Elle	aurait	Ils / Elles	auraient

過去時（Passé）

J'aurais	eu	Nous aurions	eu
Tu aurais	eu	Vous auriez	eu
Il / Elle aurait	eu	Ils / Elles auraient	eu

David : **Tu as** quel âge ?

妳幾歲？

Lucie : **J'ai** vingt ans, c'est un âge épatant.

我二十歲，這是一個很棒（精彩）的年紀。

Balayer 打掃

直陳式（Indicatif）

現在時（Présent）

Je	balaie / balaye	Nous	balayons / balayons
Tu	balaies / balayes	Vous	balayez / balayez
Il / Elle	balaie / balaye	Ils / Elles	balaient / balayent

過去未完成時（Imparfait）

Je	balayais	Nous	balayions
Tu	balayais	Vous	balayiez
Il / Elle	balayait	Ils / Elles	balayaient

複合過去時（Passé composé）

J'ai	balayé	Nous avons	balayé
Tu as	balayé	Vous avez	balayé
Il / Elle a	balayé	Ils / Elles ont	balayé

愈過去時（Plus-que-parfait）

J'avais	balayé	Nous avions	balayé
Tu avais	balayé	Vous aviez	balayé
Il / Elle avait	balayé	Ils / Elles avaient	balayé

簡單未來時（Futur simple）

Je	balaierai / balayerai	Nous	balaierons / balayerons
Tu	balaieras / balayeras	Vous	balaierez / balayerez
Il / Elle	balaiera / balayera	Ils / Elles	balaieront / balayeront

未來完成時（Futur antérieur）

J'aurai	balayé	Nous aurons	balayé
Tu auras	balayé	Vous aurez	balayé
Il / Elle aura	balayé	Ils / Elles auront	balayé

命令式（Impératif）

現在時（Présent）

Balaie / Balaye
Balayons / Balayons
Balayez / Balayez

虛擬式（Subjonctif）

現在時（Présent）

Que je	balaie / balaye	Que nous	balayions / balayions
Que tu	balaies / balayes	Que vous	balayiez / balayiez
Qu'il / Qu'elle	balaie / balaye	Qu'ils / Qu'elles	balaient / balayent

過去時（Passé）

Que j'aie	balayé	Que nous ayons	balayé
Que tu aies	balayé	Que vous ayez	balayé
Qu'il / Qu'elle ait	balayé	Qu'ils / Qu'elles aient	balayé

條件式（Conditionnel）

現在時（Présent）

Je	balaierais / balayerais	Nous	balaierions / balayerions
Tu	balaierais / balayerais	Vous	balaieriez / balayeriez
Il / Elle	balaierait / balayerait	Ils / Elles	balaieraient / balayeraient

過去時（Passé）

J'aurais	balayé	Nous aurions	balayé
Tu aurais	balayé	Vous auriez	balayé
Il / Elle aurait	balayé	Ils / Elles auraient	balayé

La femme : Chéri, tu veux bien **balayer** un peu la cuisine ?
太太：　　親愛的，你要掃一下廚房嗎？

Le mari : Pas de problème, où est le balai ?
先生：　　沒問題，掃把在哪裡？

Boire 喝

直陳式（Indicatif）

現在時（Présent）

Je	bois	Nous	buvons
Tu	bois	Vous	buvez
Il / Elle	boit	Ils / Elles	boivent

過去未完成時（Imparfait）

Je	buvais	Nous	buvions
Tu	buvais	Vous	buviez
Il / Elle	buvait	Ils / Elles	buvaient

複合過去時（Passé composé）

J'ai	bu	Nous avons	bu
Tu as	bu	Vous avez	bu
Il / Elle a	bu	Ils / Elles ont	bu

愈過去時（Plus-que-parfait）

J'avais	bu	Nous avions	bu
Tu avais	bu	Vous aviez	bu
Il / Elle avait	bu	Ils / Elles avaient	bu

簡單未來時（Futur simple）

Je	boirai	Nous	boirons
Tu	boiras	Vous	boirez
Il / Elle	boira	Ils / Elles	boiront

未來完成時（Futur antérieur）

J’aurai	bu	Nous aurons	bu
Tu auras	bu	Vous aurez	bu
Il / Elle aura	bu	Ils / Elles auront	bu

命令式（Impératif）

現在時（Présent）

Bois
Buvons
Buvez

虛擬式（Subjonctif）

現在時（Présent）

Que je	boive	Que nous	buvions
Que tu	boives	Que vous	buviez
Qu’il / Qu’elle	boive	Qu’ils / Qu’elles	boivent

過去時（Passé）

Que j’aie	bu	Que nous ayons	bu
Que tu aies	bu	Que vous ayez	bu
Qu’il / Qu’elle ait	bu	Qu’ils / Qu’elles aient	bu

條件式（Conditionnel）

現在時（Présent）

Je	boirais	Nous	boirions
Tu	boirais	Vous	boiriez
Il / Elle	boirait	Ils / Elles	boiraient

過去時（Passé）

J'aurais	bu	Nous aurions	bu
Tu aurais	bu	Vous auriez	bu
Il / Elle aurait	bu	Ils / Elles auraient	bu

Marie : D'habitude, qu'est-ce que **vous buvez** au petit-déjeuner ?

早餐你們習慣喝什麼？

Matin et Nicole : **Nous buvons** du café.

Matin 和 Nicole： 我們喝咖啡。

Casser 打破

直陳式（Indicatif）

現在時（Présent）

Je	casse	Nous	cassons
Tu	casses	Vous	cassez
Il / Elle	casse	Ils / Elles	cassent

過去未完成時（Imparfait）

Je	cassais	Nous	cassions
Tu	cassais	Vous	cassiez
Il / Elle	cassait	Ils / Elles	cassaient

複合過去時（Passé composé）

J'ai	cassé	Nous avons	cassé
Tu as	cassé	Vous avez	cassé
Il / Elle a	cassé	Ils / Elles ont	cassé

愈過去時（Plus-que-parfait）

J'avais	cassé	Nous avions	cassé
Tu avais	cassé	Vous aviez	cassé
Il / Elle avait	cassé	Ils / Elles avaient	cassé

簡單未來時（Futur simple）

Je	casserai	Nous	casserons
Tu	casseras	Vous	casserez
Il / Elle	cassera	Ils / Elles	casseront

未來完成時（Futur antérieur）

J'aurai	cassé	Nous aurons	cassé
Tu auras	cassé	Vous aurez	cassé
Il / Elle aura	cassé	Ils / Elles auront	cassé

命令式（Impératif）

現在時（Présent）

Casse
Cassons
Cassez

虛擬式（Subjonctif）

現在時（Présent）

Que je	casse	Que nous	cassions
Que tu	casses	Que vous	cassiez
Qu'il / Qu'elle	casse	Qu'ils / Qu'elles	cassent

過去時（Passé）

Que j'aie	cassé	Que nous ayons	cassé
Que tu aies	cassé	Que vous ayez	cassé
Qu'il / Qu'elle ait	cassé	Qu'ils / Qu'elles aient	cassé

條件式（Conditionnel）

現在時（Présent）

Je	casserais	Nous	casserions
Tu	casserais	Vous	casseriez
Il / Elle	casserait	Ils / Elles	casseraient

過去時（Passé）

J'aurais	cassé	Nous aurions	cassé
Tu aurais	cassé	Vous auriez	cassé
Il / Elle aurait	cassé	Ils / Elles auraient	cassé

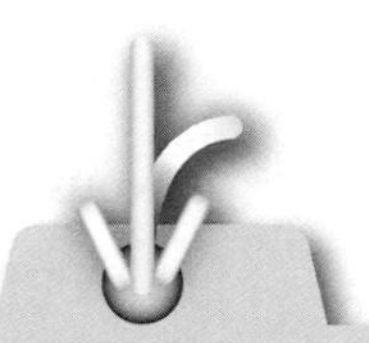

La sœur : **Qui a cassé** le cendrier de Papa ?
姊姊： 誰打破了爸爸的菸灰缸？

Le frère : Ce n'est pas moi, c'est peut-être notre chat.
弟弟： 不是我，可能是我們的貓。

Chanter 唱歌

直陳式（Indicatif）

現在時（Présent）

Je	chante	Nous	chantons
Tu	chantes	Vous	chantez
Il / Elle	chante	Ils / Elles	chantent

過去未完成時（Imparfait）

Je	chantais	Nous	chantions
Tu	chantais	Vous	chantiez
Il / Elle	chantait	Ils / Elles	chantaient

複合過去時（Passé composé）

J'ai	chanté	Nous avons	chanté
Tu as	chanté	Vous avez	chanté
Il / Elle a	chanté	Ils / Elles ont	chanté

愈過去時（Plus-que-parfait）

J'avais	chanté	Nous avions	chanté
Tu avais	chanté	Vous aviez	chanté
Il / Elle avait	chanté	Ils / Elles avaient	chanté

簡單未來時（Futur simple）

Je	chanterai	Nous	chanterons
Tu	chanteras	Vous	chanterez
Il / Elle	chantera	Ils / Elles	chanteront

C

未來完成時（Futur antérieur）

J'aurai	chanté	Nous aurons	chanté
Tu auras	chanté	Vous aurez	chanté
Il / Elle aura	chanté	Ils / Elles auront	chanté

命令式（Impératif）

現在時（Présent）

Chante
Chantons
Chantez

虛擬式（Subjonctif）

現在時（Présent）

Que je	chante	Que nous	chantions
Que tu	chantes	Que vous	chantiez
Qu'il / Qu'elle	chante	Qu'ils / Qu'elles	chantent

過去時（Passé）

Que j'aie	chanté	Que nous ayons	chanté
Que tu aies	chanté	Que vous ayez	chanté
Qu'il / Qu'elle ait	chanté	Qu'ils / Qu'elles aient	chanté

條件式（Conditionnel）

現在時（Présent）

Je	chanterais	Nous	chanterions
Tu	chanterais	Vous	chanteriez
Il / Elle	chanterait	Ils / Elles	chanteraient

過去時（Passé）

Que j'aie	chanté	Que nous ayons	chanté
Que tu aies	chanté	Que vous ayez	chanté
Qu'il / Qu'elle ait	chanté	Qu'ils / Qu'elles aient	chanté

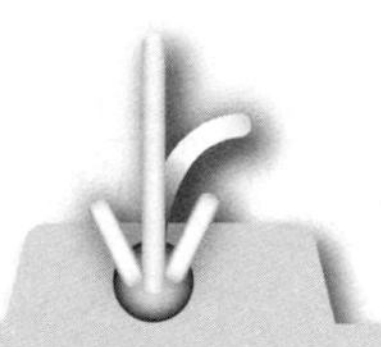

Brigitte : Tu aimes **chanter** ? On va au karaoké ce soir ?
妳喜歡唱歌嗎？今晚我們去卡拉 ok 好嗎？

Caroline : C'est une bonne idée ! À ce soir !
好主意！今晚見！

Chercher 尋找

直陳式（Indicatif）

現在時（Présent）

Je	cherche	Nous	cherchons
Tu	cherches	Vous	cherchez
Il / Elle	cherche	Ils / Elles	cherchent

過去未完成時（Imparfait）

Je	cherchais	Nous	cherchions
Tu	cherchais	Vous	cherchiez
Il / Elle	cherchait	Ils / Elles	cherchaient

複合過去時（Passé composé）

J'ai	cherché	Nous avons	cherché
Tu as	cherché	Vous avez	cherché
Il / Elle a	cherché	Ils / Elles ont	cherché

愈過去時（Plus-que-parfait）

J'avais	cherché	Nous avions	cherché
Tu avais	cherché	Vous aviez	cherché
Il / Elle avait	cherché	Ils / Elles avaient	cherché

簡單未來時（Futur simple）

Je	chercherai	Nous	chercherons
Tu	chercheras	Vous	chercherez
Il / Elle	cherchera	Ils / Elles	chercheront

未來完成時（Futur antérieur）

J'aurai	cherché	Nous aurons	cherché
Tu auras	cherché	Vous aurez	cherché
Il / Elle aura	cherché	Ils / Elles auront	cherché

命令式（Impératif）

現在時（Présent）

Cherche
Cherchons
Cherchez

虛擬式（Subjonctif）

現在時（Présent）

Que je	cherche	Que nous	cherchions
Que tu	cherches	Que vous	cherchiez
Qu'il / Qu'elle	cherche	Qu'ils / Qu'elles	cherchent

過去時（Passé）

Que j'aie	cherché	Que nous ayons	cherché
Que tu aies	cherché	Que vous ayez	cherché
Qu'il / Qu'elle ait	cherché	Qu'ils / Qu'elles aient	cherché

條件式（Conditionnel）

現在時（Présent）

Je	chercherais	Nous	chercherions
Tu	chercherais	Vous	chercheriez
Il / Elle	chercherait	Ils / Elles	chercheraient

過去時（Passé）

J'aurais	cherché	Nous aurions	cherché
Tu aurais	cherché	Vous auriez	cherché
Il / Elle aurait	cherché	Ils / Elles auraient	cherché

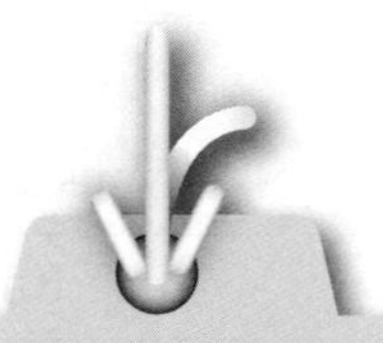

Christine : Qu'est-ce que **vous cherchez** ?
你們正在找什麼？

Denis et son ami : **Nous cherchons** notre portable.
Denis 和他的朋友： 我們在找我們的手機。

Commencer 開始

直陳式（Indicatif）

現在時（Présent）

Je	commence	Nous	commençons
Tu	commences	Vous	commencez
Il / Elle	commence	Ils / Elles	commencent

過去未完成時（Imparfait）

Je	commençais	Nous	commencions
Tu	commençais	Vous	commenciez
Il / Elle	commençait	Ils / Elles	commençaient

複合過去時（Passé composé）

J'ai	commencé	Nous avons	commencé
Tu as	commencé	Vous avez	commencé
Il / Elle a	commencé	Ils / Elles ont	commencé

愈過去時（Plus-que-parfait）

J'avais	commencé	Nous avions	commencé
Tu avais	commencé	Vous aviez	commencé
Il / Elle avait	commencé	Ils / Elles avaient	commencé

簡單未來時（Futur simple）

Je	commencerai	Nous	commencerons
Tu	commenceras	Vous	commencerez
Il / Elle	commencera	Ils / Elles	commenceront

未來完成時（Futur antérieur）

J'aurai	commencé	Nous aurons	commencé
Tu auras	commencé	Vous aurez	commencé
Il / Elle aura	commencé	Ils / Elles auront	commencé

命令式（Imperatif）

現在時（Présent）

Commence
Commençons
Commencez

虛擬式（Subjonctif）

現在時（Présent）

Que je	commence	Que nous	commencions
Que tu	commences	Que vous	commenciez
Qu'il / Qu'elle	commence	Qu'ils / Qu'elles	commencent

過去時（Passé）

Que j'aie	commencé	Que nous ayons	commencé
Que tu aies	commencé	Que vous ayez	commencé
Qu'il / Qu'elle ait	commencé	Qu'ils / Qu'elles aient	commencé

條件式（Conditionnel）

現在時（Présent）

Je	commencerais	Nous	commencerions
Tu	commencerais	Vous	commenceriez
Il / Elle	commencerait	Ils / Elles	commenceraient

過去時（Passé）

J'aurais	commencé	Nous aurions	commencé
Tu aurais	commencé	Vous auriez	commencé
Il / Elle aurait	commencé	Ils / Elles auraient	commencé

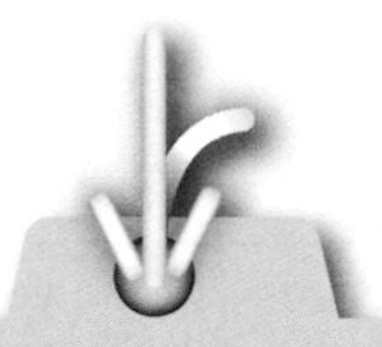

Georges : En général, **tu commences** à travailler à quelle heure ?
妳平常幾點開始工作？

Stéphanie : À 9 heures.
9 點。

Comprendre 了解

直陳式（Indicatif）

現在時（Présent）

Je	comprends	Nous	comprenons
Tu	comprends	Vous	comprenez
Il / Elle	comprend	Ils / Elles	comprennent

過去未完成時（Imparfait）

Je	comprenais	Nous	comprenions
Tu	comprenais	Vous	compreniez
Il / Elle	comprenait	Ils / Elles	comprenaient

複合過去時（Passé composé）

J'ai	compris	Nous avons	compris
Tu as	compris	Vous avez	compris
Il / Elle a	compris	Ils / Elles ont	compris

愈過去時（Plus-que-parfait）

J'avais	compris	Nous avions	compris
Tu avais	compris	Vous aviez	compris
Il / Elle avait	compris	Ils / Elles avaient	compris

簡單未來時（Futur simple）

Je	comprendrai	Nous	comprendrons
Tu	comprendras	Vous	comprendrez
Il / Elle	comprendra	Ils / Elles	comprendront

未來完成時（Futur antérieur）

J'aurai	compris	Nous aurons	compris
Tu auras	compris	Vous aurez	compris
Il / Elle aura	compris	Ils / Elles auront	compris

命令式（Impératif）

現在時（Présent）

Comprends
Comprenons
Comprenez

虛擬式（Subjonctif）

現在時（Présent）

Que je	comprenne	Que nous	comprenions
Que tu	comprennes	Que vous	compreniez
Qu'il / Qu'elle	comprenne	Qu'ils / Qu'elles	comprennent

過去時 （Passé）

Que j'aie	compris	Que nous ayons	compris
Que tu aies	compris	Que vous ayez	compris
Qu'il / Qu'elle ait	compris	Qu'ils / Qu'elles aient	compris

條件式（Conditionnel）

現在時（Présent）

Je	comprendrais	Nous	comprendrions
Tu	comprendrais	Vous	comprendriez
Il / Elle	comprendrait	Ils / Elles	comprendraient

過去時（Passé）

J'aurais	compris	Nous aurions	compris
Tu aurais	compris	Vous auriez	compris
Il / Elle aurait	compris	Ils / Elles auraient	compris

M. Dupont : **Vous comprenez** tout ce que je viens de dire ?
你們了解我剛剛說的話嗎？

Ses collègues : Oui, **nous comprenons** tout à fait.
他的同事們：　了解，我們完全了解。

Conduire 開車

直陳式（Indicatif）

現在時（Présent）

Je	conduis	Nous	conduisons
Tu	conduis	Vous	conduisez
Il / Elle	conduit	Ils / Elles	conduisent

過去未完成時（Imparfait）

Je	conduisais	Nous	conduisions
Tu	conduisais	Vous	conduisiez
Il / Elle	conduisait	Ils / Elles	conduisaient

複合過去時（Passé composé）

J'ai	conduit	Nous avons	conduit
Tu as	conduit	Vous avez	conduit
Il / Elle a	conduit	Ils / Elles ont	conduit

愈過去時（Plus-que-parfait）

J'avais	conduit	Nous avions	conduit
Tu avais	conduit	Vous aviez	conduit
Il / Elle avait	conduit	Ils / Elles avaient	conduit

簡單未來時（Futur simple）

Je	conduirai	Nous	conduirons
Tu	conduiras	Vous	conduirez
Il / Elle	conduira	Ils / Elles	conduiront

未來完成時（Futur antérieur）

J’aurai	conduit	Nous aurons	conduit
Tu auras	conduit	Vous aurez	conduit
Il / Elle aura	conduit	Ils / Elles auront	conduit

命令式（Impératif）

現在時（Présent）

Conduis
Conduisons
Conduisez

虛擬式（Subjonctif）

現在時（Présent）

Que je	conduise	Que nous	conduisions
Que tu	conduises	Que vous	conduisiez
Qu’il / Qu’elle	conduise	Qu’ils / Qu’elles	conduisent

過去時（Passé）

Que j’aie	conduit	Que nous ayons	conduit
Que tu aies	conduit	Que vous ayez	conduit
Qu’il / Qu’elle ait	conduit	Qu’ils / Qu’elles aient	conduit

條件式（Conditionnel）

現在時（Présent）

Je	conduirais	Nous	conduirions
Tu	conduirais	Vous	conduiriez
Il / Elle	conduirait	Ils / Elles	conduiraient

過去時 （Passé）

J’aurais	conduit	Nous aurions	conduit
Tu aurais	conduit	Vous auriez	conduit
Il / Elle aurait	conduit	Ils / Elles auraient	conduit

Benjamin : Tu sais **conduire** ?

妳會開車嗎？

Jade : Non, mais je vais m’inscrire dans une auto-école demain.

不會，但是明天我要去駕駛訓練班報名。

Connaître 認識

直陳式（Indicatif）

現在時（Présent）

Je	connais	Nous	connaissons
Tu	connais	Vous	connaissez
Il / Elle	connaît	Ils / Elles	connaissent

過去未完成時（Imparfait）

Je	connaissais	Nous	connaissions
Tu	connaissais	Vous	connaissiez
Il / Elle	connaissait	Ils / Elles	connaissaient

複合過去時（Passé composé）

J'ai	connu	Nous avons	connu
Tu as	connu	Vous avez	connu
Il / Elle a	connu	Ils / Elles ont	connu

愈過去時（Plus-que-parfait）

J'avais	connu	Nous avions	connu
Tu avais	connu	Vous aviez	connu
Il / Elle avait	connu	Ils / Elles avaient	connu

簡單未來時（Futur simple）

Je	connaîtrai	Nous	connaîtrons
Tu	connaîtras	Vous	connaîtrez
Il / Elle	connaîtra	Ils / Elles	connaîtront

未來完成時（Futur antérieur）

J’aurai	connu	Nous aurons	connu
Tu auras	connu	Vous aurez	connu
Il / Elle aura	connu	Ils / Elles auront	connu

命令式（Impératif）

現在時（Présent）

Connais
Connaissons
Connaissez

虛擬式（Subjonctif）

現在時（Présent）

Que je	connaisse	Que nous	connaissions
Que tu	connaisses	Que vous	connaissiez
Qu’il / Qu’elle	connaisse	Qu’ils / Qu’elles	connaissent

過去時 （Passé）

Que j’aie	connu	Que nous ayons	connu
Que tu aies	connu	Que vous ayez	connu
Qu’il / Qu’elle ait	connu	Qu’ils / Qu’elles aient	connu

條件式（Conditionnel）

現在時（Présent）

Je	connaîtrais	Nous	connaîtrions
Tu	connaîtrais	Vous	connaîtriez
Il / Elle	connaîtrait	Ils / Elles	connaîtraient

過去時（Passé）

J'aurais	connu	Nous aurions	connu
Tu aurais	connu	Vous auriez	connu
Il / Elle aurait	connu	Ils / Elles auraient	connu

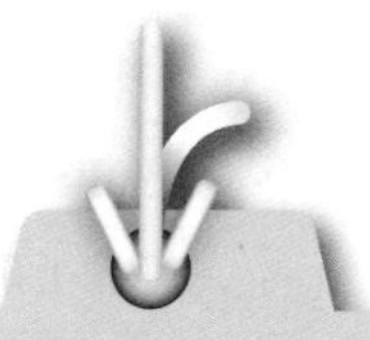

Chloé : **Tu connais** ces chanteurs français ?

你認識這些法國歌手嗎？

Corentin : Oui, j'aime beaucoup leurs chansons.

認識，我非常喜歡他們的歌。

Construire 建造

直陳式（Indicatif）

現在時（Présent）

Je	construis	Nous	construisons
Tu	construis	Vous	construisez
Il / Elle	construit	Ils / Elles	construisent

過去未完成時（Imparfait）

Je	construisais	Nous	construisions
Tu	construisais	Vous	construisiez
Il / Elle	construisait	Ils / Elles	construisaient

複合過去時（Passé composé）

J'ai	construit	Nous avons	construit
Tu as	construit	Vous avez	construit
Il / Elle a	construit	Ils / Elles ont	construit

愈過去時（Plus-que-parfait）

J'avais	construit	Nous avions	construit
Tu avais	construit	Vous aviez	construit
Il / Elle avait	construit	Ils / Elles avaient	construit

簡單未來時（Futur simple）

Je	construirai	Nous	construirons
Tu	construiras	Vous	construirez
Il / Elle	construira	Ils / Elles	construiront

未來完成時（Futur antérieur）

J’aurai	construit	Nous aurons	construit
Tu auras	construit	Vous aurez	construit
Il / Elle aura	construit	Ils / Elles auront	construit

C

命令式（Impératif）

現在時（Présent）

Construis
Construisons
Construisez

虛擬式（Subjonctif）

現在時（Présent）

Que je	construise	Que nous	construisions
Que tu	construises	Que vous	construisiez
Qu’il / Qu’elle	construise	Qu’ils / Qu’elles	construisent

過去時 （Passé）

Que j’aie	construit	Que nous ayons	construit
Que tu aies	construit	Que vous ayez	construit
Qu’il / Qu’elle ait	construit	Qu’ils / Qu’elles aient	construit

條件式（Conditionnel）

現在時（Présent）

Je	construirais	Nous	construirions
Tu	construirais	Vous	construiriez
Il / Elle	construirait	Ils / Elles	construiraient

過去時（Passé）

J'aurais	construit	Nous aurions	construit
Tu aurais	construit	Vous auriez	construit
Il / Elle aurait	construit	Ils / Elles auraient	construit

La mère : Regarde les enfants là-bas, ils **construisent** un château de sable, va jouer avec eux !

母親：　看看那邊的小孩子們，他們正在蓋一座沙堡，去跟他們玩吧！

La petite Céline : Non, je n'en ai pas envie.

小小 Céline：　不要，我不想去。

Continuer 繼續

直陳式（Indicatif）

現在時（Présent）

Je	continue	Nous	continuons
Tu	continues	Vous	continuez
Il / Elle	continue	Ils / Elles	continuent

過去未完成時（Imparfait）

Je	continuais	Nous	continuions
Tu	continuais	Vous	continuiez
Il / Elle	continuait	Ils / Elles	continuaient

複合過去時（Passé composé）

J'ai	continué	Nous avons	continué
Tu as	continué	Vous avez	continué
Il / Elle a	continué	Ils / Elles ont	continué

愈過去時（Plus-que-parfait）

J'avais	continué	Nous avions	continué
Tu avais	continué	Vous aviez	continué
Il / Elle avait	continué	Ils / Elles avaient	continué

簡單未來時（Futur simple）

Je	continuerai	Nous	continuerons
Tu	continueras	Vous	continuerez
Il / Elle	continuera	Ils / Elles	continueront

未來完成時（Futur antérieur）

J'aurai	continué	Nous aurons	continué
Tu auras	continué	Vous aurez	continué
Il / Elle aura	continué	Ils / Elles auront	continué

命令式（Impératif）

現在時（Présent）

Continue
Continuons
Continuez

虛擬式（Subjonctif）

現在時（Présent）

Que je	continue	Que nous	continuions
Que tu	continues	Que vous	continuiez
Qu'il / Qu'elle	continue	Qu'ils / Qu'elles	continuent

過去時（Passé）

Que j'aie	continué	Que nous ayons	continué
Que tu aies	continué	Que vous ayez	continué
Qu'il / Qu'elle ait	continué	Qu'ils / Qu'elles aient	continué

條件式（Conditionnel）

現在時（Présent）

Je	continuerais	Nous	continuerions
Tu	continuerais	Vous	continueriez
Il / Elle	continuerait	Ils / Elles	continueraient

過去時（Passé）

J'aurais	continué	Nous aurions	continué
Tu aurais	continué	Vous auriez	continué
Il / Elle aurait	continué	Ils / Elles auraient	continué

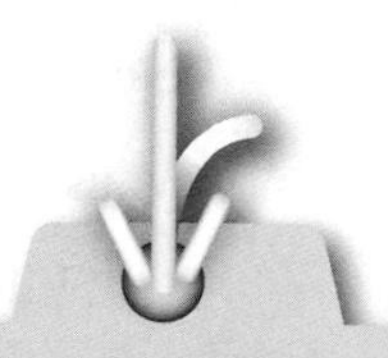

Chantal : Je suis fatiguée, je ne peux plus **continuer** à travailler.
我累了，我再也無法繼續工作了。

Adrien : Repose-toi bien, **tu continueras** demain.
好好地休息，明天妳再繼續做吧。

Couper 切

直陳式（Indicatif）

現在時（Présent）

Je	coupe	Nous	coupons
Tu	coupes	Vous	coupez
Il / Elle	coupe	Ils / Elles	coupent

過去未完成時（Imparfait）

Je	coupais	Nous	coupions
Tu	coupais	Vous	coupiez
Il / Elle	coupait	Ils / Elles	coupaient

複合過去時（Passé composé）

J'ai	coupé	Nous avons	coupé
Tu as	coupé	Vous avez	coupé
Il / Elle a	coupé	Ils / Elles ont	coupé

愈過去時（Plus-que-parfait）

J'avais	coupé	Nous avions	coupé
Tu avais	coupé	Vous aviez	coupé
Il / Elle avait	coupé	Ils / Elles avaient	coupé

簡單未來時（Futur simple）

Je	couperai	Nous	couperons
Tu	couperas	Vous	couperez
Il / Elle	coupera	Ils / Elles	couperont

未來完成時（Futur antérieur）

J'aurai	coupé	Nous aurons	coupé
Tu auras	coupé	Vous aurez	coupé
Il / Elle aura	coupé	Ils / Elles auront	coupé

命令式（Impératif）

現在時（Présent）

Coupe
Coupons
Coupez

虛擬式（Subjonctif）

現在時（Présent）

Que je	coupe	Que nous	coupions
Que tu	coupes	Que vous	coupiez
Qu'il / Qu'elle	coupe	Qu'ils / Qu'elles	coupent

過去時（Passé）

Que j'aie	coupé	Que nous ayons	coupé
Que tu aies	coupé	Que vous ayez	coupé
Qu'il / Qu'elle ait	coupé	Qu'ils / Qu'elles aient	coupé

條件式（Conditionnel）

現在時（Présent）

Je	couperais	Nous	couperions
Tu	couperais	Vous	couperiez
Il / Elle	couperait	Ils / Elles	couperaient

過去時（Passé）

J'aurais	coupé	Nous aurions	coupé
Tu aurais	coupé	Vous auriez	coupé
Il / Elle aurait	coupé	Ils / Elles auraient	coupé

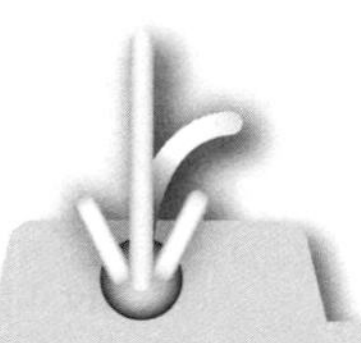

Justin : Maman, nous sommes combien ? **Je coupe** ce gâteau en combien de parts ?
媽媽，我們有幾個人？我要把這個蛋糕切成幾塊呢？

La maman : En 8, s'il te plaît.
媽媽： 麻煩你切成 8 塊。

Courir 跑

直陳式（Indicatif）

現在時（Présent）

Je	cours	Nous	courons
Tu	cours	Vous	courez
Il / Elle	court	Ils / Elles	courent

過去未完成時（Imparfait）

Je	courais	Nous	courions
Tu	courais	Vous	couriez
Il / Elle	courait	Ils / Elles	couraient

複合過去時（Passé composé）

J'ai	couru	Nous avons	couru
Tu as	couru	Vous avez	couru
Il / Elle a	couru	Ils / Elles ont	couru

愈過去時（Plus-que-parfait）

J'avais	couru	Nous avions	couru
Tu avais	couru	Vous aviez	couru
Il / Elle avait	couru	Ils / Elles avaient	couru

簡單未來時（Futur simple）

Je	courrai	Nous	courrons
Tu	courras	Vous	courrez
Il / Elle	courra	Ils / Elles	courront

未來完成時（Futur antérieur）

J'aurai	couru	Nous aurons	couru
Tu auras	couru	Vous aurez	couru
Il / Elle aura	couru	Ils / Elles auront	couru

命令式（Impératif）

現在時（Présent）

Cours
Courons
Courez

虛擬式（Subjonctif）

現在時（Présent）

Que je	coure	Que nous	courions
Que tu	coures	Que vous	couriez
Qu'il / Qu'elle	coure	Qu'ils / Qu'elles	courent

過去時（Passé）

Que j'aie	couru	Que nous ayons	couru
Que tu aies	couru	Que vous ayez	couru
Qu'il / Qu'elle ait	couru	Qu'ils / Qu'elles aient	couru

條件式（Conditionnel）

現在時（Présent）

Je	courrais	Nous	courrions
Tu	courrais	Vous	courriez
Il / Elle	courrait	Ils / Elles	courraient

過去時（Passé）

J'aurais	couru	Nous aurions	couru
Tu aurais	couru	Vous auriez	couru
Il / Elle aurait	couru	Ils / Elles auraient	couru

對話

Jean : Quel est ton sport préféré ?
你比較喜歡哪一種運動？

Luc : La course à pied, **je cours** deux heures tous les matins.
跑步，我每天早上跑兩個小時。

Craindre 害怕、擔心

直陳式（Indicatif）

現在時（Présent）

Je	crains	Nous	craignons
Tu	crains	Vous	craignez
Il / Elle	craint	Ils / Elles	craignent

過去未完成時（Imparfait）

Je	craignais	Nous	craignions
Tu	craignais	Vous	craigniez
Il / Elle	craignait	Ils / Elles	craignaient

複合過去時（Passé composé）

J'ai	craint	Nous avons	craint
Tu as	craint	Vous avez	craint
Il / Elle a	craint	Ils / Elles ont	craint

愈過去時（Plus-que-parfait）

J'avais	craint	Nous avions	craint
Tu avais	craint	Vous aviez	craint
Il / Elle avait	craint	Ils / Elles avaient	craint

簡單未來時（Futur simple）

Je	craindrai	Nous	craindrons
Tu	craindras	Vous	craindrez
Il / Elle	craindra	Ils / Elles	craindront

未來完成時（Futur antérieur）

J'aurai	craint	Nous aurons	craint
Tu auras	craint	Vous aurez	craint
Il / Elle aura	craint	Ils / Elles auront	craint

命令式（Impératif）

現在時（Présent）

Crains
Craignons
Craignez

虛擬式（Subjonctif）

現在時（Présent）

Que je	craigne	Que nous	craignions
Que tu	craignes	Que vous	craigniez
Qu'il / Qu'elle	craigne	Qu'ils / Qu'elles	craignent

過去時（Passé）

Que j'aie	craint	Que nous ayons	craint
Que tu aies	craint	Que vous ayez	craint
Qu'il / Qu'elle ait	craint	Qu'ils / Qu'elles aient	craint

條件式（Conditionnel）

現在時（Présent）

Je	craindrais	Nous	craindrions
Tu	craindrais	Vous	craindriez
Il / Elle	craindrait	Ils / Elles	craindraient

過去時（Passé）

J'aurais	craint	Nous aurions	craint
Tu aurais	craint	Vous auriez	craint
Il / Elle aurait	craint	Ils / Elles auraient	craint

Jacques : Tout est prêt pour demain, mais…

明天都準備好了，但是……

Éléna : Mais quoi, qu'est-ce que **tu crains** donc ?

但是什麼，你到底在擔心什麼？

Croire 認為

直陳式（Indicatif）

現在時（Présent）

Je	crois	Nous	croyons
Tu	crois	Vous	croyez
Il / Elle	croit	Ils / Elles	croient

過去未完成時（Imparfait）

Je	croyais	Nous	croyions
Tu	croyais	Vous	croyiez
Il / Elle	croyait	Ils / Elles	croyaient

複合過去時（Passé composé）

J'ai	cru	Nous avons	cru
Tu as	cru	Vous avez	cru
Il / Elle a	cru	Ils / Elles ont	cru

愈過去時（Plus-que-parfait）

J'avais	cru	Nous avions	cru
Tu avais	cru	Vous aviez	cru
Il / Elle avait	cru	Ils / Elles avaient	cru

簡單未來時（Futur simple）

Je	croirai	Nous	croirons
Tu	croiras	Vous	croirez
Il / Elle	croira	Ils / Elles	croiront

未來完成時（Futur antérieur）

J’aurai	cru	Nous aurons	cru
Tu auras	cru	Vous aurez	cru
Il / Elle aura	cru	Ils / Elles auront	cru

命令式（Impératif）

現在時（Présent）

Crois
Croyons
Croyez

虛擬式（Subjonctif）

現在時（Présent）

Que je	croie	Que nous	croyions
Que tu	croies	Que vous	croyiez
Qu’il / Qu’elle	croie	Qu’ils / Qu’elles	croient

過去時（Passé）

Que j’aie	cru	Que nous ayons	cru
Que tu aies	cru	Que vous ayez	cru
Qu’il / Qu’elle ait	cru	Qu’ils / Qu’elles aient	cru

條件式（Conditionnel）

現在時（Présent）

Je	croirais	Nous	croirions
Tu	croirais	Vous	croiriez
Il / Elle	croirait	Ils / Elles	croiraient

過去時（Passé）

J'aurais	cru	Nous aurions	cru
Tu aurais	cru	Vous auriez	cru
Il / Elle aurait	cru	Ils / Elles auraient	cru

Isabelle : **Tu crois** qu'ils vont venir à mon anniversaire ?
你認為他們會來參加我的慶生會嗎？

Sébastien : Bien sûr, mais ils auront un peu de retard.
當然會來，不過他們會晚一點到。

Danser 跳舞

直陳式（Indicatif）

現在時（Présent）

Je	danse	Nous	dansons
Tu	danses	Vous	dansez
Il / Elle	danse	Ils / Elles	dansent

過去未完成時（Imparfait）

Je	dansais	Nous	dansions
Tu	dansais	Vous	dansiez
Il / Elle	dansait	Ils / Elles	dansaient

複合過去時（Passé composé）

J'ai	dansé	Nous avons	dansé
Tu as	dansé	Vous avez	dansé
Il / Elle a	dansé	Ils / Elles ont	dansé

愈過去時（Plus-que-parfait）

J'avais	dansé	Nous avions	dansé
Tu avais	dansé	Vous aviez	dansé
Il / Elle avait	dansé	Ils / Elles avaient	dansé

簡單未來時（Futur simple）

Je	danserai	Nous	danserons
Tu	danseras	Vous	danserez
Il / Elle	dansera	Ils / Elles	danseront

未來完成時（Futur antérieur）

J'aurai	dansé	Nous aurons	dansé
Tu auras	dansé	Vous aurez	dansé
Il / Elle aura	dansé	Ils / Elles auront	dansé

D

命令式（Impératif）

現在時（Présent）

Danse
Dansons
Dansez

虛擬式（Subjonctif）

現在時（Présent）

Que je	danse	Que nous	dansions
Que tu	danses	Que vous	dansiez
Qu'il / Qu'elle	danse	Qu'ils / Qu'elles	dansent

過去時（Passé）

Que j'aie	dansé	Que nous ayons	dansé
Que tu aies	dansé	Que vous ayez	dansé
Qu'il / Qu'elle ait	dansé	Qu'ils / Qu'elles aient	dansé

條件式（Conditionnel）

現在時（Présent）

Je	danserais	Nous	danserions
Tu	danserais	Vous	danseriez
Il / Elle	danserait	Ils / Elles	danseraient

過去時（Passé）

J'aurais	dansé	Nous aurions	dansé
Tu aurais	dansé	Vous auriez	dansé
Il / Elle aurait	dansé	Ils / Elles auraient	dansé

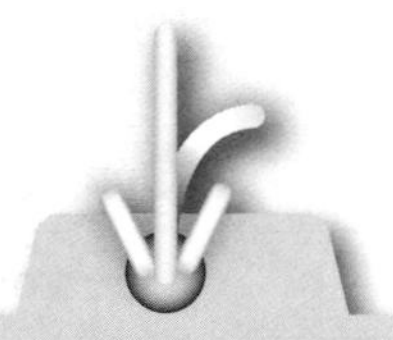

Martin : Voulez-vous **danser** avec moi ?
您願意和我跳支舞嗎？

Dominique : Volontiers, mais **je** ne **danse** pas bien.
很樂意，但是我跳得不好。

Décider 決定

直陳式（Indicatif）

現在時（Présent）

Je	décide	Nous	décidons
Tu	décides	Vous	décidez
Il / Elle	décide	Ils / Elles	décident

過去未完成時（Imparfait）

Je	décidais	Nous	décidions
Tu	décidais	Vous	décidiez
Il / Elle	décidait	Ils / Elles	décidaient

複合過去時（Passé composé）

J'ai	décidé	Nous avons	décidé
Tu as	décidé	Vous avez	décidé
Il / Elle a	décidé	Ils / Elles ont	décidé

愈過去時（Plus-que-parfait）

J'avais	décidé	Nous avions	décidé
Tu avais	décidé	Vous aviez	décidé
Il / Elle avait	décidé	Ils / Elles avaient	décidé

簡單未來時（Futur simple）

Je	déciderai	Nous	déciderons
Tu	décideras	Vous	déciderez
Il / Elle	décidera	Ils / Elles	décideront

未來完成時（Futur antérieur）

J'aurai	décidé	Nous aurons	décidé
Tu auras	décidé	Vous aurez	décidé
Il / Elle aura	décidé	Ils / Elles auront	décidé

命令式（Impératif）

現在時（Présent）

Décide
Décidons
Décidez

虛擬式（Subjonctif）

現在時（Présent）

Que je	décide	Que nous	décidions
Que tu	décides	Que vous	décidiez
Qu'il / Qu'elle	décide	Qu'ils / Qu'elles	décident

過去時（Passé）

Que j'aie	décidé	Que nous ayons	décidé
Que tu aies	décidé	Que vous ayez	décidé
Qu'il / Qu'elle ait	décidé	Qu'ils / Qu'elles aient	décidé

條件式（Conditionnel）

現在時（Présent）

Je	déciderais	Nous	déciderions
Tu	déciderais	Vous	décideriez
Il / Elle	déciderait	Ils / Elles	décideraient

D

過去時（Passé）

J'aurais	décidé	Nous aurions	décidé
Tu aurais	décidé	Vous auriez	décidé
Il / Elle aurait	décidé	Ils / Elles auraient	décidé

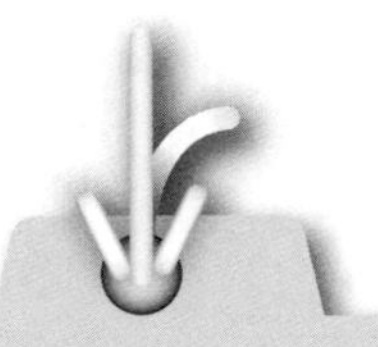

Antoine : Cette année, **nous avons décidé** de partir en vacances à Tahiti.
今年我們決定去大溪地度假。

Romain : Oh ! Quel beau voyage ! Je vous envie.
喔！多麼美好的旅程！我很羨慕你們。

Déjeuner 用午餐

直陳式（Indicatif）

現在時（Présent）

Je	déjeune	Nous	déjeunons
Tu	déjeunes	Vous	déjeunez
Il / Elle	déjeune	Ils / Elles	déjeunent

過去未完成時（Imparfait）

Je	déjeunais	Nous	déjeunions
Tu	déjeunais	Vous	déjeuniez
Il / Elle	déjeunait	Ils / Elles	déjeunaient

複合過去時（Passé composé）

J'ai	déjeuné	Nous avons	déjeuné
Tu as	déjeuné	Vous avez	déjeuné
Il / Elle a	déjeuné	Ils / Elles ont	déjeuné

愈過去時（Plus-que-parfait）

J'avais	déjeuné	Nous avions	déjeuné
Tu avais	déjeuné	Vous aviez	déjeuné
Il / Elle avait	déjeuné	Ils / Elles avaient	déjeuné

簡單未來時（Futur simple）

Je	déjeunerai	Nous	déjeunerons
Tu	déjeuneras	Vous	déjeunerez
Il / Elle	déjeunera	Ils / Elles	déjeuneront

未來完成時（Futur antérieur）

J'aurai	déjeuné	Nous aurons	déjeuné
Tu auras	déjeuné	Vous aurez	déjeuné
Il / Elle aura	déjeuné	Ils / Elles auront	déjeuné

命令式（Impératif）

現在時（Présent）

Déjeune
Déjeunons
Déjeunez

虛擬式（Subjonctif）

現在時（Présent）

Que je	déjeune	Que nous	déjeunions
Que tu	déjeunes	Que vous	déjeuniez
Qu'il / Qu'elle	déjeune	Qu'ils / Qu'elles	déjeunent

過去時（Passé）

Que j'aie	déjeuné	Que nous ayons	déjeuné
Que tu aies	déjeuné	Que vous ayez	déjeuné
Qu'il / Qu'elle ait	déjeuné	Qu'ils / Qu'elles aient	déjeuné

條件式（Conditionnel）

現在時（Présent）

Je	déjeunerais	Nous	déjeunerions
Tu	déjeunerais	Vous	déjeuneriez
Il / Elle	déjeunerait	Ils / Elles	déjeuneraient

過去時（Passé）

J'aurais	déjeuné	Nous aurions	déjeuné
Tu aurais	déjeuné	Vous auriez	déjeuné
Il / Elle aurait	déjeuné	Ils / Elles auraient	déjeuné

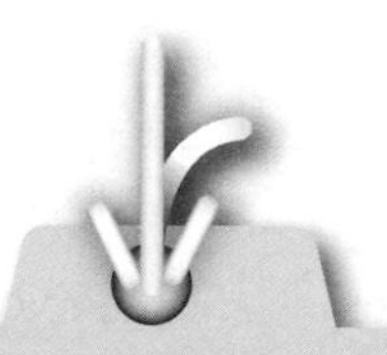

Agnaïs : **Tu déjeunes** avec quelqu'un à midi ?
中午你跟別人吃飯嗎？

Simon : Non, si tu veux, on peut **déjeuner** ensemble.
不，如果妳想要的話，我們可以一起吃。

Demander 詢問

直陳式（Indicatif）

現在時（Présent）

Je	demande	Nous	demandons
Tu	demandes	Vous	demandez
Il / Elle	demande	Ils / Elles	demandent

過去未完成時（Imparfait）

Je	demandais	Nous	demandions
Tu	demandais	Vous	demandiez
Il / Elle	demandait	Ils / Elles	demandaient

複合過去時（Passé composé）

J'ai	demandé	Nous avons	demandé
Tu as	demandé	Vous avez	demandé
Il / Elle a	demandé	Ils / Elles ont	demandé

愈過去時（Plus-que-parfait）

J'avais	demandé	Nous avions	demandé
Tu avais	demandé	Vous aviez	demandé
Il / Elle avait	demandé	Ils / Elles avaient	demandé

簡單未來時（Futur simple）

Je	demanderai	Nous	demanderons
Tu	demanderas	Vous	demanderez
Il / Elle	demandera	Ils / Elles	demanderont

未來完成時（Futur antérieur）

J'aurai	demandé	Nous aurons	demandé
Tu auras	demandé	Vous aurez	demandé
Il / Elle aura	demandé	Ils / Elles auront	demandé

命令式（Impératif）

現在時（Présent）

Demande
Demandons
Demandez

虛擬式（Subjonctif）

現在時（Présent）

Que je	demande	Que nous	demandions
Que tu	demandes	Que vous	demandiez
Qu'il / Qu'elle	demande	Qu'ils / Qu'elles	demandent

過去時（Passé）

Que j'aie	demandé	Que nous ayons	demandé
Que tu aies	demandé	Que vous ayez	demandé
Qu'il / Qu'elle ait	demandé	Qu'ils / Qu'elles aient	demandé

條件式（Conditionnel）

現在時（Présent）

Je	demanderais	Nous	demanderions
Tu	demanderais	Vous	demanderiez
Il / Elle	demanderait	Ils / Elles	demanderaient

過去時（Passé）

J’aurais	demandé	Nous aurions	demandé
Tu aurais	demandé	Vous auriez	demandé
Il / Elle aurait	demandé	Ils / Elles auraient	demandé

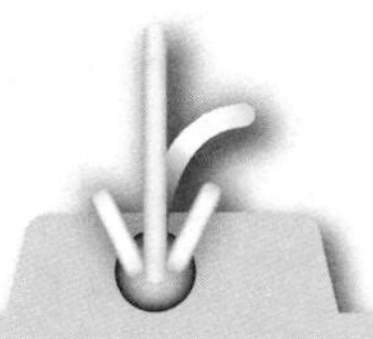

Un voyageur : Puis-je **demander** (avoir) un renseignement ?

一位男遊客：　我可以詢問一個資訊嗎？

La réceptionniste : Je vous en prie.

櫃台小姐：　　　　請說。

Déménager 搬家

直陳式（Indicatif）

現在時（Présent）

Je	déménage	Nous	déménageons
Tu	déménages	Vous	déménagez
Il / Elle	déménage	Ils / Elles	déménagent

過去未完成時（Imparfait）

Je	déménageais	Nous	déménagions
Tu	déménageais	Vous	déménagiez
Il / Elle	déménageait	Ils / Elles	déménageaient

複合過去時（Passé composé）

J'ai	déménagé	Nous avons	déménagé
Tu as	déménagé	Vous avez	déménagé
Il / Elle a	déménagé	Ils / Elles ont	déménagé

愈過去時（Plus-que-parfait）

J'avais	déménagé	Nous avions	déménagé
Tu avais	déménagé	Vous aviez	déménagé
Il / Elle avait	déménagé	Ils / Elles avaient	déménagé

簡單未來時（Futur simple）

Je	déménagerai	Nous	déménagerons
Tu	déménageras	Vous	déménagerez
Il / Elle	déménagera	Ils / Elles	déménageront

未來完成時（Futur antérieur）

J'aurai	déménagé	Nous aurons	déménagé
Tu auras	déménagé	Vous aurez	déménagé
Il / Elle aura	déménagé	Ils / Elles auront	déménagé

D

命令式（Impératif）

現在時（Présent）

Déménage
Déménageons
Déménagez

虛擬式（Subjonctif）

現在時（Présent）

Que je	déménage	Que nous	déménagions
Que tu	déménages	Que vous	déménagiez
Qu'il / Qu'elle	déménage	Qu'ils / Qu'elles	déménagent

過去時（Passé）

Que j'aie	déménagé	Que nous ayons	déménagé
Que tu aies	déménagé	Que vous ayez	déménagé
Qu'il / Qu'elle ait	déménagé	Qu'ils / Qu'elles aient	déménagé

條件式（Conditionnel）

現在時（Présent）

Je	déménagerais	Nous	déménagerions
Tu	déménagerais	Vous	déménageriez
Il / Elle	déménagerait	Ils / Elles	déménageraient

過去時（Passé）

J’aurais	déménagé	Nous aurions	déménagé
Tu aurais	déménagé	Vous auriez	déménagé
Il / Elle aurait	déménagé	Ils / Elles auraient	déménagé

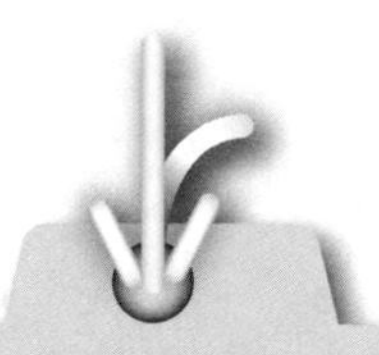

Bruno : Quand est-ce que **tu as déménagé** ?
妳什麼時候搬家了？

Patricia : Le mois dernier.
上個月。

Descendre 下去

直陳式（Indicatif）

現在時（Présent）

Je	descends	Nous	descendons
Tu	descends	Vous	descendez
Il / Elle	descend	Ils / Elles	descendent

過去未完成時（Imparfait）

Je	descendais	Nous	descendions
Tu	descendais	Vous	descendiez
Il / Elle	descendait	Ils / Elles	descendaient

複合過去時（Passé composé）

Je suis	descendu(e)	Nous sommes	descendu(e)s
Tu es	descendu(e)	Vous êtes	descendu(e)s
Il est Elle est	descendu descendue	Ils sont Elles sont	descendus descendues

愈過去時（Plus-que-parfait）

J'étais	descendu(e)	Nous étions	descendu(e)s
Tu étais	descendu(e)	Vous étiez	descendu(e)s
Il était Elle était	descendu descendue	Ils étaient Elles étaient	descendus descendues

簡單未來時（Futur simple）

Je	descendrai	Nous	descendrons
Tu	descendras	Vous	descendrez
Il / Elle	descendra	Ils / Elles	descendront

未來完成時（Futur antérieur）

Je serai	descendu(e)	Nous serons	descendu(e)s
Tu seras	descendu(e)	Vous serez	descendu(e)s
Il sera Elle sera	descendu descendue	Ils seront Elles seront	descendus descendues

命令式（Impératif）

現在時（Présent）

Descends
Descendons
Descendez

虛擬式（Subjonctif）

現在時（Présent）

Que je	descende	Que nous	descendions
Que tu	descendes	Que vous	descendiez
Qu'il / Qu'elle	descende	Qu'ils / Qu'elles	descendent

過去時（Passé）

Que je sois	descendu(e)	Que nous soyons	descendu(e)s
Que tu sois	descendu(e)	Que vous soyez	descendu(e)s
Qu'il soit Qu'elle soit	descendu descendue	Qu'ils soient Qu'elles soient	descendus descendues

條件式（Conditionnel）

現在時（Présent）

Je	descendrais	Nous	descendrions
Tu	descendrais	Vous	descendriez
Il / Elle	descendrait	Ils / Elles	descendraient

過去時（Passé）

Je serais	descendu(e)	Nous serions	descendu(e)s
Tu serais	descendu(e)	Vous seriez	dscendu(e)s
Il serait Elle serait	descendu descendue	Ils seraient Elles seraient	descendus descendues

La mère : Quelqu'un peut **descendre** la poubelle maintenant ?

母親：　現在有人可以去倒垃圾嗎？

Le père (à son fils) : Puisque tu vas sortir, **tu** la **descends**, ok ?

爸爸（跟兒子說）：　既然你要出門，你就順便去倒，好嗎？

Dessiner 畫畫

直陳式（Indicatif）

現在時（Présent）

Je	dessine	Nous	dessinons
Tu	dessines	Vous	dessinez
Il / Elle	dessine	Ils / Elles	dessinent

過去未完成時（Imparfait）

Je	dessinais	Nous	dessinions
Tu	dessinais	Vous	dessiniez
Il / Elle	dessinait	Ils / Elles	dessinaient

複合過去時（Passé composé）

J'ai	dessiné	Nous avons	dessiné
Tu as	dessiné	Vous avez	dessiné
Il / Elle a	dessiné	Ils / Elles ont	dessiné

愈過去時（Plus-que-parfait）

J'avais	dessiné	Nous avions	dessiné
Tu avais	dessiné	Vous aviez	dessiné
Il / Elle avait	dessiné	Ils / Elles avaient	dessiné

簡單未來時（Futur simple）

Je	dessinerai	Nous	dessinerons
Tu	dessineras	Vous	dessinerez
Il / Elle	dessinera	Ils / Elles	dessineront

未來完成時（Futur antérieur）

J'aurai	dessiné	Nous aurons	dessiné
Tu auras	dessiné	Vous aurez	dessiné
Il / Elle aura	dessiné	Ils / Elles auront	dessiné

D

命令式（Impératif）

現在時（Présent）

Dessine
Dessinons
Dessinez

虛擬式（Subjonctif）

現在時（Présent）

Que je	dessine	Que nous	dessinions
Que tu	dessines	Que vous	dessiniez
Qu'il / Qu'elle	dessine	Qu'ils / Qu'elles	dessinent

過去時（Passé）

Que j'aie	dessiné	Que nous ayons	dessiné
Que tu aies	dessiné	Que vous ayez	dessiné
Qu'il / Qu'elle ait	dessiné	Qu'ils / Qu'elles aient	dessiné

條件式（Conditionnel）

現在時（Présent）

Je	dessinerais	Nous	dessinerions
Tu	dessinerais	Vous	dessineriez
Il / Elle	dessinerait	Ils / Elles	dessineraient

過去時（Passé）

J'aurais	dessiné	Nous aurions	dessiné
Tu aurais	dessiné	Vous auriez	dessiné
Il / Elle aurait	dessiné	Ils / Elles auraient	dessiné

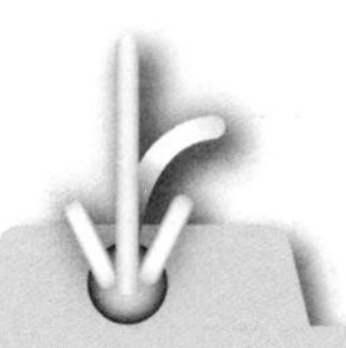

Mme Delarge : La plupart des enfants adorent **dessiner**, et les tiens aussi ?
大部分的小孩熱愛畫畫，你的小孩們也是嗎？

Mme Larousse : Les miens n'aiment pas tant que ça.
我的小孩們不是那麼地喜歡。

Détester 討厭

直陳式（Indicatif）

現在時（Présent）

Je	déteste	Nous	détestons
Tu	détestes	Vous	détestez
Il / Elle	déteste	Ils / Elles	détestent

過去未完成時（Imparfait）

Je	détestais	Nous	détestions
Tu	détestais	Vous	détestiez
Il / Elle	détestait	Ils / Elles	détestaient

複合過去時（Passé composé）

J'ai	détesté	Nous avons	détesté
Tu as	détesté	Vous avez	détesté
Il / Elle a	détesté	Ils / Elles ont	détesté

愈過去時（Plus-que-parfait）

J'avais	détesté	Nous avions	détesté
Tu avais	détesté	Vous aviez	détesté
Il / Elle avait	détesté	Ils / Elles avaient	détesté

簡單未來時（Futur simple）

Je	détesterai	Nous	détesterons
Tu	détesteras	Vous	détesterez
Il / Elle	détestera	Ils / Elles	détesteront

未來完成時（Futur antérieur）

J'aurai	détesté	Nous aurons	détesté
Tu auras	détesté	Vous aurez	détesté
Il / Elle aura	détesté	Ils / Elles auront	détesté

命令式（Impératif）

現在時（Présent）

Déteste
Détestons
Détestez

虛擬式（Subjonctif）

現在時（Présent）

Que je	déteste	Que nous	détestions
Que tu	détestes	Que vous	détestiez
Qu'il / Qu'elle	déteste	Qu'ils / Qu'elles	détestent

過去時（Passé）

Que j'aie	détesté	Que nous ayons	détesté
Que tu aies	détesté	Que vous ayez	détesté
Qu'il / Qu'elle ait	détesté	Qu'ils / Qu'elles aient	détesté

條件式（Conditionnel）

現在時（Présent）

Je	détesterais	Nous	détesterions
Tu	détesterais	Vous	détesteriez
Il / Elle	détesterait	Ils / Elles	détesteraient

過去時（Passé）

J'aurais	détesté	Nous aurions	détesté
Tu aurais	détesté	Vous auriez	détesté
Il / Elle aurait	détesté	Ils / Elles auraient	détesté

Julia : Quand j'étais au lycée, **je détestais** le cours de peinture, et vous ?

高中的時候，我討厭上繪畫課，妳們呢？

Jasmine et Jade : Nous, **nous détestions** la gymnastique.

Jasmine 和 Jade： 我們討厭上體育課。

Devenir 變成

直陳式（Indicatif）

現在時（Présent）

Je	deviens	Nous	devenons
Tu	deviens	Vous	devenez
Il / Elle	devient	Ils / Elles	deviennent

過去未完成時（Imparfait）

Je	devenais	Nous	devenions
Tu	devenais	Vous	deveniez
Il / Elle	devenait	Ils / Elles	devenaient

複合過去時（Passé composé）

Je suis	devenu(e)	Nous sommes	devenu(e)s
Tu es	devenu(e)	Vous êtes	devenu(e)s
Il est Elle est	devenu devenue	Ils sont Elles sont	devenus devenues

愈過去時（Plus-que-parfait）

J'étais	devenu(e)	Nous étions	devenu(e)s
Tu étais	devenu(e)	Vous étiez	devenu(e)s
Il était Elle était	devenu devenue	Ils étaient Elles étaient	devenus devenues

簡單未來時（Futur simple）

Je	deviendrai	Nous	deviendrons
Tu	deviendras	Vous	deviendrez
Il / Elle	deviendra	Ils / Elles	deviendront

未來完成時（Futur antérieur）

Je serai	devenu(e)	Nous serons	devenu(e)s
Tu seras	devenu(e)	Vous serez	devenu(e)s
Il sera Elle sera	devenu devenue	Ils seront Elles seront	devenus devenues

命令式（Impératif）

現在時（Présent）

Deviens
Devenons
Devenez

虛擬式（Subjonctif）

現在時（Présent）

Que je	devienne	Que nous	devenions
Que tu	deviennes	Que vous	deveniez
Qu'il / Qu'elle	devienne	Qu'ils / Qu'elles	deviennent

過去時（Passé）

Que je sois	devenu(e)	Que nous soyons	devenu(e)s
Que tu sois	devenu(e)	Que vous soyez	devenu(e)s
Qu'il soit Qu'elle soit	devenu devenue	Qu'ils soient Qu'elles soient	devenus devenues

條件式（Conditionnel）

現在時（Présent）

Je	deviendrais	Nous	deviendrions
Tu	deviendrais	Vous	deviendriez
Il / Elle	deviendrait	Ils / Elles	deviendraient

過去時（Passé）

Je serais	devenu(e)	Nous serions	devenu(e)s
Tu serais	devenu(e)	Vous seriez	devenu(e)s
Il serait Elle serait	devenu devenue	Ils seraient Elles seraient	devenus devenues

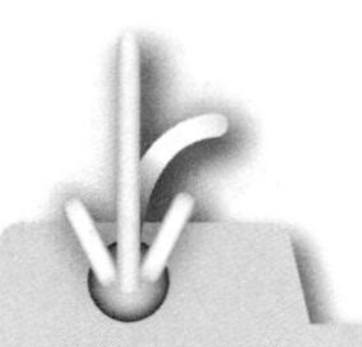

Anne-Laure : Ça fait longtemps que je n'ai pas vu Charlotte, qu'est-ce qu'**elle est devenue** ?
我很久沒有看到 Charlotte，她現在怎麼樣？

France : Je ne sais pas. Je n'ai pas eu de ses nouvelles depuis au moins un an.
我不知道。我至少有一年沒有她的消息了。

Devoir 應該

直陳式（Indicatif）

現在時（Présent）

Je	dois	Nous	devons
Tu	dois	Vous	devez
Il / Elle	doit	Ils / Elles	doivent

過去未完成時（Imparfait）

Je	devais	Nous	devions
Tu	devais	Vous	deviez
Il / Elle	devait	Ils / Elles	devaient

複合過去時（Passé composé）

J'ai	dû	Nous avons	dû
Tu as	dû	Vous avez	dû
Il / Elle a	dû	Ils / Elles ont	dû

愈過去時（Plus-que-parfait）

J'avais	dû	Nous avions	dû
Tu avais	dû	Vous aviez	dû
Il / Elle avait	dû	Ils / Elles avaient	dû

簡單未來時（Futur simple）

Je	devrai	Nous	devrons
Tu	devras	Vous	devrez
Il / Elle	devra	Ils / Elles	devront

未來完成式（Futur antérieur）

J'aurai	dû	Nous aurons	dû
Tu auras	dû	Vous aurez	dû
Il / Elle aura	dû	Ils / Elles auront	dû

命令式（Impératif）

現在時（Présent）

Dois
Devons
Devez

虛擬式（Subjonctif）

現在時（Présent）

Que je	doive	Que nous	devions
Que tu	doives	Que vous	deviez
Qu'il / Qu'elle	doive	Qu'ils / Qu'elles	doivent

過去時（Passé）

Que j'aie	dû	Que nous ayons	dû
Que tu aies	dû	Que vous ayez	dû
Qu'il / Qu'elle ait	dû	Qu'ils / Qu'elles aient	dû

條件式（Conditionnel）

現在時（Présent）

Je	devrais	Nous	devrions
Tu	devrais	Vous	devriez
Il / Elle	devrait	Ils / Elles	devraient

過去時（Passé）

J'aurais	dû	Nous aurions	dû
Tu aurais	dû	Vous auriez	dû
Il / Elle aurait	dû	Ils / Elles auraient	dû

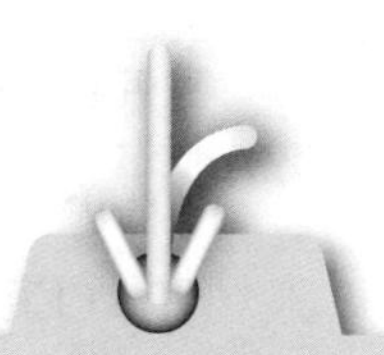

Gabin : Tu n'es pas venue à la soirée d'hier, dommage, c'était amusant.

妳沒有來參加昨天的晚會，真可惜，很好玩。

Lise : **J'aurais dû** y aller, mais j'avais trop de travail. Dommage en effet !

我原本應該要去的，但是我工作太多。真的可惜！

Dîner 用晚餐

直陳式（Indicatif）

現在時（Présent）

Je	dîne	Nous	dînons
Tu	dînes	Vous	dînez
Il / Elle	dîne	Ils / Elles	dînent

過去未完成時（Imparfait）

Je	dînais	Nous	dînions
Tu	dînais	Vous	dîniez
Il / Elle	dînait	Ils / Elles	dînaient

複合過去時（Passé composé）

J'ai	dîné	Nous avons	dîné
Tu as	dîné	Vous avez	dîné
Il / Elle a	dîné	Ils / Elles ont	dîné

愈過去時（Plus-que-parfait）

J'avais	dîné	Nous avions	dîné
Tu avais	dîné	Vous aviez	dîné
Il / Elle avait	dîné	Ils / Elles avaient	dîné

簡單未來時（Futur simple）

Je	dînerai	Nous	dînerons
Tu	dîneras	Vous	dînerez
Il / Elle	dînera	Ils / Elles	dîneront

未來時完成（Futur antérieur）

J’aurai	dîné	Nous aurons	dîné
Tu auras	dîné	Vous aurez	dîné
Il / Elle aura	dîné	Ils / Elles auront	dîné

命令式（Impératif）

現在時（Présent）

Dîne
Dînons
Dînez

虛擬式（Subjonctif）

現在時（Présent）

Que je	dîne	Que nous	dînions
Que tu	dînes	Que vous	dîniez
Qu’il / Qu’elle	dîne	Qu’ils / Qu’elles	dînent

過去時（Passé）

Que j’aie	dîné	Que nous ayons	dîné
Que tu aies	dîné	Que vous ayez	dîné
Qu’il / Qu’elle ait	dîné	Qu’ils / Qu’elles aient	dîné

條件式（Conditionnel）

現在時（Présent）

Je	dînerais	Nous	dînerions
Tu	dînerais	Vous	dîneriez
Il / Elle	dînerait	Ils / Elles	dîneraient

過去時（Passé）

J'aurais	dîné	Nous aurions	dîné
Tu aurais	dîné	Vous auriez	dîné
Il / Elle aurait	dîné	Ils / Elles auraient	dîné

Daniel : Avant, **nous dînions** vers 19 heures, mais maintenant **nous dînons** plus tôt.
以前我們大約晚上 7 點吃晚飯，但是現在比較早吃。

Joséphine : Pourquoi ?
為什麼？

Dire 說

直陳式（Indicatif）

現在時（Présent）

Je	dis	Nous	disons
Tu	dis	Vous	dites
Il / Elle	dit	Ils / Elles	disent

過去未完成時（Imparfait）

Je	disais	Nous	disions
Tu	disais	Vous	disiez
Il / Elle	disait	Ils / Elles	disaient

複合過去時（Passé composé）

J'ai	dit	Nous avons	dit
Tu as	dit	Vous avez	dit
Il / Elle a	dit	Ils / Elles ont	dit

愈過去時（Plus-que-parfait）

J'avais	dit	Nous avions	dit
Tu avais	dit	Vous aviez	dit
Il / Elle avait	dit	Ils / Elles avaient	dit

簡單未來時（Futur simple）

Je	dirai	Nous	dirons
Tu	diras	Vous	direz
Il / Elle	dira	Ils / Elles	diront

未來時完成（Futur antérieur）

J'aurai	dit	Nous aurons	dit
Tu auras	dit	Vous aurez	dit
Il / Elle aura	dit	Ils / Elles auront	dit

命令式（Impératif）

現在時（Présent）

Dis
Disons
Dites

虛擬式（Subjonctif）

現在時（Présent）

Que je	dise	Que nous	disions
Que tu	dises	Que vous	disiez
Qu'il / Qu'elle	dise	Qu'ils / Qu'elles	disent

過去時（Passé）

Que j'aie	dit	Que nous ayons	dit
Que tu aies	dit	Que vous ayez	dit
Qu'il / Qu'elle ait	dit	Qu'ils / Qu'elles aient	dit

條件式（Conditionnel）

現在時（Présent）

Je	dirais	Nous	dirions
Tu	dirais	Vous	diriez
Il / Elle	dirait	Ils / Elles	diraient

過去時（Passé）

J’aurais	dit	Nous aurions	dit
Tu aurais	dit	Vous auriez	dit
Il / Elle aurait	dit	Ils / Elles auraient	dit

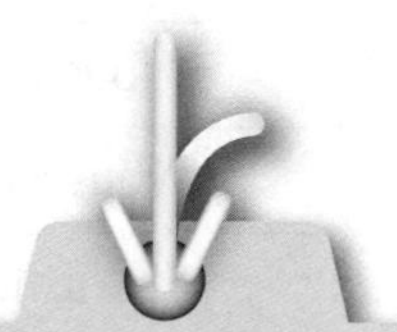

Quentin : Qu’est-ce que **vous avez dit** ? Je n’ai pas compris.
您說了什麼？我沒有聽懂。

Bernard : Écoute bien ! Je le répète pour la dernière fois.
你注意聽！我重複說最後一次。

Donner 給

直陳式（Indicatif）

現在時（Présent）

Je	donne	Nous	donnons
Tu	donnes	Vous	donnez
Il / Elle	donne	Ils / Elles	donnent

過去未完成時（Imparfait）

Je	donnais	Nous	donnions
Tu	donnais	Vous	donniez
Il / Elle	donnait	Ils / Elles	donnaient

複合過去時（Passé composé）

J'ai	donné	Nous avons	donné
Tu as	donné	Vous avez	donné
Il / Elle a	donné	Ils / Elles ont	donné

愈過去時（Plus-que-parfait）

J'avais	donné	Nous avions	donné
Tu avais	donné	Vous aviez	donné
Il / Elle avait	donné	Ils / Elles avaient	donné

簡單未來時（Futur simple）

Je	donnerai	Nous	donnerons
Tu	donneras	Vous	donnerez
Il / Elle	donnera	Ils / Elles	donneront

未來完成時（Futur antérieur）

J'aurai	donné	Nous aurons	donné
Tu auras	donné	Vous aurez	donné
Il / Elle aura	donné	Ils / Elles auront	donné

命令式（Impératif）

現在時（Présent）

Donne
Donnons
Donnez

虛擬式（Subjonctif）

現在時（Présent）

Que je	donne	Que nous	donnions
Que tu	donnes	Que vous	donniez
Qu'il / Qu'elle	donne	Qu'ils / Qu'elles	donnent

過去時（Passé）

Que j'aie	donné	Que nous ayons	donné
Que tu aies	donné	Que vous ayez	donné
Qu'il / Qu'elle ait	donné	Qu'ils / Qu'elles aient	donné

條件式（Conditionnel）

現在時（Présent）

Je	donnerais	Nous	donnerions
Tu	donnerais	Vous	donneriez
Il / Elle	donnerait	Ils / Elles	donneraient

過去時（Passé）

J’aurais	donné	Nous aurions	donné
Tu aurais	donné	Vous auriez	donné
Il / Elle aurait	donné	Ils / Elles auraient	donné

Le client : Madame, **donnez**-moi une carafe d’eau, s’il vous plaît.
男客人：　女士，請給我一壺水。

La serveuse : Oui, Monsieur.
女服務生：　好的，先生。

Dormir 睡覺

直陳式（Indicatif）

現在時（Présent）

Je	dors	Nous	dormons
Tu	dros	Vous	dormez
Il / Elle	dort	Ils / Elles	dorment

過去未完成時（Imparfait）

Je	dormais	Nous	dormions
Tu	dormais	Vous	dormiez
Il / Elle	dormait	Ils / Elles	dormaient

複合過去時（Passé composé）

J'ai	dormi	Nous avons	dormi
Tu as	dormi	Vous avez	dormi
Il / Elle a	dormi	Ils / Elles ont	dormi

愈過去時（Plus-que-parfait）

J'avais	dormi	Nous avions	dormi
Tu avais	dormi	Vous aviez	dormi
Il / Elle avait	dormi	Ils / Elles avaient	dormi

簡單未來時（Futur simple）

Je	dormirai	Nous	dormirons
Tu	dormiras	Vous	dormirez
Il / Elle	dormira	Ils / Elles	dormiront

未來完成時（Futur antérieur）

J'aurai	dormi	Nous aurons	dormi
Tu auras	dormi	Vous aurez	dormi
Il / Elle aura	dormi	Ils / Elles auront	dormi

命令式（Impératif）

現在時（Présent）

Dors
Dormons
Dormez

虛擬式（Subjonctif）

現在時（Présent）

Que je	dorme	Que nous	dormions
Que tu	dormes	Que vous	dormiez
Qu'il / Qu'elle	dorme	Qu'ils / Qu'elles	dorment

過去時（Passé）

Que j'aie	dormi	Que nous ayons	dormi
Que tu aies	dormi	Que vous ayez	dormi
Qu'il / Qu'elle ait	dormi	Qu'ils / Qu'elles aient	dormi

條件式（Conditionnel）

現在時（Présent）

Je	dormirais	Nous	dormirions
Tu	dormirais	Vous	dormiriez
Il / Elle	dormirait	Ils / Elles	dormiraient

過去時（Passé）

J'aurais	dormi	Nous aurions	dormi
Tu aurais	dormi	Vous auriez	dormi
Il / Elle aurait	dormi	Ils / Elles auraient	dormi

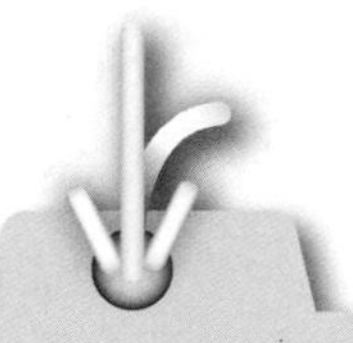

Blanche : **Je** n'**ai** pas très bien **dormi** hier soir.
昨晚我沒有睡得很好。

Benjamin : Pourquoi ? Qu'est-ce qui t'es arrivée ?
為什麼？妳怎麼了？

Douter 懷疑

直陳式（Indicatif）

現在時（Présent）

Je	doute	Nous	doutons
Tu	doutes	Vous	doutez
Il / Elle	doute	Ils / Elles	doutent

過去未完成時（Imparfait）

Je	doutais	Nous	doutions
Tu	doutais	Vous	doutiez
Il / Elle	doutait	Ils / Elles	doutaient

複合過去時（Passé composé）

J'ai	douté	Nous avons	douté
Tu as	douté	Vous avez	douté
Il / Elle a	douté	Ils / Elles ont	douté

愈過去時（Plus-que-parfait）

J'avais	douté	Nous avions	douté
Tu avais	douté	Vous aviez	douté
Il / Elle avait	douté	Ils / Elles avaient	douté

簡單未來時（Futur simple）

Je	douterai	Nous	douterons
Tu	douteras	Vous	douterez
Il / Elle	doutera	Ils / Elles	douteront

未來完成時（Futur antérieur）

J'aurai	douté	Nous aurons	douté
Tu auras	douté	Vous aurez	douté
Il / Elle aura	douté	Ils / Elles auront	douté

D

命令式（Impératif）

現在時（Présent）

Doute
Doutons
Doutez

虛擬式（Subjonctif）

現在時（Présent）

Que je	doute	Que nous	doutions
Que tu	doutes	Que vous	doutiez
Qu'il / Qu'elle	doute	Qu'ils / Qu'elles	doutent

過去時（Passé）

Que j'aie	douté	Que nous ayons	douté
Que tu aies	douté	Que vous ayez	douté
Qu'il / Qu'elle ait	douté	Qu'ils / Qu'elles aient	douté

條件式（Conditionnel）

現在時（Présent）

Je	douterais	Nous	douterions
Tu	douterais	Vous	douteriez
Il / Elle	douterait	Ils / Elles	douteraient

過去時（Passé）

J'aurais	douté	Nous aurions	douté
Tu aurais	douté	Vous auriez	douté
Il / Elle aurait	douté	Ils / Elles auraient	douté

Gabin : Tu peux avoir confiance en lui.
妳可以相信他。

Nina : Tu crois ? **J'en doute** quand même un peu.
你這麼認為嗎？我還是有點懷疑。

Écouter 聆聽

直陳式（Indicatif）

現在時（Présent）

J’	écoute	Nous	écoutons
Tu	écoutes	Vous	écoutez
Il / Elle	écoute	Ils / Elles	écoutent

過去未完成時（Imparfait）

J’	écoutais	Nous	écoutions
Tu	écoutais	Vous	écoutiez
Il / Elle	écoutait	Ils / Elles	écoutaient

複合過去時（Passé composé）

J’ai	écouté	Nous avons	écouté
Tu as	écouté	Vous avez	écouté
Il / Elle a	écouté	Ils / Elles ont	écouté

愈過去時（Plus-que-parfait）

J’avais	écouté	Nous avions	écouté
Tu avais	écouté	Vous aviez	écouté
Il / Elle avait	écouté	Ils / Elles avaient	écouté

簡單未來時（Futur simple）

J’	écouterai	Nous	écouterons
Tu	écouteras	Vous	écouterez
Il / Elle	écoutera	Ils / Elles	écouteront

未來完成時（Futur antérieur）

J'aurai	écouté	Nous aurons	écouté
Tu auras	écouté	Vous aurez	écouté
Il / Elle aura	écouté	Ils / Elles auront	écouté

命令式（Impératif）

現在時（Présent）

Écoute
Écoutons
Écoutez

虛擬式（Subjonctif）

現在時（Présent）

Que j'	écoute	Que nous	écoutions
Que tu	écoutes	Que vous	écoutiez
Qu'il / Qu'elle	écoute	Qu'ils / Qu'elles	écoutent

過去時（Passé）

Que j'aie	écouté	Que nous ayons	écouté
Que tu aies	écouté	Que vous ayez	écouté
Qu'il / Qu'elle ait	écouté	Qu'ils / Qu'elles aient	écouté

條件式（Conditionnel）

現在時（Présent）

J’	écouterais	Nous	écouterions
Tu	écouterais	Vous	écouteriez
Il / Elle	écouterait	Ils / Elles	écouteraient

過去時（Passé）

J’aurais	écouté	Nous aurions	écouté
Tu aurais	écouté	Vous auriez	écouté
Il / Elle aurait	écouté	Ils / Elles auraient	écouté

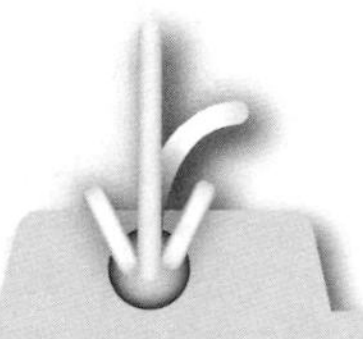

Bastien : **Tu écoutes** souvent des informations en ligne ?
妳經常收聽網路上的新聞報導嗎？

Pauline : Non, rarement.
不，很少。

Écrire 寫

直陳式（Indicatif）

現在時（Présent）

J’	écris	Nous	écrivons
Tu	écris	Vous	écrivez
Il / Elle	écrit	Ils / Elles	écrivent

過去未完成時（Imparfait）

J’	écrivais	Nous	écrivions
Tu	écrivais	Vous	écriviez
Il / Elle	écrivait	Ils / Elles	écrivaient

複合過去時（Passé composé）

J’ai	écrit	Nous avons	écrit
Tu as	écrit	Vous avez	écrit
Il / Elle a	écrit	Ils / Elles ont	écrit

愈過去時（Plus-que-parfait）

J’avais	écrit	Nous avions	écrit
Tu avais	écrit	Vous aviez	écrit
Il / Elle avait	écrit	Ils / Elles avaient	écrit

簡單未來時（Futur simple）

J’	écrirai	Nous	écrirons
Tu	écriras	Vous	écrirez
Il / Elle	écrira	Ils / Elles	écriront

未來完成時（Futur antérieur）

J’aurai	écrit	Nous aurons	écrit
Tu auras	écrit	Vous aurez	écrit
Il / Elle aura	écrit	Ils / Elles auront	écrit

E

命令式（Impératif）

現在時（Présent）

Écris
Écrivons
Écrivez

虛擬式（Subjonctif）

現在時（Présent）

Que j’	écrive	Que nous	écrivions
Que tu	écrives	Que vous	écriviez
Qu’il / Qu’elle	écrive	Qu’ils / Qu’elles	écrivent

過去時（Passé）

Que j’aie	écrit	Que nous ayons	écrit
Que tu aies	écrit	Que vous ayez	écrit
Qu’il / Qu’elle ait	écrit	Qu’ils / Qu’elles aient	écrit

條件式（Conditionnel）

現在時（Présent）

J’	écrirais	Nous	écririons
Tu	écrirais	Vous	écririez
Il / Elle	écrirait	Ils / Elles	écriraient

過去時（Passé）

J’aurais	écrit	Nous aurions	écrit
Tu aurais	écrit	Vous auriez	écrit
Il / Elle aurait	écrit	Ils / Elles auraient	écrit

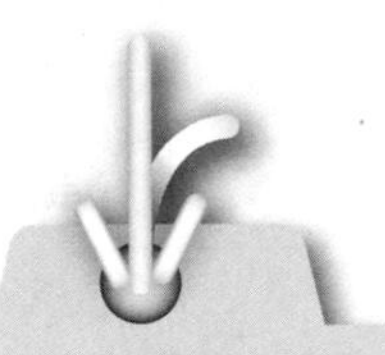

Arthur : Avant **on écrivait** souvent des lettres, mais maintenant, on envoie plutôt des messages sur *FB, Line, Messenger, WhatsApp*, etc.
以前我們經常寫信，但是現在我們比較常在 FB、Line、Messenger、WhatsApp 等上發訊息。

Aurore : C’est bien plus rapide et surtout très pratique.
這樣比較快，尤其是非常方便。

Emmener 帶（人）走

直陳式（Indicatif）

現在時（Présent）

J’	emmène	Nous	emmenons
Tu	emmènes	Vous	emmenez
Il / Elle	emmène	Ils / Elles	emmènent

過去未完成時（Imparfait）

J’	emmenais	Nous	emmenions
Tu	emmenais	Vous	emmeniez
Il / Elle	emmenait	Ils / Elles	emmenaient

複合過去時（Passé composé）

J’ai	emmené	Nous avons	emmené
Tu as	emmené	Vous avez	emmené
Il / Elle a	emmené	Ils / Elles ont	emmené

愈過去時（Plus-que-parfait）

J’avais	emmené	Nous avions	emmené
Tu avais	emmené	Vous aviez	emmené
Il / Elle avait	emmené	Ils / Elles avaient	emmené

簡單未來時（Futur simple）

J’	emmènerai	Nous	emmènerons
Tu	emmèneras	Vous	emmènerez
Il / Elle	emmènera	Ils / Elles	emmèneront

未來完成時（Futur antérieur）

J'aurai	emmené	Nous aurons	emmené
Tu auras	emmené	Vous aurez	emmené
Il / Elle aura	emmené	Ils / Elles auront	emmené

命令式（Impératif）

現在時（Présent）

Emmène
Emmenons
Emmenez

虛擬式（Subjonctif）

現在時（Présent）

Que j'	emmène	Que nous	emmenions
Que tu	emmènes	Que vous	emmeniez
Qu'il / Qu'elle	emmène	Qu'ils / Qu'elles	emmènent

過去時（Passé）

Que j'aie	emmené	Que nous ayons	emmené
Que tu aies	emmené	Que vous ayez	emmené
Qu'il / Qu'elle ait	emmené	Qu'ils / Qu'elles aient	emmené

條件式（Conditionnel）

現在時（Présent）

J’	emmènerais	Nous	emmènerions
Tu	emmènerais	Vous	emmèneriez
Il / Elle	emmènerait	Ils / Elles	emmèneraient

過去時（Passé）

J’aurais	emmené	Nous aurions	emmené
Tu aurais	emmené	Vous auriez	emmené
Il / Elle aurait	emmené	Ils / Elles auraient	emmené

Le mari : **Je** t’**emmène** au restaurant français ce soir, ça te dirait ?

先生：　今晚我帶妳去法國餐廳吃飯，妳想去嗎？

La femme : Pourquoi pas ! C’est pour fêter notre anniversaire de mariage ?

太太：　好啊！是要慶祝我們結婚週年嗎？

Employer 使用

直陳式（Indicatif）

現在時（Présent）

J’	emploie	Nous	employons
Tu	emploies	Vous	employez
Il / Elle	emploie	Ils / Elles	emploient

過去未完成時（Imparfait）

Je	employais	Nous	employions
Tu	employais	Vous	employiez
Il / Elle	employait	Ils / Elles	employaient

複合過去時（Passé composé）

J’ai	employé	Nous avons	employé
Tu as	employé	Vous avez	employé
Il / Elle a	employé	Ils / Elles ont	employé

愈過去時（Plus-que-parfait）

J’avais	employé	Nous avions	employé
Tu avais	employé	Vous aviez	employé
Il / Elle avais	employé	Ils / Elles avaient	employé

簡單未來時（Futur simple）

Je	emploierai	Nous	emploierons
Tu	emploieras	Vous	emploierez
Il / Elle	emploiera	Ils / Elles	emploieront

未來完成時（futur antérieur）

J'aurai	employé	Nous aurons	employé
Tu auras	employé	Vous aurez	employé
Il / Elle aura	employé	Ils / Elles auront	employé

E

命令式（Impératif）

現在時（Présent）

Emploie
Employons
Employez

虛擬式（Subjonctif）

現在時（Présent）

Que j'	emploie	Que nous	employions
Que tu	emploies	Que vous	employiez
Qu'il / Qu'elle	emploie	Qu'ils / Qu'elles	emploient

過去時（Passé）

Que j'aie	employé	Que nous ayons	employé
Que tu aies	employé	Que vous ayez	employé
Qu'il / Qu'elle ait	employé	Qu'ils / Qu'elles aient	employé

條件式（Conditionnel）

現在時（Présent）

Je	emploierais	Nous	emploierions
Tu	emploierais	Vous	emploieriez
Il / Elle	emploierait	Ils / Elles	emploieraient

過去時（Passé）

J'aurais	employé	Nous aurions	employé
Tu aurais	employé	Vous auriez	employé
Il / Elle aurait	employé	Ils / Elles auraient	employé

Aurélie : Pour exprimer une conséquence, quel mot de liaison les Français **emploient-ils** souvent ?
法國人經常用哪個連接詞表達結果？

Jacques : L'expression *du coup* s'**emploie** souvent dans la langue familière.
Du coup（因此）經常用於通俗的語言。

Emporter 帶（東西）走

直陳式（Indicatif）

現在時（Présent）

J’	emporte	Nous	emportons
Tu	emportes	Vous	emportez
Il / Elle	emporte	Ils / Elles	emportent

過去未完成時（Imparfait）

J’	emportais	Nous	emportions
Tu	emportais	Vous	emportiez
Il / Elle	emportait	Ils / Elles	emportaient

複合過去時（Passé composé）

J’ai	emporté	Nous avons	emporté
Tu as	emporté	Vous avez	emporté
Il / Elle a	emporté	Ils / Elles ont	emporté

愈過去時（Plus-que-parfait）

J’avais	emporté	Nous avions	emporté
Tu avais	emporté	Vous aviez	emporté
Il / Elle avait	emporté	Ils / Elles avaient	emporté

簡單未來時（Futur simple）

J’	emporterai	Nous	emporterons
Tu	emporteras	Vous	emporterez
Il / Elle	emportera	Ils / Elles	emporteront

未來完成時（Futur antérieur）

J'aurai	emporté	Nous aurons	emporté
Tu auras	emporté	Vous aurez	emporté
Il / Elle aura	emporté	Ils / Elles auront	emporté

命令式（Impératif）

現在時（Présent）

Emporte
Emportons
Emportez

虛擬式（Subjonctif）

現在時（Présent）

Que j'	emporte	Que nous	emportions
Que tu	emportes	Que vous	emportiez
Qu'il / Qu'elle	emporte	Qu'ils / Qu'elles	emportent

過去時（Passé）

Que j'aie	emporté	Que nous ayons	emporté
Que tu aies	emporté	Que vous ayez	emporté
Qu'il / Qu'elle ait	emporté	Qu'ils / Qu'elles aient	emporté

條件式（Conditionnel）

現在時（Présent）

J’	emporterais	Nous	emporterions
Tu	emporterais	Vous	emporteriez
Il / Elle	emporterait	Ils / Elles	emporteraient

過去時（Passé）

J’aurais	emporté	Nous aurions	emporté
Tu aurais	emporté	Vous auriez	emporté
Il / Elle aurait	emporté	Ils / Elles auraient	emporté

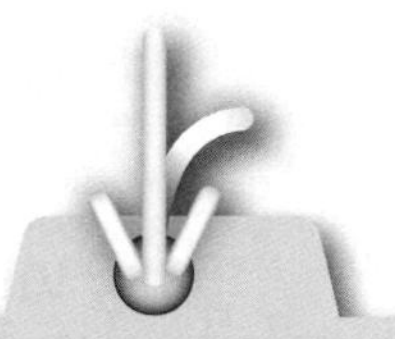

La mère : Je pense qu’il va pleuvoir, **emporte** ton parapluie si tu sors.

母親：　我想快要下雨了，如果妳要出門就帶著妳的雨傘吧。

La fille : Je ne sors pas, mes copines vont venir à la maison.

女兒：　我不出門，我的女性朋友們會來家裡。

Entendre 聽到

直陳式（Indicatif）

現在時（Présent）

J’	entends	Nous	entendons
Tu	entends	Vous	entendez
Il / Elle	entend	Ils / Elles	entendent

過去未完成時（Imparfait）

J’	entendais	Nous	entendions
Tu	entendais	Vous	entendiez
Il / Elle	entendait	Ils / Elles	entendaient

複合過去時（Passé composé）

J’ai	entendu	Nous avons	entendu
Tu as	entendu	Vous avez	entendu
Il / Elle a	entendu	Ils / Elles ont	entendu

愈過去時（Plus-que-parfait）

J’avais	entendu	Nous avions	entendu
Tu avais	entendu	Vous aviez	entendu
Il / Elle avait	entendu	Ils / Elles avaient	entendu

簡單未來時（Futur simple）

J’	entendrai	Nous	entendrons
Tu	entendras	Vous	entendrez
Il / Elle	entendra	Ils / Elles	entendront

未來完成時（Futur antérieur）

J'aurai	entendu	Nous aurons	entendu
Tu auras	entendu	Vous aurez	entendu
Il / Elle aura	entendu	Ils / Elles auront	entendu

命令式（Impératif）

現在時（Présent）

Entends
Entendons
Entendez

虛擬式（Subjonctif）

現在時（Présent）

Que j'	entende	Que nous	entendions
Que tu	entendes	Que vous	entendiez
Qu'il / Qu'elle	entende	Qu'ils / Qu'elles	entendent

過去時（Passé）

Que j'aie	entendu	Que nous ayons	entendu
Que tu aies	entendu	Que vous ayez	entendu
Qu'il / Qu'elle ait	entendu	Qu'ils / Qu'elles aient	entendu

條件式（Conditionnel）

現在時（Présent）

J’	entendrais	Nous	entendrions
Tu	entendrais	Vous	entendriez
Il / Elle	entendrait	Ils / Elles	entendraient

過去時（Passé）

J’aurais	entendu	Nous aurions	entendu
Tu aurais	entendu	Vous auriez	entendu
Il / Elle aurait	entendu	Ils / Elles auraient	entendu

La femme : **Tu as entendu** un bruit dans la cuisine ?

太太： 你有沒有聽到廚房有個聲音？

Le mari : Non, **je** n’**ai** rien **entendu**.

先生： 沒有啊，我什麼都沒有聽到。

Entrer 進來

直陳式（Indicatif）

現在時（Présent）

J'	entre	Nous	entrons
Tu	entres	Vous	entrez
Il / Elle	entre	Ils / Elles	entrent

過去未完成時（Imparfait）

J'	entrais	Nous	entrions
Tu	entrais	Vous	entriez
Il / Elle	entrait	Ils / Elles	entraient

複合過去時（Passé composé）

Je suis	entré(e)	Nous sommes	entré(e)s
Tu es	entré(e)	Vous êtes	entré(e)s
Il est Elle est	entré entrée	Ils sont Elles sont	entrés entrées

愈過去時（Plus-que-parfait）

J'étais	entré(e)	Nous étions	entré(e)s
Tu étais	entré(e)	Vous étiez	entré(e)s
Il était Elle était	entré entrée	Ils étaient Elles étaient	entrés entrées

簡單未來時（Futur simple）

J'	entrerai	Nous	entrerons
Tu	entreras	Vous	entrerez
Il / Elle	entrera	Ils / Elles	entreront

未來完成時（Futur antérieur）

Je serai	entré(e)	Nous serons	entré(e)s
Tu seras	entré(e)	Vous serez	entré(e)s
Il sera Elle sera	entré entrée	Ils seront Elles seront	entrés entrées

命令式（Impératif）

現在時（Présent）

Entre
Entrons
Entrez

虛擬式（Subjonctif）

現在時（Présent）

Que j'	entre	Que nous	entrions
Que tu	entres	Que vous	entriez
Qu'il / Qu'elle	entre	Qu'ils / Qu'elles	entrent

過去時（Passé）

Que je sois	entré(e)	Que nous soyons	entré(e)s
Que tu sois	entré(e)	Que vous soyez	entré(e)s
Qu'il soit Qu'elle soit	entré entrée	Qu'ils soient Qu'elles soient	entrés entrées

條件式（Conditionnel）

現在時（Présent）

J’	entrerais	Nous	entrerions
Tu	entrerais	Vous	entreriez
Il / Elle	entrerait	Ils / Elles	entreraient

過去時（Passé）

Je serais	entré(e)	Nous serions	entré(e)s
Tu serais	entré(e)	Vous seriez	entré(e)s
Il serait Elle serait	entré entrée	Ils seraient Elles seraient	entrés entrées

Nathalie : Hier soir, quand **je suis entrée**, mon grand-père dormait dans son fauteuil avec son roman encore à la main.
昨天晚上我回家的時候，我的祖父拿著他的小說坐在扶手椅上睡著了。

Raphaëlle : Ma grand-mère s’endort souvent devant la télévision.
我的祖母經常看電視看到睡著。

Envoyer 寄

直陳式（Indicatif）

現在時（Présent）

J’	envoie	Nous	envoyons
Tu	envoies	Vous	envoyez
Il / Elle	envoie	Ils / Elles	envoient

過去未完成時（Imparfait）

J’	envoyais	Nous	envoyions
Tu	envoyais	Vous	envoyiez
Il / Elle	envoyait	Ils / Elles	envoyaient

複合過去時（Passé composé）

J’ai	envoyé	Nous avons	envoyé
Tu as	envoyé	Vous avez	envoyé
Il / Elle a	envoyé	Ils / Elles ont	envoyé

愈過去時（Plus-que-parfait）

J’avais	envoyé	Nous avions	envoyé
Tu avais	envoyé	Vous aviez	envoyé
Il / Elle avait	envoyé	Ils / Elles avaient	envoyé

簡單未來時（Futur simple）

J’	enverrai	Nous	enverrons
Tu	enverras	Vous	enverrez
Il / Elle	enverra	Ils / Elles	enverront

未來完成時（Futur antérieur）

J'aurai	envoyé	Nous aurons	envoyé
Tu auras	envoyé	Vous aurez	envoyé
Il / Elle aura	envoyé	Ils / Elles auront	envoyé

E

命令式（Impératif）

現在時（Présent）

Envoie
Envoyons
Envoyez

虛擬式（Subjonctif）

現在時（Présent）

Que j'	envoie	Que nous	envoyions
Que tu	envoies	Que vous	envoyiez
Qu'il / Qu'elle	envoie	Qu'ils / Qu'elles	envoient

過去時（Passé）

Que j'aie	envoyé	Que nous ayons	envoyé
Que tu aies	envoyé	Que vous ayez	envoyé
Qu'il / Qu'elle ait	envoyé	Qu'ils / Qu'elles aient	envoyé

條件式（Conditionnel）

現在時（Présent）

J'	enverrais	Nous	enverrions
Tu	enverrais	Vous	enverriez
Il / Elle	enverrait	Ils / Elles	enverraient

過去時（Passé）

J'aurais	envoyé	Nous aurions	envoyé
Tu aurais	envoyé	Vous auriez	envoyé
Il / Elle aurait	envoyé	Ils / Elles auraient	envoyé

Robert : Tu as reçu ma carte postale de Grèce ?

妳有沒有收到我從希臘寄給妳的明信片？

Annie : Non, quand est-ce que **tu** l'**as envoyée** ?

沒收到，你什麼時候寄的？

Espérer 希望

直陳式（Indicatif）

現在時（Présent）

J’	espère	Nous	espérons
Tu	espères	Vous	espérez
Il / Elle	espère	Ils / Elles	espèrent

過去未完成時（Imparfait）

J’	espérais	Nous	espérions
Tu	espérais	Vous	espériez
Il / Elle	espérait	Ils / Elles	espéraient

複合過去時（Passé composé）

J’ai	espéré	Nous avons	espéré
Tu as	espéré	Vous avez	espéré
Il / Elle a	espéré	Ils / Elles ont	espéré

愈過去時（Plus-que-parfait）

J’avais	espéré	Nous avions	espéré
Tu avais	espéré	Vous aviez	espéré
Il / Elle avait	espéré	Ils / Elles avaient	espéré

簡單未來時（Futur simple）

J’	espérerai	Nous	espérerons
Tu	espéreras	Vous	espérerez
Il / Elle	espérera	Ils / Elles	espéreront

未來完成時（Futur antérieur）

J'aurai	espéré	Nous aurons	espéré
Tu auras	espéré	Vous aurez	espéré
Il / Elle aura	espéré	Ils / Elles auront	espéré

命令式（Impératif）

現在時（Présent）

Espère
Espérons
Espérez

虛擬式（Subjonctif）

現在時（Présent）

Que j'	espère	Que nous	espérions
Que tu	espères	Que vous	espériez
Qu'il / Qu'elle	espère	Qu'ils / Qu'elles	espèrent

過去時（Passé）

Que j'aie	espéré	Que nous ayons	espéré
Que tu aies	espéré	Que vous ayez	espéré
Qu'il / Qu'elle ait	espéré	Qu'ils / Qu'elles aient	espéré

條件式（Conditionnel）

現在時（Présent）

J’	espérerais	Nous	espérerions
Tu	espérerais	Vous	espéreriez
Il / Elle	espérerait	Ils / Elles	espéreraient

E

過去時（Passé）

J’aurais	espéré	Nous aurions	espéré
Tu aurais	espéré	Vous auriez	espéré
Il / Elle aurait	espéré	Ils / Elles auraient	espéré

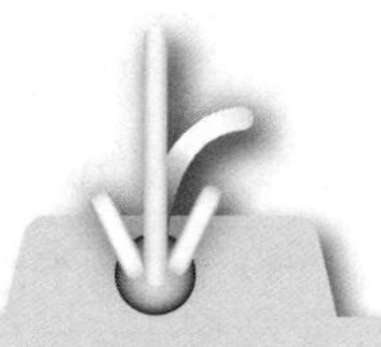

Benoit : Après ma licence, **j’espère** pouvoir continuer mes études en France, et toi ?
獲得學士學位後，我希望能去法國繼續唸書，妳呢？

Anaïs : **Mes parents espèrent** que je trouverai un travail à Taïwan.
我父母親希望我在台灣找一份工作。

Essayer 試

直陳式（Indicatif）

現在時（Présent）

J’	essaie / essaye	Nous	essayons / essayons
Tu	essaies / essayes	Vous	essayez / essayez
Il / Elle	essaie / essaye	Ils / Elles	essaient / essayent

過去未完成時（Imparfait）

J’	essayais	Nous	essayions
Tu	essayais	Vous	essayiez
Il / Elle	essayait	Ils / Elles	essayaient

複合過去時（Passé composé）

J’ai	essayé	Nous avons	essayé
Tu as	essayé	Vous avez	essayé
Il / Elle a	essayé	Ils / Elles ont	essayé

愈過去時（Plus-que-parfait）

J’avais	essayé	Nous avions	essayé
Tu avais	essayé	Vous aviez	essayé
Il / Elle avait	essayé	Ils / Elles avaient	essayé

簡單未來時（Futur simple）

J’	essaierai /essayerai	Nous	essaierons / essayerons
Tu	essaieras / essayeras	Vous	essaierez / essayerez
Il / Elle	essaiera / essayera	Ils / Elles	essaieront / essayeront

未來完成時（Futur antérieur）

J'aurai	essayé	Nous aurons	essayé
Tu auras	essayé	Vous aurez	essayé
Il / Elle aura	essayé	Ils / Elles auront	essayé

E

命令式（Impératif）

現在時（Présent）

Essaie / Essaye
Essayons / Essayons
Essayez / Essayez

虛擬式（Subjonctif）

現在時（Présent）

Que j'	essaie / essaye	Que nous	essayions /essayions
Que tu	essaies / essayes	Que vous	essayiez / essayiez
Qu'il / Qu'elle	essaie / essaye	Qu'ils / Qu'elles	essaient / essayent

過去時（Passé）

Que j'aie	essayé	Que nous ayons	essayé
Que tu aies	essayé	Que vous ayez	essayé
Qu'il / Qu'elle ait	essayé	Qu'ils / Qu'elles aient	essayé

條件式（Conditionnel）

現在時（Présent）

J’	essaierais / essayerais	Nous	essaierions / essayerions
Tu	essaierais / essayerais	Vous	essaieriez /essayeriez
Il / Elle	essaierait /essayerait	Ils / Elles	essaieraient / essayeraient

過去時（Passé）

J’aurais	essayé	Nous aurions	essayé
Tu aurais	essayé	Vous auriez	essayé
Il / Elle aurait	essayé	Ils / Elles auraient	essayé

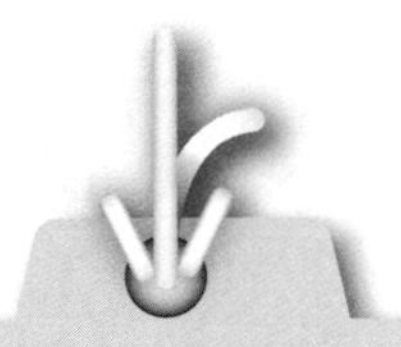

Manon : Enfin, c’est n’est pas difficile, tu peux **essayer** de nouveau.
哎，這不難啊，你可以再試試看。

Léo : Mais ça fait cinq fois déjà, j’en ai assez, merci pour ton conseil.
但是我已經試了五次，我受夠了，謝謝妳的勸言。

Étudier 學習

直陳式（Indicatif）

現在時（Présent）

J'	étudie	Nous	étudions
Tu	étudies	Vous	étudiez
Il / Elle	étudie	Ils / Elles	étudient

過去未完成時（Imparfait）

J'	étudiais	Nous	étudiions
Tu	étudiais	Vous	étudiiez
Il / Elle	étudiait	Ils / Elles	étudiaient

複合過去時（Passé composé）

J'ai	étudié	Nous avons	étudié
Tu as	étudié	Vous avez	étudié
Il / Elle a	étudié	Ils / Elles ont	étudié

愈過去時（Plus-que-parfait）

J'avais	étudié	Nous avions	étudié
Tu avais	étudié	Vous aviez	étudié
Il / Elle avait	étudié	Ils / Elles avaient	étudié

簡單未來（Futur simple）

J'	étudierai	Nous	étudierons
Tu	étudieras	Vous	étudierez
Il / Elle	étudiera	Ils / Elles	étudieront

未來完成時（Futur antérieur）

J'aurai	étudié	Nous aurons	étudié
Tu auras	étudié	Vous aurez	étudié
Il / Elle aura	étudié	Ils / Elles auront	étudié

命令式（Impératif）

現在時（Présent）

Étudie
Étudions
Étudiez

虛擬式（Subjonctif）

現在時（Présent）

Que j'	étudie	Que nous	étudiions
Que tu	étudies	Que vous	étudiiez
Qu'il / Qu'elle	étudie	Qu'ils / Qu'elles	étudient

過去時（Passé）

Que j'aie	étudié	Que nous ayons	étudié
Que tu aies	étudié	Que vous ayez	étudié
Qu'il / Qu'elle ait	étudié	Qu'ils / Qu'elles aient	étudié

條件式（Conditionnel）

現在時（Présent）

J’	étudierais	Nous	étudierions
Tu	étudierais	Vous	étudieriez
Il / Elle	étudierait	Ils / Elles	étudieraient

過去時（Passé）

J’aurais	étudié	Nous aurions	étudié
Tu aurais	étudié	Vous auriez	étudié
Il / Elle aurait	étudié	Ils / Elles auraient	étudié

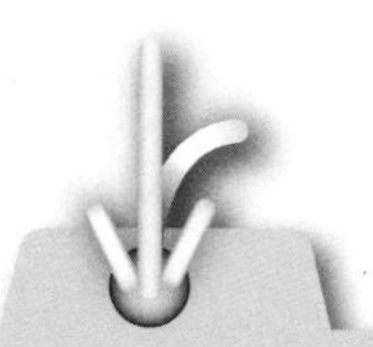

La maman : Ce matin, **tu as étudié** ton français et les mathématiques. Et cet après-midi ?

媽媽：早上你學了法文和數學，下午呢？

Le fils : Je vais me reposer.

兒子：我要休息。

Être 是

直陳式（Indicatif）

現在時（Présent）

Je	suis	Nous	sommes
Tu	es	Vous	êtes
Il / Elle	est	Ils / Elles	sont

過去未完成時（Imparfait）

J’	étais	Nous	étions
Tu	étais	Vous	étiez
Il / Elle	était	Ils / Elles	étaient

複合過去時（Passé composé）

J’ai	été	Nous avons	été
Tu as	été	Vous avez	été
Il / Elle a	été	Ils / Elles ont	été

愈過去時（Plus-que-parfait）

J’avais	été	Nous avions	été
Tu avais	été	Vous aviez	été
Il / Elle avait	été	Ils / Elles avaient	été

簡單未來時（Futur simple）

Je	serai	Nous	serons
Tu	seras	Vous	serez
Il / Elle	sera	Ils / Elles	seront

未來完成時（Futur antérieur）

J'aurai	été	Nous aurons	été
Tu auras	été	Vous aurez	été
Il / Elle aura	été	Ils / Elles auront	été

E

命令式（Impératif）

現在時（Présent）

Sois
Soyons
Soyez

虛擬式（Subjonctif）

現在時（Présent）

Que je	sois	Que nous	soyons
Que tu	sois	Que vous	soyez
Qu'il / Qu'elle	soit	Qu'ils / Qu'elles	soient

過去時（Passé）

Que j'aie	été	Que nous ayons	été
Que tu aies	été	Que vous ayez	été
Qu'il / Qu'elle ait	été	Qu'ils / Qu'elles aient	été

條件式（Conditionnel）

現在時（Présent）

Je	serais	Nous	serions
Tu	serais	Vous	seriez
Il / Elle	serait	Ils / Elles	seraient

過去時（Passé）

J'aurais	été	Nous aurions	été
Tu aurais	été	Vous auriez	été
Il / Elle aurait	été	Ils / Elles auraient	été

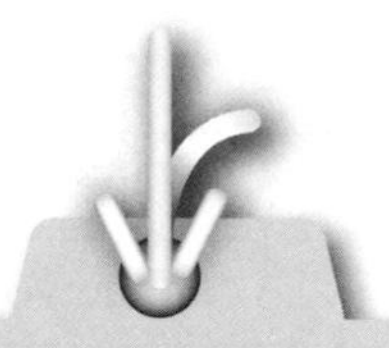

Clémence : Quand **je serai** grande, je voudrais **être** diplomate. Et toi ?
我長大後想要當外交官。你呢？

Olivier : Moi, je n'en ai aucune idée.
我啊，我沒有任何想法。

Expliquer 解釋

直陳式（Indicatif）

現在時（Présent）

J'	explique	Nous	expliquons
Tu	expliques	Vous	expliquez
Il / Elle	explique	Ils / Elles	expliquent

過去未完成時（Imparfait）

J'	expliquais	Nous	expliquions
Tu	expliquais	Vous	expliquiez
Il / Elle	expliquait	Ils / Elles	expliquaient

複合過去時（Passé composé）

J'ai	expliqué	Nous avons	expliqué
Tu as	expliqué	Vous avez	expliqué
Il / Elle a	expliqué	Ils / Elles ont	expliqué

愈過去時（Plus-que-parfait）

J'avais	expliqué	Nous avions	expliqué
Tu avais	expliqué	Vous aviez	expliqué
Il / Elle avait	expliqué	Ils / Elles avaient	expliqué

簡單未來時（Futur simple）

J'	expliquerai	Nous	expliquerons
Tu	expliqueras	Vous	expliquerez
Il / Elle	expliquera	Ils / Elles	expliqueront

未來完成時（Futur antérieur）

J'aurai	expliqué	Nous aurons	expliqué
Tu auras	expliqué	Vous aurez	expliqué
Il / Elle aura	expliqué	Ils / Elles auront	expliqué

命令式（Impératif）

現在時（Présent）

Explique
Expliquons
Expliquez

虛擬式（Subjonctif）

現在時（Présent）

Que j'	explique	Que nous	expliquions
Que tu	expliques	Que vous	expliquiez
Qu'il / Qu'elle	explique	Qu'ils / Qu'elles	expliquent

過去時（Passé）

Que j'aie	expliqué	Que nous ayons	expliqué
Que tu aies	expliqué	Que vous ayez	expliqué
Qu'il / Qu'elle ait	expliqué	Qu'ils / Qu'elles aient	expliqué

條件式（Conditionnel）

現在時（Présent）

J’	expliquerais	Nous	expliquerions
Tu	expliquerais	Vous	expliqueriez
Il / Elle	expliquerait	Ils / Elles	expliqueraient

過去時（Passé）

J’aurais	expliqué	Nous aurions	expliqué
Tu aurais	expliqué	Vous auriez	expliqué
Il / Elle aurait	expliqué	Ils / Elles auraient	expliqué

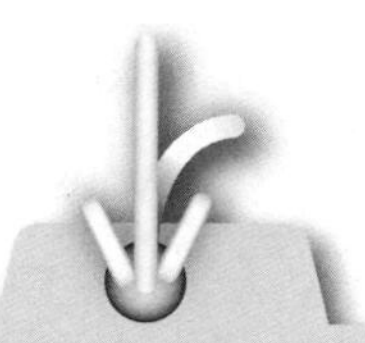

La maman : Quel désordre ! Qu’est-ce qui s’est passé ?

媽媽：　怎麼這麼亂七八糟！發生了什麼事情？

La sœur aînée : Maman, ce n’est pas grave. **Je** t’**expliquerai** plus tard.

大姊：　媽媽，不要緊，我等一下再跟妳解釋。

Faire 做

直陳式（Indicatif）

現在時（Présent）

Je	fais	Nous	faisons
Tu	fais	Vous	faites
Il / Elle	fait	Ils / Elles	font

過去未完成時（Imparfait）

Je	faisais	Nous	faisions
Tu	faisais	Vous	faisiez
Il / Elle	faisait	Ils / Elles	faisaient

複合過去時（Passé composé）

J'ai	fait	Nous avons	fait
Tu as	fait	Vous avez	fait
Il / Elle a	fait	Ils / Elles ont	fait

愈過去時（Plus-que-parfait）

J'avais	fait	Nous avions	fait
Tu avais	fait	Vous aviez	fait
Il / Elle avait	fait	Ils / Elles avaient	fait

簡單未來時（Futur simple）

Je	ferai	Nous	ferons
Tu	feras	Vous	ferez
Il / Elle	fera	Ils / Elles	feront

未來完成時（Futur antérieur）

J'aurai	fait	Nous aurons	fait
Tu auras	fait	Vous aurez	fait
Il / Elle aura	fait	Ils / Elles auront	fait

命令式（Impératif）

現在時（Présent）

Fais
Faisons
Faites

虛擬式（Subjonctif）

現在時（Présent）

Que je	fasse	Que nous	fassions
Que tu	fasses	Que vous	fassiez
Qu'il / Qu'elle	fasse	Qu'ils / Qu'elles	fassent

過去時（Passé）

Que j'aie	fait	Que nous ayons	fait
Que tu aies	fait	Que vous ayez	fait
Qu'il / Qu'elle ait	fait	Qu'ils / Qu'elles aient	fait

條件式（Conditionnel）

現在時（Présent）

Je	ferais	Nous	ferions
Tu	ferais	Vous	feriez
Il / Elle	ferait	Ils / Elles	feraient

過去時（Passé）

J'aurais	fait	Nous aurions	fait
Tu aurais	fait	Vous auriez	fait
Il / Elle aurait	fait	Ils / Elles auraient	fait

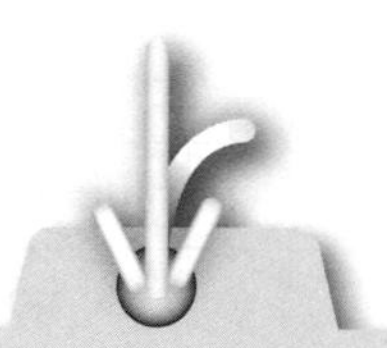

Victor : Qu'est-ce que **tu fais** maintenant ?
妳現在在做什麼？

Agathe : Je suis en train de télécharger de la musique sur Internet.
我正在下載網路上的音樂。

Falloir 應該

直陳式（Indicatif）

現在時（Présent）

Il	faut

過去未完成時（Imparfait）

Il	fallait

複合過去時（Passé composé）

Il a	fallu

愈過去時（Plus-que-parfait）

Il avait	fallu

簡單未來時（Futur simple）

Il	faudra

未來完成時（Futur antérieur）

Il aura	fallu

虛擬式（Subjonctif）

現在時（Présent）

Qu'il	faille

過去時（Passé）

Qu'il ait	fallu

條件式（Conditionnel）

現在時（Présent）

Il	faudrait

過去時 （Passé）

Il aurait	fallu

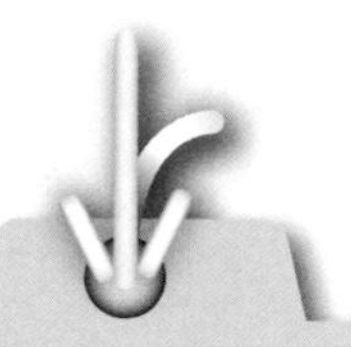

Margot : **Il faut** partir maintenant. Sinon on va rater le bus.
現在應該要離開了，否則會趕不上公車。

Lucas : Ne t'inquiète pas, on prendra le prochain.
別擔心，我們就搭下一班。

Fermer 關

直陳式（Indicatif）

現在時（Présent）

Je	ferme	Nous	fermons
Tu	fermes	Vous	fermez
Il / Elle	ferme	Ils / Elles	ferment

過去未完成時（Imparfait）

Je	fermais	Nous	fermions
Tu	fermais	Vous	fermiez
Il / Elle	fermait	Ils / Elles	fermaient

複合過去時（Passé composé）

J'ai	fermé	Nous avons	fermé
Tu as	fermé	Vous avez	fermé
Il / Elle a	fermé	Ils / Elles ont	fermé

愈過去時（Plus-que-parfait）

J'avais	fermé	Nous avions	fermé
Tu avais	fermé	Vous aviez	fermé
Il / Elle avait	fermé	Ils / Elles avaient	fermé

簡單未來時（Futur simple）

Je	fermerai	Nous	fermerons
Tu	fermeras	Vous	fermerez
Il / Elle	fermera	Ils / Elles	fermeront

未來完成時（Futur antérieur）

J'aurai	fermé	Nous aurons	fermé
Tu auras	fermé	Vous aurez	fermé
Il / Elle aura	fermé	Ils / Elles auront	fermé

命令式（Impératif）

現在時（Présent）

Ferme
Fermons
Fermez

虛擬式（Subjonctif）

現在時（Présent）

Que je	ferme	Que nous	fermions
Que tu	fermes	Que vous	fermiez
Qu'il / Qu'elle	ferme	Qu'ils / Qu'elles	ferment

過去時（Passé）

Que j'aie	fermé	Que nous ayons	fermé
Que tu aies	fermé	Que vous ayez	fermé
Qu'il / Qu'elle ait	fermé	Qu'ils / Qu'elles aient	fermé

條件式（Conditionnel）

現在時（Présent）

Je	fermerais	Nous	fermerions
Tu	fermerais	Vous	fermeriez
Il / Elle	fermerait	Ils / Elles	fermeraient

F

過去時（Passé）

J'aurais	fermé	Nous aurions	fermé
Tu aurais	fermé	Vous auriez	fermé
Il / Elle aurait	fermé	Ils / Elles auraient	fermé

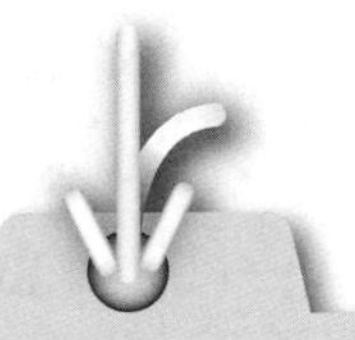

La femme : **Tu as** bien **fermé** la porte ?

太太：　　你關好門了嗎？

Le mari : Oui. Ça y est, c'est fait.

先生：　　已經關好了。

Finir 完成

直陳式（Indicatif）

現在時（Présent）

Je	finis	Nous	finissons
Tu	finis	Vous	finissez
Il / Elle	finit	Ils / Elles	finissent

過去未完成時（Imparfait）

Je	finissais	Nous	finissions
Tu	finissais	Vous	finissiez
Il / Elle	finissait	Ils / Elles	finissaient

複合過去時（Passé composé）

J'ai	fini	Nous avons	fini
Tu as	fini	Vous avez	fini
Il / Elle a	fini	Ils / Elles ont	fini

愈過去時（Plus-que-parfait）

J'avais	fini	Nous avions	fini
Tu avais	fini	Vous aviez	fini
Il / Elle avait	fini	Ils / Elles avaient	fini

簡單未來時（Futur simple）

Je	finirai	Nous	finirons
Tu	finiras	Vous	finirez
Il / Elle	finira	Ils / Elles	finiront

未來完成時（Futur antérieur）

J'aurai	fini	Nous aurons	fini
Tu auras	fini	Vous aurez	fini
Il / Elle aura	fini	Ils / Elles auront	fini

命令式（Impératif）

現在時（Présent）

Finis
Finissons
Finissez

虛擬式（Subjonctif）

現在時（Présent）

Que je	finisse	Que nous	finissions
Que tu	finisses	Que vous	finissiez
Qu'il / Qu'elle	finisse	Qu'ils / Qu'elles	finissent

過去時（Passé）

Que j'aie	fini	Que nous ayons	fini
Que tu aies	fini	Que vous ayez	fini
Qu'il / Qu'elle ait	fini	Qu'ils / Qu'elles aient	fini

條件式（Conditionnel）

現在時（Présent）

Je	finirais	Nous	finirions
Tu	finirais	Vous	finiriez
Il / Elle	finirait	Ils / Elles	finiraient

過去時（Passé）

J'aurais	fini	Nous aurions	fini
Tu aurais	fini	Vous auriez	fini
Il / Elle aurait	fini	Ils / Elles auraient	fini

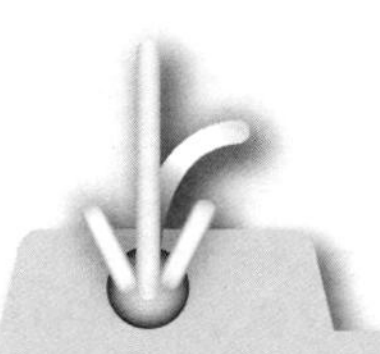

Jules : **Vous avez fini** de préparer votre exposé ?
你們的口頭報告準備好了嗎？

Hugo et Noémie : Oui, il y a déjà une semaine.
Hugo 和 Noémie： 好囉，一週前就已經準備好了。

Gagner 贏

直陳式（Indicatif）

現在時（Présent）

Je	gagne	Nous	gagnons
Tu	gagnes	Vous	gagnez
Il / Elle	gagne	Ils / Elles	gagnent

過去未完成時（Imparfait）

Je	gagnais	Nous	gagnions
Tu	gagnais	Vous	gagniez
Il / Elle	gagnait	Ils / Elles	gagnaient

複合過去時（Passé composé）

J'ai	gagné	Nous avons	gagné
Tu as	gagné	Vous avez	gagné
Il / Elle a	gagné	Ils / Elles ont	gagné

愈過去時（Plus-que-parfait）

J'avais	gagné	Nous avions	gagné
Tu avais	gagné	Vous aviez	gagné
Il / Elle avait	gagné	Ils / Elles avaient	gagné

簡單未來時（Futur simple）

Je	gagnerai	Nous	gagnerons
Tu	gagneras	Vous	gagnerez
Il / Elle	gagnera	Ils / Elles	gagneront

未來完成時（Futur antérieur）

J'aurai	gagné	Nous aurons	gagné
Tu auras	gagné	Vous aurez	gagné
Il / Elle aura	gagné	Ils / Elles auront	gagné

命令式（Impératif）

現在時（Présent）

Gagne
Gagnons
Gagnez

虛擬式（Subjonctif）

現在時（Présent）

Que je	gagne	Que nous	gagnions
Que tu	gagnes	Que vous	gagniez
Qu'il / Qu'elle	gagne	Qu'ils / Qu'elles	gagnent

過去時（Passé）

Que j'aie	gagné	Que nous ayons	gagné
Que tu aies	gagné	Que vous ayez	gagné
Qu'il / Qu'elle ait	gagné	Qu'ils / Qu'elles aient	gagné

條件式（Conditionnel）

現在時（Présent）

Je	gagnerais	Nous	gagnerions
Tu	gagnerais	Vous	gagneriez
Il / Elle	gagnerait	Ils / Elles	gagneraient

過去時（Passé）

J'aurais	gagné	Nous aurions	gagné
Tu aurais	gagné	Vous auriez	gagné
Il / Elle aurait	gagné	Ils / Elles auraient	gagné

G

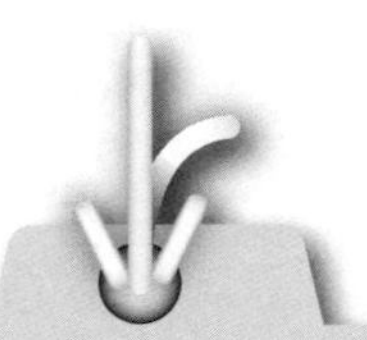

Charles : **Qui a gagné** le match ? C'est …

誰贏了比賽？是……

Henri : Mon équipe préférée !

我比較喜歡的球隊！

Grandir 長高

直陳式（Indicatif）

現在時（Présent）

Je	grandis	Nous	grandissons
Tu	grandis	Vous	grandissez
Il / Elle	grandit	Ils / Elles	grandissent

過去未完成時（Imparfait）

Je	grandissais	Nous	grandissions
Tu	grandissais	Vous	grandissiez
Il / Elle	grandissait	Ils / Elles	grandissaient

複合過去時（Passé composé）

J'ai	grandi	Nous avons	grandi
Tu as	grandi	Vous avez	grandi
Il / Elle a	grandi	Ils / Elles ont	grandi

愈過去時（Plus-que-parfait）

J'avais	grandi	Nous avions	grandi
Tu avais	grandi	Vous aviez	grandi
Il / Elle avait	grandi	Ils / Elles avaient	grandi

簡單未來時（Futur simple）

Je	grandirai	Nous	grandirons
Tu	grandiras	Vous	grandirez
Il / Elle	grandira	Ils / Elles	grandiront

未來完成時（Futur antérieur）

J'aurai	grandi	Nous aurons	grandi
Tu auras	grandi	Vous aurez	grandi
Il / Elle aura	grandi	Ils / Elles auront	grandi

命令式（Impératif）

現在時（Présent）

Grandis
Grandissons
Grandissez

虛擬式（Subjonctif）

現在時（Présent）

Que je	grandisse	Que nous	grandissions
Que tu	grandisses	Que vous	grandissiez
Qu'il / Qu'elle	grandisse	Qu'ils / Qu'elles	grandissent

過去時（Passé）

Que j'aie	grandi	Que nous ayons	grandi
Que tu aies	grandi	Que vous ayez	grandi
Qu'il / Qu'elle ait	grandi	Qu'ils / Qu'elles aient	grandi

條件式（Conditionnel）

現在時（Présent）

Je	grandirais	Nous	grandirions
Tu	grandirais	Vous	grandiriez
Il / Elle	grandirait	Ils / Elles	grandiraient

過去時（Passé）

J'aurais	grandi	Nous aurions	grandi
Tu aurais	grandi	Vous auriez	grandi
Il / Elle aurait	grandi	Ils / Elles auraient	grandi

對話

Mme Dupont : Dis donc, **ton fils a** encore **grandi**.
天啊，妳的兒子又長高了。

Mme Dubois : C'est vrai, il mange comme un ogre en ce moment.
真的，他現在吃得像是個大胃王一樣。

Grossir 變胖

直陳式（Indicatif）

現在時（Présent）

Je	grossis	Nous	grossissons
Tu	grossis	Vous	grossissez
Il / Elle	grossit	Ils / Elles	grossissent

過去未完成時（Imparfait）

Je	grossissais	Nous	grossissions
Tu	grossissais	Vous	grossissiez
Il / Elle	grossissait	Ils / Elles	grossissaient

複合過去時（Passé composé）

J'ai	grossi	Nous avons	grossi
Tu as	grossi	Vous avez	grossi
Il / Elle a	grossi	Ils / Elles ont	grossi

愈過去時（Plus-que-parfait）

J'avais	grossi	Nous avions	grossi
Tu avais	grossi	Vous aviez	grossi
Il / Elle avait	grossi	Ils / Elles avaient	grossi

簡單未來時（Futur simple）

Je	grossirai	Nous	grossirons
Tu	grossiras	Vous	grossirez
Il / Elle	grossira	Ils / Elles	grossiront

未來完成時（Futur antérieur）

J'aurai	grossi	Nous aurons	grossi
Tu auras	grossi	Vous aurez	grossi
Il / Elle aura	grossi	Ils / Elles auront	grossi

命令式（Impératif）

現在時（Présent）

Grossis
Grossissons
Grossissez

虛擬式（Subjonctif）

現在時（Présent）

Que je	grossisse	Que nous	grossissions
Que tu	grossisses	Que vous	grossissiez
Qu'il / Qu'elle	grossisse	Qu'ils / Qu'elles	grossissent

過去時（Passé）

Que j'aie	grossi	Que nous ayons	grossi
Que tu aies	grossi	Que vous ayez	grossi
Qu'il / Qu'elle ait	grossi	Qu'ils / Qu'elles aient	grossi

條件式（Conditionnel）

現在時（Présent）

Je	grossirais	Nous	grossirions
Tu	grossirais	Vous	grossiriez
Il / Elle	grossirait	Ils / Elles	grossiraient

過去時（Passé）

J'aurais	grossi	Nous aurions	grossi
Tu aurais	grossi	Vous auriez	grossi
Il / Elle aurait	grossi	Ils / Elles auraient	grossi

G

Sabine : **J'ai grossi** de 5 kilos, que faire ?

我胖了 5 公斤，怎麼辦？

Odile : Tu feras un régime car il n'y a pas d'autre solution.

妳就節食啊，因為沒有其他的解決辦法。

Habiter 居住

直陳式（Indicatif）

現在時（Présent）

J’	habite	Nous	habitons
Tu	habites	Vous	habitez
Il / Elle	habite	Ils / Elles	habitent

過去未完成時（Imparfait）

J’	habitais	Nous	habitions
Tu	habitais	Vous	habitiez
Il / Elle	habitait	Ils / Elles	habitaient

複合過去時（Passé composé）

J’ai	habité	Nous avons	habité
Tu as	habité	Vous avez	habité
Il / Elle a	habité	Ils / Elles ont	habité

愈過去時（Plus-que-parfait）

J’avais	habité	Nous avions	habité
Tu avais	habité	Vous aviez	habité
Il / Elle avait	habité	Ils / Elles avaient	habité

簡單未來時（Futur simple）

J’	habiterai	Nous	habiterons
Tu	habiteras	Vous	habiterez
Il / Elle	habitera	Ils / Elles	habiteront

未來完成時（Futur antérieur）

J'aurai	habité	Nous aurons	habité
Tu auras	habité	Vous aurez	habité
Il / Elle aura	habité	Ils / Elles auront	habité

命令式（Impératif）

現在時（Présent）

Habite
Habitons
Habitez

虛擬式（Subjonctif）

現在時（Présent）

Que j'	habite	Que nous	habitions
Que tu	habites	Que vous	habitiez
Qu'il / Qu'elle	habite	Qu'ils / Qu'elles	habitent

過去時（Passé）

Que j'aie	habité	Que nous ayons	habité
Que tu aies	habité	Que vous ayez	habité
Qu'il / Qu'elle ait	habité	Qu'ils / Qu'elles aient	habité

條件式（Conditionnel）

現在時（Présent）

J’	habiterais	Nous	habiterions
Tu	habiterais	Vous	habiteriez
Il / Elle	habiterait	Ils / Elles	habiteraient

過去時（Passé）

J’aurais	habité	Nous aurions	habité
Tu aurais	habité	Vous auriez	habité
Il / Elle aurait	habité	Ils / Elles auraient	habité

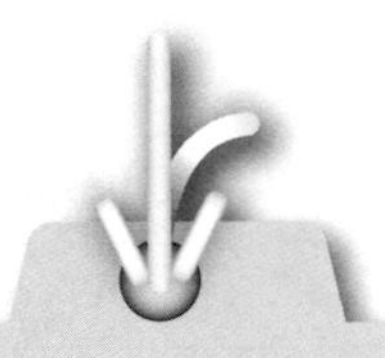

Alexis : Où **habitez-vous** ?

你們住在哪裡？

Elise et Iris : **Nous habitons** à Paris depuis plusieurs mois.

Elise 和 Iris： 我們住在巴黎好幾個月了。

Inviter 邀請

直陳式（Indicatif）

現在時（Présent）

J’	invite	Nous	invitons
Tu	invites	Vous	invitez
Il / Elle	invite	Ils / Elles	invitent

過去未完成時（Imparfait）

J’	invitais	Nous	invitions
Tu	invitais	Vous	invitiez
Il / Elle	invitait	Ils / Elles	invitaient

複合過去時（Passé composé）

J’ai	invité	Nous avons	invité
Tu as	invité	Vous avez	invité
Il / Elle a	invité	Ils / Elles ont	invité

愈過去時（Plus-que-parfait）

J’avais	invité	Nous avions	invité
Tu avais	invité	Vous aviez	invité
Il / Elle avait	invité	Ils / Elles avaient	invité

簡單未來時（Futur simple）

J’	inviterai	Nous	inviterons
Tu	inviteras	Vous	inviterez
Il / Elle	invitera	Ils / Elles	inviteront

I

未來完成時（Futur antérieur）

J'aurai	invité	Nous aurons	invité
Tu auras	invité	Vous aurez	invité
Il / Elle aura	invité	Ils / Elles auront	invité

命令式（Impératif）

現在時（Présent）

Invite
Invitons
Invitez

虛擬式（Subjonctif）

現在時（Présent）

Que j'	invite	Que nous	invitions
Que tu	invites	Que vous	invitiez
Qu'il / Qu'elle	invite	Qu'ils / Qu'elles	invitent

過去時（Passé）

Que j'aie	invité	Que nous ayons	invité
Que tu aies	invité	Que vous ayez	invité
Qu'il / Qu'elle ait	invité	Qu'ils / Qu'elles aient	invité

條件式（Conditionnel）

現在時（Présent）

J’	inviterais	Nous	inviterions
Tu	inviterais	Vous	inviteriez
Il / Elle	inviterait	Ils / Elles	inviteraient

過去時（Passé）

J’aurais	invité	Nous aurions	invité
Tu aurais	invité	Vous auriez	invité
Il / Elle aurait	invité	Ils / Elles auraient	invité

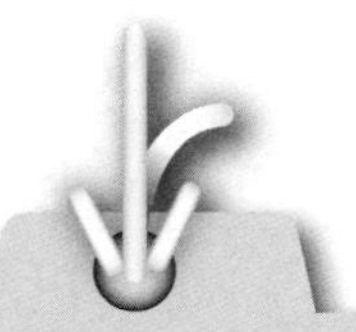

Samuel : Ouf ! On a bien travaillé aujourd’hui. **Je** vous **invite** à prendre un verre.

喔！今天我們工作得很順利。我請你們去喝一杯。

Augustin et Jeanne : C’est une bonne idée.

Augustin 和 Jeanne： 好主意。

Jeter 丟

直陳式（Indicatif）

現在時（Présent）

Je	jette	Nous	jetons
Tu	jettes	Vous	jetez
Il / Elle	jette	Ils / Elles	jettent

過去未完成時（Imparfait）

Je	jetais	Nous	jetions
Tu	jetais	Vous	jetiez
Il / Elle	jetait	Ils / Elles	jetaient

複合過去時（Passé composé）

J'ai	jeté	Nous avons	jeté
Tu as	jeté	Vous avez	jeté
Il / Elle a	jeté	Ils / Elles ont	jeté

愈過去時（Plus-que-parfait）

J'avais	jeté	Nous avions	jeté
Tu avais	jeté	Vous aviez	jeté
Il / Elle avait	jeté	Ils / Elles avaient	jeté

簡單未來時（Futur simple）

Je	jetterai	Nous	jetterons
Tu	jetteras	Vous	jetterez
Il / Elle	jettera	Ils / Elles	jetteront

未來完成時（Futur antérieur）

J'aurai	jeté	Nous aurons	jeté
Tu auras	jeté	Vous aurez	jeté
Il / Elle aura	jeté	Ils / Elles auront	jeté

命令式（Impératif）

現在時（Présent）

Jette
Jetons
Jetez

虛擬式（Subjonctif）

現在時（Présent）

Que je	jette	Que nous	jetions
Que tu	jettes	Que vous	jetiez
Qu'il / Qu'elle	jette	Qu'ils / Qu'elles	jettent

過去時（Passé）

Que j'aie	jeté	Que nous ayons	jeté
Que tu aies	jeté	Que vous ayez	jeté
Qu'il / Qu'elle ait	jeté	Qu'ils / Qu'elles aient	jeté

條件式（Conditionnel）

現在時（Présent）

Je	jetterais	Nous	jetterions
Tu	jetterais	Vous	jetteriez
Il / Elle	jetterait	Ils / Elles	jetteraient

過去時（Passé）

J'aurais	jeté	Nous aurions	jeté
Tu aurais	jeté	Vous auriez	jeté
Il / Elle aurait	jeté	Ils / Elles auraient	jeté

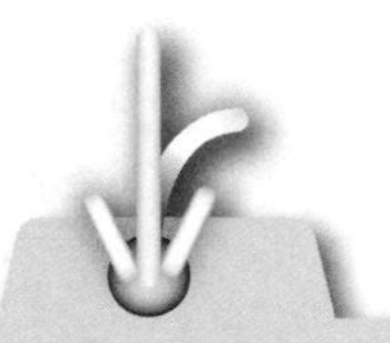

Le fils et le père : Hier, **nous avons jeté** beaucoup de vieux papiers.
兒子與父親：　　昨天我們丟了很多舊紙張。

La maman : Je vois ! Mais il y en a beaucoup là-bas !
媽媽：　　我看到了！但是那邊還是有很多紙啊！

Jouer 玩、演奏（樂器）、做（運動）

直陳式（Indicatif）

現在時（Présent）

Je	joue	Nous	jouons
Tu	joues	Vous	jouez
Il / Elle	joue	Ils / Elles	jouent

過去未完成時（Imparfait）

Je	jouais	Nous	jouions
Tu	jouais	Vous	jouiez
Il / Elle	jouait	Ils / Elles	jouaient

複合過去時（Passé composé）

J'ai	joué	Nous avons	joué
Tu as	joué	Vous avez	joué
Il / Elle a	joué	Ils / Elles ont	joué

愈過去時（Plus-que-parfait）

J'avais	joué	Nous avions	joué
Tu avais	joué	Vous aviez	joué
Il / Elle avait	joué	Ils / Elles avaient	joué

簡單未來時（Futur simple）

Je	jouerai	Nous	jouerons
Tu	joueras	Vous	jouerez
Il / Elle	jouera	Ils / Elles	joueront

未來完成時（Futur antérieur）

J'aurai	joué	Nous aurons	joué
Tu auras	joué	Vous aurez	joué
Il / Elle aura	joué	Ils / Elles auront	joué

命令式（Impératif）

現在時（Présent）

Joue
Jouons
Jouez

虛擬式（Subjonctif）

現在時（Présent）

Que je	joue	Que nous	jouions
Que tu	joues	Que vous	jouiez
Qu'il / Qu'elle	joue	Qu'ils / Qu'elles	jouent

過去時（Passé）

Que j'aie	joué	Que nous ayons	joué
Que tu aies	joué	Que vous ayez	joué
Qu'il / Qu'elle ait	joué	Qu'ils / Qu'elles aient	joué

條件式（Conditionnel）

現在時（Présent）

Je	jouerais	Nous	jouerions
Tu	jouerais	Vous	joueriez
Il / Elle	jouerait	Ils / Elles	joueraient

過去時（Passé）

J'aurais	joué	Nous aurions	joué
Tu aurais	joué	Vous auriez	joué
Il / Elle aurait	joué	Ils / Elles auraient	joué

J

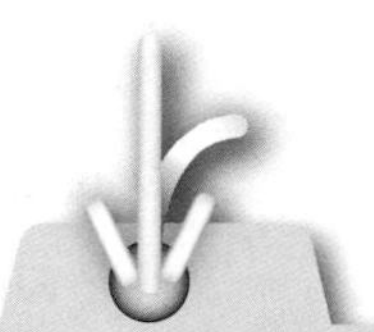

對話

Denise : Tu sais **jouer** de quel d'instrument de musique ?

妳會彈奏哪一種樂器？

Irène : **Je jouais** du piano quand j'étais petite.

我小時候彈過鋼琴。

Laver 用水洗

直陳式（Indicatif）

現在時（Présent）

Je	lave	Nous	lavons
Tu	laves	Vous	lavez
Il / Elle	lave	Ils / Elles	lavent

過去未完成時（Imparfait）

Je	lavais	Nous	lavions
Tu	lavais	Vous	laviez
Il / Elle	lavait	Ils / Elles	lavaient

複合過去時（Passé composé）

J'ai	lavé	Nous avons	lavé
Tu as	lavé	Vous avez	lavé
Il / Elle a	lavé	Ils / Elles ont	lavé

愈過去時（Plus-que-parfait）

J'avais	lavé	Nous avions	lavé
Tu avais	lavé	Vous aviez	lavé
Il / Elle avait	lavé	Ils / Elles avaient	lavé

簡單未來時（Futur simple）

Je	laverai	Nous	laverons
Tu	laveras	Vous	laverez
Il / Elle	lavera	Ils / Elles	laveront

未來完成時（Futur antérieur）

J'aurai	lavé	Nous aurons	lavé
Tu auras	lavé	Vous aurez	lavé
Il / Elle aura	lavé	Ils / Elles auront	lavé

命令式（Impératif）

現在時（Présent）

Lave
Lavons
Lavez

虛擬式（Subjonctif）

現在時（Présent）

Que je	lave	Que nous	lavions
Que tu	laves	Que vous	laviez
Qu'il / Qu'elle	lave	Qu'ils / Qu'elles	lavent

過去時（Passé）

Que j'aie	lavé	Que nous ayons	lavé
Que tu aies	lavé	Que vous ayez	lavé
Qu'il / Qu'elle ait	lavé	Qu'ils / Qu'elles aient	lavé

條件式（Conditionnel）

現在時（Présent）

Je	laverais	Nous	laverions
Tu	laverais	Vous	laveriez
Il / Elle	laverait	Ils / Elles	laveraient

過去時（Passé）

J'aurais	lavé	Nous aurions	lavé
Tu aurais	lavé	Vous auriez	lavé
Il / Elle aurait	lavé	Ils / Elles auraient	lavé

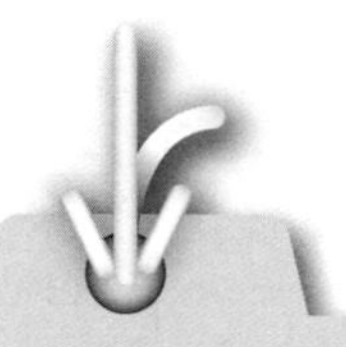

Mme Lesage : D'habitude, chez toi, **qui lave** la vaisselle ?
平常妳家裡是誰洗碗？

Mme Lapetite : Chacun son tour.
大家輪流。

Lire 閱讀

直陳式（Indicatif）

現在時（Présent）

Je	lis	Nous	lisons
Tu	lis	Vous	lisez
Il / Elle	lit	Ils / Elles	lisent

過去未完成時（Imparfait）

Je	lisais	Nous	lisions
Tu	lisais	Vous	lisiez
Il / Elle	lisait	Ils / Elles	lisaient

複合過去時（Passé composé）

J'ai	lu	Nous avons	lu
Tu as	lu	Vous avez	lu
Il / Elle a	lu	Ils / Elles ont	lu

愈過去時（Plus-que-parfait）

J'avais	lu	Nous avions	lu
Tu avais	lu	Vous aviez	lu
Il / Elle avait	lu	Ils / Elles avaient	lu

簡單未來時（Futur simple）

Je	lirai	Nous	lirons
Tu	liras	Vous	lirez
Il / Elle	lira	Ils / Elles	liront

未來完成時（Futur antérieur）

J'aurai	lu	Nous aurons	lu
Tu auras	lu	Vous aurez	lu
Il / Elle aura	lu	Ils / Elles auront	lu

命令式（Impératif）

現在時（Présent）

Lis
Lisons
Lisez

虛擬式（Subjonctif）

現在時（Présent）

Que je	lise	Que nous	lisions
Que tu	lises	Que vous	lisiez
Qu'il / Qu'elle	lise	Qu'ils / Qu'elles	lisent

過去時（Passé）

Que j'aie	lu	Que nous ayons	lu
Que tu aies	lu	Que vous ayez	lu
Qu'il / Qu'elle ait	lu	Qu'ils / Qu'elles aient	lu

條件式（Conditionnel）

現在時（Présent）

Je	lirais	Nous	lirions
Tu	lirais	Vous	liriez
Il / Elle	lirait	Ils / Elles	liraient

過去時（Passé）

J'aurais	lu	Nous aurions	lu
Tu aurais	lu	Vous auriez	lu
Il / Elle aurait	lu	Ils / Elles auraient	lu

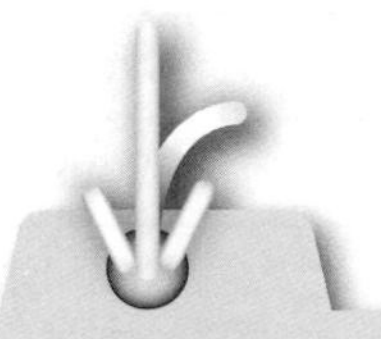

Cédric : Vous aimez **lire** ?

你們喜歡看書嗎？

Jacques et Didier : Non, pas beaucoup, nous préférons jouer aux jeux vidéo en ligne.

Jacques 和 Didier：不，不是很喜歡，我們比較喜歡在網路上打電動遊戲。

Manger 吃

直陳式（Indicatif）

現在時（Présent）

Je	mange	Nous	mangeons
Tu	manges	Vous	mangez
Il / Elle	mange	Ils / Elles	mangent

過去未完成時（Imparfait）

Je	mangeais	Nous	mangions
Tu	mangeais	Vous	mangiez
Il / Elle	mangeait	Ils / Elles	mangeaient

複合過去時（Passé composé）

J'ai	mangé	Nous avons	mangé
Tu as	mangé	Vous avez	mangé
Il / Elle a	mangé	Ils / Elles ont	mangé

愈過去時（Plus-que-parfait）

J'avais	mangé	Nous avions	mangé
Tu avais	mangé	Vous aviez	mangé
Il / Elle avait	mangé	Ils / Elles avaient	mangé

簡單未來時（Futur simple）

Je	mangerai	Nous	mangerons
Tu	mangeras	Vous	mangerez
Il / Elle	mangera	Ils / Elles	mangeront

未來完成時（Futur antérieur）

J'aurai	mangé	Nous aurons	mangé
Tu auras	mangé	Vous aurez	mangé
Il / Elle aura	mangé	Ils / Elles auront	mangé

命令式（Impératif）

現在時（Présent）

Mange
Mangeons
Mangez

虛擬式（Subjonctif）

現在時（Présent）

Que je	mange	Que nous	mangions
Que tu	manges	Que vous	mangiez
Qu'il / Qu'elle	mange	Qu'ils / Qu'elles	mangent

過去時（Passé）

Que j'aie	mangé	Que nous ayons	mangé
Que tu aies	mangé	Que vous ayez	mangé
Qu'il / Qu'elle ait	mangé	Qu'ils / Qu'elles aient	mangé

條件式（Conditionnel）

現在時（Présent）

Je	mangerais	Nous	mangerions
Tu	mangerais	Vous	mangeriez
Il / Elle	mangerait	Ils / Elles	mangeraient

過去時（Passé）

J'aurais	mangé	Nous aurions	mangé
Tu aurais	mangé	Vous auriez	mangé
Il / Elle aurait	mangé	Ils / Elles auraient	mangé

Camille : **As-tu** déjà **mangé** des escargots à la française ?
妳是否吃過法式蝸牛肉？

Martine : Non, **je** n'en **ai** jamais **mangé**.
沒有，我從來沒吃過。

Marcher 走

直陳式（Indicatif）

現在時（Présent）

Je	marche	Nous	marchons
Tu	marches	Vous	marchez
Il / Elle	marche	Ils / Elles	marchent

過去未完成時（Imparfait）

Je	marchais	Nous	marchions
Tu	marchais	Vous	marchiez
Il / Elle	marchait	Ils / Elles	marchaient

複合過去時（Passé composé）

J'ai	marché	Nous avons	marché
Tu as	marché	Vous avez	marché
Il / Elle a	marché	Ils / Elles ont	marché

愈過去時（Plus-que-parfait）

J'avais	marché	Nous avions	marché
Tu avais	marché	Vous aviez	marché
Il / Elle avait	marché	Ils / Elles avaient	marché

簡單未來時（Futur simple）

Je	marcherai	Nous	marcherons
Tu	marcheras	Vous	marcherez
Il / Elle	marchera	Ils / Elles	marcheront

未來完成時（Futur antérieur）

J'aurai	marché	Nous aurons	marché
Tu auras	marché	Vous aurez	marché
Il / Elle aura	marché	Ils / Elles auront	marché

命令式（Impératif）

現在時（Présent）

Marche
Marchons
Marchez

虛擬式（Subjonctif）

現在時（Présent）

Que je	marche	Que nous	marchions
Que tu	marches	Que vous	marchiez
Qu'il / Qu'elle	marche	Qu'ils / Qu'elles	marchent

過去時（Passé）

Que j'aie	marché	Que nous ayons	marché
Que tu aies	marché	Que vous ayez	marché
Qu'il / Qu'elle ait	marché	Qu'ils / Qu'elles aient	marché

條件式（Conditionnel）

現在時（Présent）

Je	marcherais	Nous	marcherions
Tu	marcherais	Vous	marcheriez
Il / Elle	marcherait	Ils / Elles	marcheraient

過去時（Passé）

J'aurais	marché	Nous aurions	marché
Tu aurais	marché	Vous auriez	marché
Il / Elle aurait	marché	Ils / Elles auraient	marché

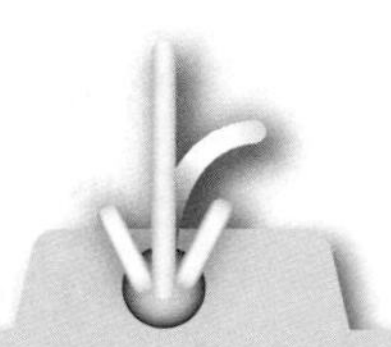

Léon : La marche est excellente pour la santé.

走路對身體非常好。

Emmanuel et Gilles : Tu as raison, il est important que **nous marchions** davantage.

Emmanuel 和 Gilles： 你說對了，我們要多走路是件重要的事。

Mettre 放、穿、戴

直陳式（Indicatif）

現在時（Présent）

Je	mets	Nous	mettons
Tu	mets	Vous	mettez
Il / Elle	met	Ils / Elles	mettent

過去未完成時（Imparfait）

Je	mettais	Nous	mettions
Tu	mettais	Vous	mettiez
Il / Elle	mettait	Ils / Elles	mettaient

複合過去時（Passé composé）

J'ai	mis	Nous avons	mis
Tu as	mis	Vous avez	mis
Il / Elle a	mis	Ils / Elles ont	mis

愈過去時（Plus-que-parfait）

J'avais	mis	Nous avions	mis
Tu avais	mis	Vous aviez	mis
Il / Elle avait	mis	Ils / Elles avaient	mis

簡單未來時（Futur simple）

Je	mettrai	Nous	mettrons
Tu	mettras	Vous	mettrez
Il / Elle	mettra	Ils / Elles	mettront

未來完成時（Futur antérieur）

J'aurai	mis	Nous aurons	mis
Tu auras	mis	Vous aurez	mis
Il / Elle aura	mis	Ils / Elles auront	mis

命令式（Impératif）

現在時（Présent）

Mets
Mettons
Mettez

虛擬式（Subjonctif）

現在時（Présent）

Que je	mette	Que nous	mettions
Que tu	mettes	Que vous	mettiez
Qu'il / Qu'elle	mette	Qu'ils / Qu'elles	mettent

過去時（Passé）

Que j'aie	mis	Que nous ayons	mis
Que tu aies	mis	Que vous ayez	mis
Qu'il / Qu'elle ait	mis	Qu'ils / Qu'elles aient	mis

條件式（Conditionnel）

現在時（Présent）

Je	mettrais	Nous	mettrions
Tu	mettrais	Vous	mettriez
Il / Elle	mettrait	Ils / Elles	mettraient

過去時（Passé）

J'aurais	mis	Nous aurions	mis
Tu aurais	mis	Vous auriez	mis
Il / Elle aurait	mis	Ils / Elles auraient	mis

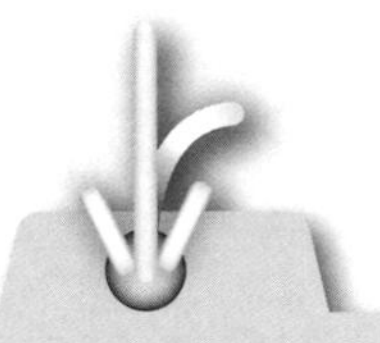

Daniel : Pour son mariage, **je mettrai** cette cravate, qu'en penses-tu ?

我戴這條領帶去參加她的婚禮，妳覺得如何？

Brigitte : Je trouve qu'elle est un peu voyante.

我覺得有點顯眼。

Monter 上去

直陳式（Indicatif）

現在時（Présent）

Je	monte	Nous	montons
Tu	montes	Vous	montez
Il / Elle	monte	Ils / Elles	montent

過去未完成時（Imparfait）

Je	montais	Nous	montions
Tu	montais	Vous	montiez
Il / Elle	montait	Ils / Elles	montaient

複合過去時（Passé composé）

Je suis	monté(e)	Nous sommes	monté(e)s
Tu es	monté(e)	Vous êtes	monté(e)s
Il est Elle est	monté montée	Ils sont Elles sont	montés montées

愈過去時（Plus-que-parfait）

J'étais	monté(e)	Nous étions	monté(e)s
Tu étais	monté(e)	Vous étiez	monté(e)s
Il était Elle était	monté montée	Ils étaient Elles étaient	montés montées

簡單未來時（Futur simple）

Je	monterai	Nous	monterons
Tu	monteras	Vous	monterez
Il / Elle	montera	Ils / Elles	monteront

未來完成時（Futur antérieur）

Je serai	monté(e)	Nous serons	monté(e)s
Tu seras	monté(e)	Vous serez	monté(e)s
Il sera Elle sera	monté montée	Ils seront Elles seront	montés montées

命令式（Impératif）

現在時（Présent）

Monte
Montons
Montez

虛擬式（Subjonctif）

現在時（Présent）

Que je	monte	Que nous	montions
Que tu	montes	Que vous	montiez
Qu'il / Qu'elle	monte	Qu'ils / Qu'elles	montent

過去時（Passé）

Que je sois	monté(e)	Que nous soyons	monté(e)s
Que tu sois	monté(e)	Que vous soyez	monté(e)s
Qu'il soit Qu'elle soit	monté montée	Qu'ils soient Qu'elles soient	montés montées

條件式（Conditionnel）

現在時（Présent）

Je	monterais	Nous	monterions
Tu	monterais	Vous	monteriez
Il / Elle	monterait	Ils / Elles	monteraient

過去時（Passé）

Je serais	monté(e)	Nous serions	monté(e)s
Tu serais	monté(e)	Vous seriez	monté(e)s
Il serait Elle serait	monté montée	Ils seraient Elles seraient	montés montées

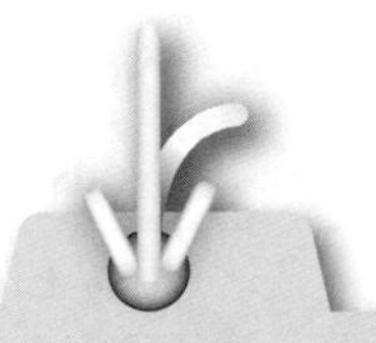

La mère : Où est Gabriel ?

母親：　Gabriel 在哪裡？

Le père : Il était fatigué, **il est** déjà **monté** dans sa chambre.

父親：　他累了，已經上去他的房間了。

M

Montrer 指出

直陳式（Indicatif）

現在時（Présent）

Je	montre	Nous	montrons
Tu	montres	Vous	montrez
Il / Elle	montre	Ils / Elles	montrent

過去未完成時（Imparfait）

Je	montrais	Nous	montrions
Tu	montrais	Vous	montriez
Il / Elle	montrait	Ils / Elles	montraient

複合過去時（Passé composé）

J'ai	montré	Nous avons	montré
Tu as	montré	Vous avez	montré
Il / Elle a	montré	Ils / Elles ont	montré

愈過去時（Plus-que-parfait）

J'avais	montré	Nous avions	montré
Tu avais	montré	Vous aviez	montré
Il / Elle avait	montré	Ils / Elles avaient	montré

簡單未來時（Futur simple）

Je	montrerai	Nous	montrerons
Tu	montreras	Vous	montrerez
Il / Elle	montrera	Ils / Elles	montreront

未來完成時（Futur antérieur）

J'aurai	montré	Nous aurons	montré
Tu auras	montré	Vous aurez	montré
Il / Elle aura	montré	Ils / Elles auront	montré

命令式（Impératif）

現在時（Présent）

Montre
Montrons
Montrez

虛擬式（Subjonctif）

現在時（Présent）

Que je	montre	Que nous	montrions
Que tu	montres	Que vous	montriez
Qu'il / Qu'elle	montre	Qu'ils / Qu'elles	montrent

過去時（Passé）

Que j'aie	montré	Que nous ayons	montré
Que tu aies	montré	Que vous ayez	montré
Qu'il / Qu'elle ait	montré	Qu'ils / Qu'elles aient	montré

條件式（Conditionnel）

現在時（Présent）

Je	montrerais	Nous	montrerions
Tu	montrerais	Vous	montreriez
Il / Elle	montrerait	Ils / Elles	montreraient

過去時 （Passé）

J'aurais	montré	Nous aurions	montré
Tu aurais	montré	Vous auriez	montré
Il / Elle aurait	montré	Ils / Elles auraient	montré

Muriel : J'ai quelques photos à te **montrer.**
我給你看幾張相片。

Cyrille : Je suis désolé, je n'ai pas le temps, **montre**-les-moi ce soir, d'accord ?
抱歉，我沒有時間，今晚再給我看，好嗎？

Nager 游泳

直陳式（Indicatif）

現在時（Présent）

Je	nage	Nous	nageons
Tu	nages	Vous	nagez
Il / Elle	nage	Ils / Elles	nagent

過去未完成時（Imparfait）

Je	nageais	Nous	nagions
Tu	nageais	Vous	nagiez
Il / Elle	nageait	Ils / Elles	nageaient

複合過去時（Passé composé）

J'ai	nagé	Nous avons	nagé
Tu as	nagé	Vous avez	nagé
Il / Elle a	nagé	Ils / Elles ont	nagé

愈過去時（Plus-que-parfait）

J'avais	nagé	Nous avions	nagé
Tu avais	nagé	Vous aviez	nagé
Il / Elle avait	nagé	Ils / Elles avaient	nagé

簡單未來時（Futur simple）

Je	nagerai	Nous	nagerons
Tu	nageras	Vous	nagerez
Il / Elle	nagera	Ils / Elles	nageront

未來完成時（Futur antérieur）

J’aurai	nagé	Nous aurons	nagé
Tu auras	nagé	Vous aurez	nagé
Il / Elle aura	nagé	Ils / Elles auront	nagé

命令式（Impératif）

現在時（Présent）

Nage
Nageons
Nagez

虛擬式（Subjonctif）

現在時（Présent）

Que je	nage	Que nous	nagions
Que tu	nages	Que vous	nagiez
Qu’il / Qu’elle	nage	Qu’ils / Qu’elles	nagent

過去時（Passé）

Que j’aie	nagé	Que nous ayons	nagé
Que tu aies	nagé	Que vous ayez	nagé
Qu’il / Qu’elle ait	nagé	Qu’ils / Qu’elles aient	nagé

條件式（Conditionnel）

現在時（Présent）

Je	nagerais	Nous	nagerions
Tu	nagerais	Vous	nageriez
Il / Elle	nagerait	Ils / Elles	nageraient

過去時（Passé）

J'aurais	nagé	Nous aurions	nagé
Tu aurais	nagé	Vous auriez	nagé
Il / Elle aurait	nagé	Ils / Elles auraient	nagé

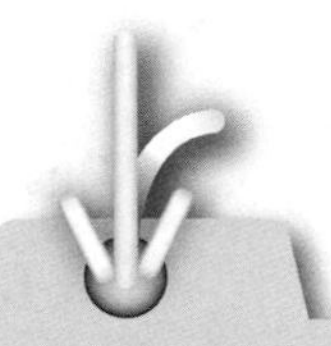

Jasmine : Tu aimes **nager** ?

妳喜歡游泳嗎？

Julia : Non, car j'ai peur de l'eau.

不喜歡，因為我怕水。

Nettoyer 擦洗

直陳式（Indicatif）

現在時（Présent）

Je	nettoie	Nous	nettoyons
Tu	nettoies	Vous	nettoyez
Il / Elle	nettoie	Ils / Elles	nettoient

過去未完成時（Imparfait）

Je	nettoyais	Nous	nettoyions
Tu	nettoyais	Vous	nettoyiez
Il / Elle	nettoyais	Ils / Elles	nettoyaient

複合過去時（Passé composé）

J'ai	nettoyé	Nous avons	nettoyé
Tu as	nettoyé	Vous avez	nettoyé
Il / Elle a	nettoyé	Ils / Elles ont	nettoyé

愈過去時（Plus-que-parfait）

J'avais	nettoyé	Nous avions	nettoyé
Tu avais	nettoyé	Vous aviez	nettoyé
Il / Elle avait	nettoyé	Ils / Elles avaient	nettoyé

簡單未來時（Futur simple）

Je	nettoierai	Nous	nettoierons
Tu	nettoieras	Vous	nettoierez
Il / Elle	nettoiera	Ils / Elles	nettoieront

未來完成時（Futur antérieur）

J'aurai	nettoyé	Nous aurons	nettoyé
Tu auras	nettoyé	Vous aurez	nettoyé
Il / Elle aura	nettoyé	Ils / Elles auront	nettoyé

命令式（Impératif）

現在時（Présent）

Nettoie
Nettoyons
Nettoyez

虛擬式（Subjonctif）

現在時（Présent）

Que je	nettoie	Que nous	nettoyions
Que tu	nettoies	Que vous	nettoyiez
Qu'il / Qu'elle	nettoie	Qu'ils / Qu'elles	nettoient

過去時（Passé）

Que j'aie	nettoyé	Que nous ayons	nettoyé
Que tu aies	nettoyé	Que vous ayez	nettoyé
Qu'il / Qu'elle ait	nettoyé	Qu'ils / Qu'elles aient	nettoyé

條件式（Conditionnel）

現在時（Présent）

Je	nettoierais	Nous	nettoierions
Tu	nettoierais	Vous	nettoieriez
Il / Elle	nettoierait	Ils / Elles	nettoieraient

過去時（Passé）

J'aurais	nettoyé	Nous aurions	nettoyé
Tu aurais	nettoyé	Vous auriez	nettoyé
Il / Elle aurait	nettoyé	Ils / Elles auraient	nettoyé

La mère : **Tu as nettoyé** la baignoire ?

母親：　　妳清洗過浴缸了嗎？

La fille : Non, pas encore, mais je vais la **nettoyer** dans un quart d'heure.

女兒：　還沒，但是我 15 分鐘（一刻鐘）後會去洗。

Obéir 服從

直陳式（Indicatif）

現在時（Présent）

J’	obéis	Nous	obéissons
Tu	obéis	Vous	obéissez
Il / Elle	obéit	Ils / Elles	obéissent

過去未完成時（Imparfait）

J’	obéissais	Nous	obéissions
Tu	obéissais	Vous	obéissiez
Il / Elle	obéissait	Ils / Elles	obéissaient

複合過去時（Passé composé）

J’ai	obéi	Nous avons	obéi
Tu as	obéi	Vous avez	obéi
Il / Elle a	obéi	Ils / Elles ont	obéi

愈過去時（Plus-que-parfait）

J’avais	obéi	Nous avions	obéi
Tu avais	obéi	Vous aviez	obéi
Il / Elle avait	obéi	Ils / Elles avaient	obéi

簡單未來時（Futur simple）

J’	obéirai	Nous	obéirons
Tu	obéiras	Vous	obéirez
Il / Elle	obéira	Ils / Elles	obéiront

未來完成時（Futur antérieur）

J'aurai	obéi	Nous aurons	obéi
Tu auras	obéi	Vous aurez	obéi
Il / Elle aura	obéi	Ils / Elles auront	obéi

命令式（Impératif）

現在時（Présent）

Obéis
Obéissons
Obéissez

虛擬式（Subjonctif）

現在時（Présent）

Que j'	obéisse	Que nous	obéissions
Que tu	obéisses	Que vous	obéissiez
Qu'il / Qu'elle	obéisse	Qu'ils / Qu'elles	obéissent

過去時（Passé）

Que j'aie	obéi	Que nous ayons	obéi
Que tu aies	obéi	Que vous ayez	obéi
Qu'il / Qu'elle ait	obéi	Qu'ils / Qu'elles aient	obéi

條件式（Conditionnel）

現在時（Présent）

J’	obéirais	Nous	obéirions
Tu	obéirais	Vous	obéiriez
Il / Elle	obéirait	Ils / Elles	obéiraient

過去時（Passé）

J’aurais	obéi	Nous aurions	obéi
Tu aurais	obéi	Vous auriez	obéi
Il / Elle aurait	obéi	Ils / Elles auraient	obéi

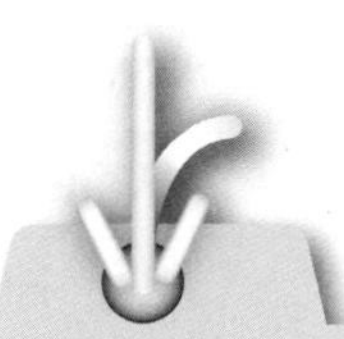

Valérie : Ces enfants sont insupportables, **ils** n’**obéissent** pas à leur maîtresse.
這些小孩真令人受不了，他們不聽老師的話。

Sylvain : C’est normal, ils débordent d’énergie et ils ont besoin de courir, sauter, etc.
這很正常，他們精力旺盛，需要跑、跳等等。

Obtenir 獲得

直陳式（indicatif）

現在時（Présent）

J’	obtiens	Nous	obtenons
Tu	obtiens	Vous	obtenez
Il / Elle	obtient	Ils / Elles	obtiennent

過去未完成時（Imparfait）

J’	obtenais	Nous	obtenions
Tu	obtenais	Vous	obteniez
Il / Elle	obtenait	Ils / Elles	obtenaient

複合過去時（Passé composé）

J’ai	obtenu	Nous avons	obtenu
Tu as	obtenu	Vous avez	obtenu
Il / Elle a	obtenu	Ils / Elles ont	obtenu

愈過去時（Plus-que-parfait）

J’avais	obtenu	Nous avions	obtenu
Tu avais	obtenu	Vous aviez	obtenu
Il / Elle avait	obtenu	Ils / Elles avaient	obtenu

簡單未來時（Futur simple）

J’	obtiendrai	Nous	obtiendrons
Tu	obtiendras	Vous	obtiendrez
Il / Elle	obtiendra	Ils / Elles	obtiendront

未來完成時（Futur antérieur）

J'aurai	obtenu	Nous aurons	obtenu
Tu auras	obtenu	Vous aurez	obtenu
Il / Elle aura	obtenu	Ils / Elles auront	obtenu

命令式（Impératif）

現在時（Présent）

Obtiens
Obtenons
Obtenez

虛擬式（Subjonctif）

現在時（Présent）

Que j'	obtienne	Que nous	obtenions
Que tu	obtiennes	Que vous	obteniez
Qu'il / Qu'elle	obtienne	Qu'ils / Qu'elles	obtiennent

過去時（Passé）

Que j'aie	obtenu	Que nous ayons	obtenu
Que tu aies	obtenu	Que vous ayez	obtenu
Qu'il / Qu'elle ait	obtenu	Qu'ils / Qu'elles aient	obtenu

條件式（Conditionnel）

現在時（Présent）

J'	obtiendrais	Nous	obtiendrions
Tu	obtiendrais	Vous	obtiendriez
Il / Elle	obtiendrait	Ils / Elles	obtiendraient

過去時（Passé）

J'aurais	obtenu	Nous aurions	obtenu
Tu aurais	obtenu	Vous auriez	obtenu
Il / Elle aurait	obtenu	Ils / Elles auraient	obtenu

Sandrine : **Juliette a obtenu** une bourse d'études afin de continuer son doctorat aux États-Unis.
Juliette 獲得了一筆獎學金，讓她能到美國繼續攻讀博士。

Renaud : C'est génial.
太棒了。

Offrir 贈送

直陳式（Indicatif）

現在時（Présent）

J’	offre	Nous	offrons
Tu	offres	Vous	offrez
Il / Elle	offre	Ils / Elles	offrent

過去未完成時（Imparfait）

J’	offrais	Nous	offrions
Tu	offrais	Vous	offriez
Il / Elle	offrait	Ils / Elles	offraient

複合過去時（Passé composé）

J’ai	offert	Nous avons	offert
Tu as	offert	Vous avez	offert
Il / Elle a	offert	Ils / Elles ont	offert

愈過去時（Plus-que-parfait）

J’avais	offert	Nous avions	offert
Tu avais	offert	Vous aviez	offert
Il / Elle avait	offert	Ils / Elles avaient	offert

簡單未來時（Futur simple）

J’	offrirai	Nous	offrirons
Tu	offriras	Vous	offrirez
Il / Elle	offrira	Ils / Elles	offriront

未來完成時（Futur antérieur）

J'aurai	offert	Nous aurons	offert
Tu auras	offert	Vous aurez	offert
Il / Elle aura	offert	Ils / Elles auront	offert

命令式（Impératif）

現在時（Présent）

Offre
Offrons
Offrez

虛擬式（Subjonctif）

現在時（Présent）

Que j'	offre	Que nous	offrions
Que tu	offres	Que vous	offriez
Qu'il / Qu'elle	offre	Qu'ils / Qu'elles	offrent

過去時（Passé）

Que j'aie	offert	Que nous ayons	offert
Que tu aies	offert	Que vous ayez	offert
Qu'il / Qu'elle ait	offert	Qu'ils / Qu'elles aient	offert

條件式（Conditionnel）

現在時（Présent）

J'	offrirais	Nous	offririons
Tu	offrirais	Vous	offririez
Il / Elle	offrirait	Ils / Elles	offriraient

過去時（Passé）

J'aurais	offert	Nous aurions	offert
Tu aurais	offert	Vous auriez	offert
Il / Elle aurait	offert	Ils / Elles auraient	offert

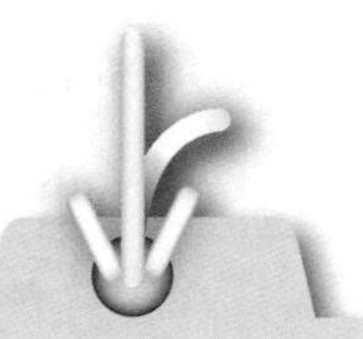

Marylène : **Henri offre** toujours un bouquet de fleurs à sa copine pour son anniversaire.
Henri 總是送一束花給他的女朋友作為生日禮物。

Nicolas : Moi, **j'ai offert** une boîte de chocolats à ma copine cette année.
我嘛，我今年送我的女朋友一盒巧克力。

Oublier 忘記

直陳式（Indicatif）

現在時（Présent）

J’	oublie	Nous	oublions
Tu	oublies	Vous	oubliez
Il / Elle	oublie	Ils / Elles	oublient

過去未完成時（Imparfait）

J’	oubliais	Nous	oubliions
Tu	oubliais	Vous	oubliiez
Il / Elle	oubliait	Ils / Elles	oubliaient

複合過去時（Passé composé）

J’ai	oublié	Nous avons	oublié
Tu as	oublié	Vous avez	oublié
Il / Elle a	oublié	Ils / Elles ont	oublié

愈過去時（Plus-que-parfait）

J’avais	oublié	Nous avions	oublié
Tu avais	oublié	Vous aviez	oublié
Il / Elle avait	oublié	Ils / Elles avaient	oublié

簡單未來時（Futur simple）

J’	oublierai	Nous	oublierons
Tu	oublieras	Vous	oublierez
Il / Elle	oubliera	Ils / Elles	oublieront

未來完成時（Futur antérieur）

J'aurai	oublié	Nous aurons	oublié
Tu auras	oublié	Vous aurez	oublié
Il / Elle aura	oublié	Ils / Elles auront	oublié

命令式（Impératif）

現在時（Présent）

Oublie
Oublions
Oubliez

虛擬式（Subjonctif）

現在時（Présent）

Que j'	oublie	Que nous	oubliions
Que tu	oublies	Que vous	oubliiez
Qu'il / Qu'elle	oublie	Qu'ils / Qu'elles	oublient

過去時（Passé）

Que j'aie	oublié	Que nous ayons	oublié
Que tu aies	oublié	Que vous ayez	oublié
Qu'il / Qu'elle ait	oublié	Qu'ils / Qu'elles aient	oublié

條件式（Conditionnel）

現在時（Présent）

J'	oublierais	Nous	oublierions
Tu	oublierais	Vous	oublieriez
Il / Elle	oublierait	Ils / Elles	oublieraient

過去時（Passé）

J'aurais	oublié	Nous aurions	oublié
Tu aurais	oublié	Vous auriez	oublié
Il / Elle aurait	oublié	Ils / Elles auraient	oublié

Fabienne : Tu as réservé une table au restaurant pour la semaine prochaine ?
你在餐廳訂下週的位子了嗎？

Arnaud : Ah, **j'ai oublié**.
啊，我忘記了。

Ouvrir 打開

直陳式（Indicatif）

現在時（Présent）

J’	ouvre	Nous	ouvrons
Tu	ouvres	Vous	ouvrez
Il / Elle	ouvre	Ils / Elles	ouvrent

過去未完成時（Imparfait）

J’	ouvrais	Nous	ouvrions
Tu	ouvrais	Vous	ouvriez
Il / Elle	ouvrait	Ils / Elles	ouvraient

複合過去時（Passé composé）

J’ai	ouvert	Nous avons	ouvert
Tu as	ouvert	Vous avez	ouvert
Il / Elle a	ouvert	Ils / Elles ont	ouvert

愈過去時（Plus-que-parfait）

J’avais	ouvert	Nous avions	ouvert
Tu avais	ouvert	Vous aviez	ouvert
Il / Elle avait	ouvert	Ils / Elles avaient	ouvert

簡單未來時（Futur simple）

J’	ouvrirai	Nous	ouvrirons
Tu	ouvriras	Vous	ouvrirez
Il / Elle	ouvrira	Ils / Elles	ouvriront

未來完成時（Futur antérieur）

J'aurai	ouvert	Nous aurons	ouvert
Tu auras	ouvert	Vous aurez	ouvert
Il / Elle aura	ouvert	Ils / Elles auront	ouvert

命令式（Impératif）

現在時（Présent）

Ouvre
Ouvrons
Ouvrez

虛擬式（Subjonctif）

現在時（Présent）

Que j'	ouvre	Que nous	ouvrions
Que tu	ouvres	Que vous	ouvriez
Qu'il / Qu'elle	ouvre	Qu'ils / Qu'elles	ouvrent

過去時（Passé）

Que j'aie	ouvert	Que nous ayons	ouvert
Qu tu aies	ouvert	Que vous ayez	ouvert
Qu'il / Qu'elle ait	ouvert	Qu'ils / Qu'elles aient	ouvert

條件式（Conditionnel）

現在時（Présent）

J’	ouvrirais	Nous	ouvririons
Tu	ouvrirais	Vous	ouvririez
Il / Elle	ouvrirait	Ils / Elles	ouvriraient

過去時（Passé）

J’aurais	ouvert	Nous aurions	ouvert
Tu aurais	ouvert	Vous auriez	ouvert
Il / Elle aurait	ouvert	Ils / Elles auraient	ouvert

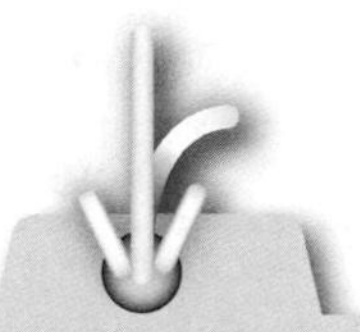

Lucie : Nous n’arrivons pas à **ouvrir** cette bouteille. Tu peux nous aider ?
我們打不開這個瓶子。你能幫忙嗎？

Tanguy : Pas de problème.
沒問題。

O

Parler 說（話、語言）

直陳式（Indicatif）

現在時（Présent）

Je	parle	Nous	parlons
Tu	parles	Vous	parlez
Il / Elle	parle	Ils / Elles	parlent

過去未完成時（Imparfait）

Je	parlais	Nous	parlions
Tu	parlais	Vous	parliez
Il / Elle	parlait	Ils / Elles	parlaient

複合過去時（Passé composé）

J'ai	parlé	Nous avons	parlé
Tu as	parlé	Vous avez	parlé
Il / Elle a	parlé	Ils / Elles ont	parlé

愈過去時（Plus-que-parfait）

J'avais	parlé	Nous avions	parlé
Tu avais	parlé	Vous aviez	parlé
Il / Elle avait	parlé	Ils / Elles avaient	parlé

簡單未來時（Futur simple）

Je	parlerai	Nous	parlerons
Tu	parleras	Vous	parlerez
Il / Elle	parlera	Ils / Elles	parleront

未來完成時（Futur antérieur）

J'aurai	parlé	Nous aurons	parlé
Tu auras	parlé	Vous aurez	parlé
Il / Elle aura	parlé	Ils / Elles auront	parlé

命令式（Impératif）

現在時（Présent）

Parle
Parlons
Parlez

虛擬式（Subjonctif）

現在時（Présent）

Que je	parle	Que nous	parlions
Que tu	parles	Que vous	parliez
Qu'il / Qu'elle	parle	Qu'ils / Qu'elles	parlent

過去時（Passé）

Que j'aie	parlé	Que nous ayons	parlé
Que tu aies	parlé	Que vous ayez	parlé
Qu'il / Qu'elle ait	parlé	Qu'ils / Qu'elles aient	parlé

P

條件式（Conditionnel）

現在時（Présent）

Je	parlerais	Nous	parlerions
Tu	parlerais	Vous	parleriez
Il / Elle	parlerait	Ils / Elles	parleraient

過去時（Passé）

J'aurais	parlé	Nous aurions	parlé
Tu aurais	parlé	Vous auriez	parlé
Il / Elle aurait	parlé	Ils / Elles auraient	parlé

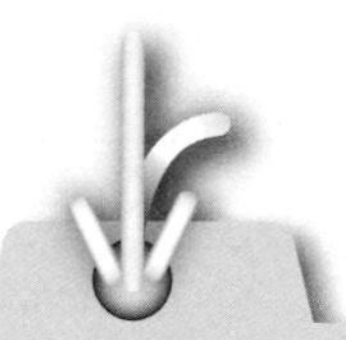

Yves : **Parlez-vous** français ?

您會說法文嗎？

Héloïse : Un peu.

一點點。

Partir 離開

直陳式（Indicatif）

現在時（Présent）

Je	pars	Nous	partons
Tu	pars	Vous	partez
Il / Elle	part	Ils / Elles	partent

過去未完成時（Imparfait）

Je	partais	Nous	partions
Tu	partais	Vous	partiez
Il / Elle	partait	Ils / Elles	partaient

複合過去時（Passé composé）

Je suis	parti(e)	Nous sommes	parti(e)s
Tu es	parti(e)	Vous êtes	parti(e)s
Il est Elle est	parti partie	Ils sont Elles sont	partis parties

愈過去時（Plus-que-parfait）

J'étais	parti(e)	Nous étions	parti(e)s
Tu étais	parti(e)	Vous étiez	parti(e)s
Il était Elle était	parti partie	Ils étaient Elles étaient	partis parties

簡單未來時（Futur simple）

Je	partirai	Nous	partirons
Tu	partiras	Vous	partirez
Il / Elle	partira	Ils / Elles	partiront

未來完成時（Futur antérieur）

Je serai	parti(e)	Nous serons	parti(e)s
Tu seras	parti(e)	Vous serez	parti(e)s
Il sera Elle sera	parti partie	Ils seront Elles seront	partis parties

命令式（Impératif）

現在時（Présent）

Pars
Partons
Partez

虛擬式（Subjonctif）

現在時（Présent）

Que je	parte	Que nous	partions
Que tu	partes	Que vous	partiez
Qu'il / Qu'elle	parte	Qu'ils / Qu'elles	partent

過去時（Passé）

Que je sois	parti(e)	Que nous soyons	parti(e)s
Que tu sois	parti(e)	Que vous soyez	parti(e)s
Qu'il soit Qu'elle soit	parti partie	Qu'ils soient Qu'elles soient	partis parties

條件式（Conditionnel）

現在時（Présent）

Je	partirais	Nous	partirions
Tu	partirais	Vous	partiriez
Il / Elle	partirait	Ils / Elles	partiraient

過去時（Passé）

Je serais	parti(e)	Nous serions	parti(e)s
Tu serais	parti(e)	Vous seriez	parti(e)s
Il serait Elle serait	parti partie	Ils seraient Elles seraient	partis parties

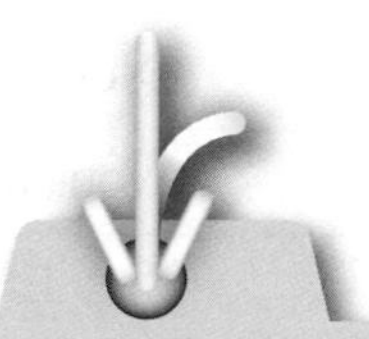

Jean-Louis : Quand **partirez-vous** en voyage ?
你們何時去旅行？

Anne-Laure : On ne sait pas encore, tout dépendra de notre budget.
我們還不知道，一切看我們的預算。

Passer 度過

直陳式（Indicatif）

現在時（Présent）

Je	passe	Nous	passons
Tu	passes	Vous	passez
Il / Elle	passe	Ils / Elles	passent

過去未完成時（Imparfait）

Je	passais	Nous	passions
Tu	passais	Vous	passiez
Il / Elle	passait	Ils / Elles	passaient

複合過去時（Passé composé）

J'ai	passé	Nous avons	passé
Tu as	passé	Vous avez	passé
Il / Elle a	passé	Ils / Elles ont	passé

愈過去時（Plus-que-parfait）

J'avais	passé	Nous avions	passé
Tu avais	passé	Vous aviez	passé
Il / Elle avait	passé	Ils / Elles avaient	passé

簡單未來時（Futur simple）

Je	passerai	Nous	passerons
Tu	passeras	Vous	passerez
Il / Elle	passera	Ils / Elles	passeront

未來完成時（Futur antérieur）

J'aurai	passé	Nous aurons	passé
Tu auras	passé	Vous aurez	passé
Il / Elle aura	passé	Ils / Elles auront	passé

命令式（Impératif）

現在時（Présent）

Passe
Passons
Passez

虛擬式（Subjonctif）

現在時（Présent）

Que je	passe	Que nous	passions
Que tu	passes	Que vous	passiez
Qu'il / Qu'elle	passe	Qu'ils / Qu'elles	passent

過去時（Passé）

Que j'aie	passé	Que nous ayons	passé
Que tu aies	passé	Que vous ayez	passé
Qu'il / Qu'elle ait	passé	Qu'ils / Qu'elles aient	passé

條件式（Conditionnel）

現在時（Présent）

Je	passerais	Nous	passerions
Tu	passerais	Vous	passeriez
Il / Elle	passerait	Ils / Elles	passeraient

過去時（Passé）

J'aurais	passé	Nous aurions	passé
Tu aurais	passé	Vous auriez	passé
Il / Elle aurait	passé	Ils / Elles auraient	passé

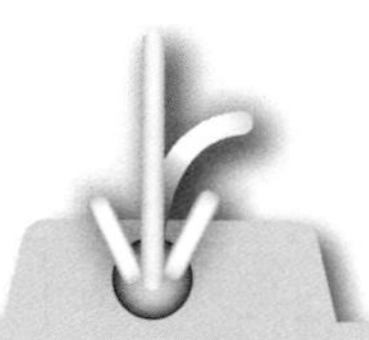

Loïc : **Avez-vous passé** un bon week-end ?

你們是否度過了一個美好的週末？

Ludovic : Pas mal, on a fait de la randonnée dans les montagnes.

還不錯，我們去了山上走走。

Payer 付錢

直陳式（Indicatif）

現在時（Présent）

Je	paie / paye	Nous	payons / payons
Tu	paies / payes	Vous	payez / payez
Il / Elle	paie / paye	Ils / Elles	paient / payent

過去未完成時（Imparfait）

Je	payais	Nous	payions
Tu	payais	Vous	payiez
Il / Elle	payait	Ils / Elles	payaient

複合過去時（Passé composé）

J'ai	payé	Nous avons	payé
Tu as	payé	Vous avez	payé
Il / Elle a	payé	Ils / Elles ont	payé

愈過去時（Plus-que-parfait）

J'avais	payé	Nous avions	payé
Tu avais	payé	Vous aviez	payé
Il / Elle avait	payé	Ils / Elles avaient	payé

簡單未來時 （Futur simple）

Je	paierai / payerai	Nous	paierons / payerons
Tu	paieras / payeras	Vous	paierez / payerez
Il / Elle	paiera / payera	Ils / Elles	paieront / payeront

未來完成時（Futur antérieur）

J'aurai	payé	Nous aurons	payé
Tu auras	payé	Vous aurez	payé
Il / Elle aura	payé	Ils / Elles auront	payé

命令式（Impératif）

現在時（Présent）

Paie / Paye
Payons / Payons
Payez / Payez

虛擬式（Subjonctif）

現在時（Présent）

Que je	paie / paye	Que nous	payions / payions
Que tu	paies / payes	Que vous	payiez / payiez
Qu'il / Qu'elle	paie / paye	Qu'ils / Qu'elles	paient / payent

過去時（Passé）

Que j'aie	payé	Que nous ayons	payé
Que tu aies	payé	Que vous ayez	payé
Qu'il / Qu'elle ait	payé	Qu'ils / Qu'elles aient	payé

條件式（Conditionnel）

現在時（Présent）

Je	paierais / payerais	Nous	paierions / payerions
Tu	paierais / payerais	Vous	paieriez / payeriez
Il / Elle	paierait / payerait	Ils / Elles	paieraient / payeraient

過去時（Passé）

J'aurais	payé	Nous aurions	payé
Tu aurais	payé	Vous auriez	payé
Il / Elle aurait	payé	Ils / Elles auraient	payé

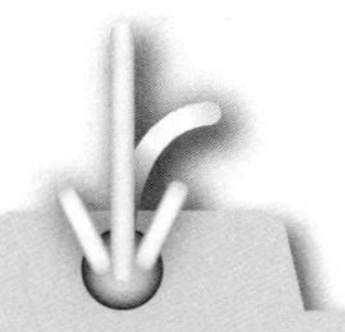

Pascaline : Cette montre, **tu** l'**as payée** cher ?

這支手錶花了妳很多錢嗎？

Vanessa : Elle m'a coûté 300 euros.

花了我 300 歐元。

P

Penser 想、認為

直陳式（Indicatif）

現在時（Présent）

Je	pense	Nous	pensons
Tu	penses	Vous	pensez
Il / Elle	pense	Ils / Elles	pensent

過去未完成時（Imparfait）

Je	pensais	Nous	pensions
Tu	pensais	Vous	pensiez
Il / Elle	pensait	Ils / Elles	pensaient

複合過去時（Passé composé）

J'ai	pensé	Nous avons	pensé
Tu as	pensé	Vous avez	pensé
Il / Elle a	pensé	Ils / Elles ont	pensé

愈過去時（Plus-que-parfait）

J'avais	pensé	Nous avions	pensé
Tu avais	pensé	Vous aviez	pensé
Il / Elle avait	pensé	Ils / Elles avaient	pensé

簡單未來時（Futur simple）

Je	penserai	Nous	penserons
Tu	penseras	Vous	penserez
Il / Elle	pensera	Ils / Elles	penseront

未來完成時（Futur antérieur）

J'aurai	pensé	Nous aurons	pensé
Tu auras	pensé	Vous aurez	pensé
Il / Elle aura	pensé	Ils / Elles auront	pensé

命令式（Impératif）

現在時（Présent）

Pense
Pensons
Pensez

虛擬式（Subjonctif）

現在時（Présent）

Que je	pense	Que nous	pensions
Que tu	penses	Que vous	pensiez
Qu'il / Qu'elle	pense	Qu'ils / Qu'elles	pensent

過去時（Passé）

Que j'aie	pensé	Que nous ayons	pensé
Que tu aies	pensé	Que vous ayez	pensé
Qu'il / Qu'elle ait	pensé	Qu'ils / Qu'elles aient	pensé

條件式（Conditionnel）

現在時（Présent）

Je	penserais	Nous	penserions
Tu	penserais	Vous	penseriez
Il / Elle	penserait	Ils / Elles	penseraient

過去時（Passé）

J'aurais	pensé	Nous aurions	pensé
Tu aurais	pensé	Vous auriez	pensé
Il / Elle aurait	pensé	Ils / Elles auraient	pensé

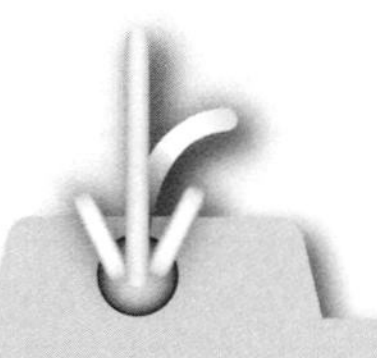

Yann : À quoi **penses-tu** ?
妳在想什麼？

Adèle : **Je pense** à mes prochaines vacances !
我正在想我下次的假期！

Peindre 繪畫、粉刷

直陳式（Indicatif）

現在時（Présent）

Je	peins	Nous	peignons
Tu	peins	Vous	peignez
Il / Elle	peint	Ils / Elles	peignent

過去未完成時（Imparfait）

Je	peignais	Nous	peignions
Tu	peignais	Vous	peigniez
Il / Elle	peignait	Ils / Elles	peignaient

複合過去時（Passé composé）

J'ai	peint	Nous avons	peint
Tu as	peint	Vous avez	peint
Il / Elle a	peint	Ils / Elles ont	peint

愈過去時（Plus-que-parfait）

J'avais	peint	Nous avions	peint
Tu avais	peint	Vous aviez	peint
Il / Elle avait	peint	Ils / Elles avaient	peint

簡單未來時（Futur simple）

Je	peindrai	Nous	peindrons
Tu	peindras	Vous	peindrez
Il / Elle	peindra	Ils / Elles	peindront

未來完成時（Futur antérieur）

J'aurai	peint	Nous aurons	peint
Tu auras	peint	Vous aurez	peint
Il / Elle aura	peint	Ils / Elles auront	peint

命令式（Impératif）

現在時（Présent）

Peins
Peignons
Peignez

虛擬式（Subjonctif）

現在時（Présent）

Que je	peigne	Que nous	peignions
Que tu	peignes	Que vous	peigniez
Qu'il / Qu'elle	peigne	Qu'ils / Qu'elles	peignent

過去時（Passé）

Que j'aie	peint	Que nous ayons	peint
Que tu aies	peint	Que vous ayez	peint
Qu'il / Qu'elle ait	peint	Qu'ils / Qu'elles aient	peint

條件式（Conditionnel）

現在時（Présent）

Je	peindrais	Nous	peindrions
Tu	peindrais	Vous	peindriez
Il / Elle	peindrait	Ils / Elles	peindraient

過去時（Passé）

J'aurais	peint	Nous aurions	peint
Tu aurais	peint	Vous auriez	peint
Il / Elle aurait	peint	Ils / Elles auraient	peint

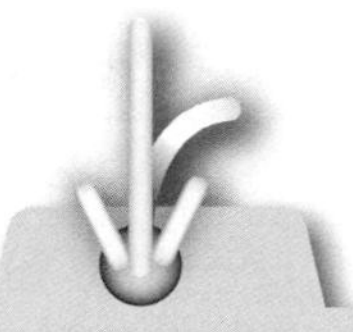

Annick : Quel artiste talentueux ! **Il peint** très bien.

多麼有才華的藝術家！他畫得非常好。

Joséphine : J'adore aussi ses peintures, surtout les aquarelles.

我也很喜歡他的畫，尤其是水彩畫。

P

Perdre 遺失、失去

直陳式（Indicatif）

現在時（Présent）

Je	perds	Nous	perdons
Tu	perds	Vous	perdez
Il / Elle	perd	Ils / Elles	perdent

過去未完成時（Imparfait）

Je	perdais	Nous	perdions
Tu	perdais	Vous	perdiez
Il / Elle	perdait	Ils / Elles	perdaient

複合過去時（Passé composé）

J'ai	perdu	Nous avons	perdu
Tu as	perdu	Vous avez	perdu
Il / Elle a	perdu	Ils / Elles ont	perdu

愈過去時（Plus-que-parfait）

J'avais	perdu	Nous avions	perdu
Tu avais	perdu	Vous aviez	perdu
Il / Elle avait	perdu	Ils / Elles avaient	perdu

簡單未來時（Futur smple）

Je	perdrai	Nous	perdrons
Tu	perdras	Vous	perdrez
Il / Elle	perdra	Ils / Elles	perdront

未來完成時（Futur antérieur）

J’aurai	perdu	Nous aurons	perdu
Tu auras	perdu	Vous aurez	perdu
Il / Elle aura	perdu	Ils / Elles auront	perdu

命令式（Impératif）

現在時（Présent）

Perds
Perdons
Perdez

虛擬式（Subjonctif）

現在時（Présent）

Que je	perde	Que nous	perdions
Que tu	perdes	Que vous	perdiez
Qu’il / Qu’elle	perde	Qu’ils / Qu’elles	perdent

過去時（Passé）

Que j’aie	perdu	Que nous ayons	perdu
Que tu aies	perdu	Que vous ayez	perdu
Qu’il / Qu’elle ait	perdu	Qu’ils / Qu’elles aient	perdu

條件式（Conditionnel）

現在時（Présent）

Je	perdrais	Nous	perdrions
Tu	perdrais	Vous	perdriez
Il / Elle	perdrait	Ils / Elles	perdraient

過去時（Passé）

J'aurais	perdu	Nous aurions	perdu
Tu aurais	perdu	Vous auriez	perdu
Il / Elle aurait	perdu	Ils / Elles auraient	perdu

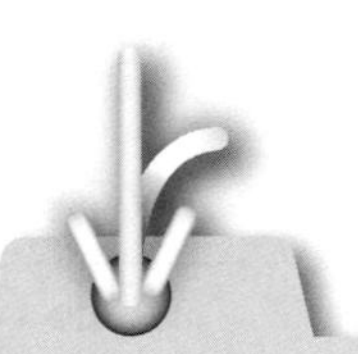

Ophélie : **Mon frère a perdu** sa carte bancaire hier.

昨天我哥哥弄丟了他的信用卡。

Véronique : Où ça ? Il a fait opposition à la banque ?

在什麼地方？他去銀行掛失了嗎？

Permettre 允許

直陳式（Indicatif）

現在時（Présent）

Je	permets	Nous	permettons
Tu	permets	Vous	permettez
Il / Elle	permet	Ils / Elles	permettent

過去未完成時（Imparfait）

Je	permettais	Nous	permettions
Tu	permettais	Vous	permettiez
Il / Elle	permettait	Ils / Elles	permettaient

複合過去時（Passé composé）

J'ai	permis	Nous avons	permis
Tu as	permis	Vous avez	permis
Il / Elle a	permis	Ils / Elles ont	permis

愈過去時（Plus-que-parfait）

J'avais	permis	Nous avions	permis
Tu avais	permis	Vous aviez	permis
Il / Elle avait	permis	Ils / Elles avaient	permis

簡單未來時（Futur simple）

Je	permettrai	Nous	permettrons
Tu	permettras	Vous	permettrez
Il / Elle	permettra	Ils / Elles	permettront

未來完成時（Futur antérieur）

J'aurai	permis	Nous aurons	permis
Tu auras	permis	Vous aurez	permis
Il / Elle aura	permis	Ils / Elles auront	permis

命令式（Impératif）

現在時（Présent）

Permets
Permettons
Permettez

虛擬式（Subjonctif）

現在時（Présent）

Que je	permette	Que nous	permettions
Que tu	permettes	Que vous	permettiez
Qu'il / Qu'elle	permette	Qu'ils / Qu'elles	permettent

過去時（Passé）

Que j'aie	permis	Que nous ayons	permis
Que tu aies	permis	Que vous ayez	permis
Qu'il / Qu'elle ait	permis	Qu'ils / Qu'elles aient	permis

條件式（Conditionnel）

現在時（Présent）

Je	permettrais	Nous	permettrions
Tu	permettrais	Vous	permettriez
Il / Elle	permettrait	Ils / Elles	permettraient

過去時（Passé）

J'aurais	permis	Nous aurions	permis
Tu aurais	permis	Vous auriez	permis
Il / Elle aurait	permis	Ils / Elles auraient	permis

Maximillien : **Tu permets** ?

妳允許嗎？

Zoé : Oui, bien sûr !

當然可以！

Plaire 取悅於某人

直陳式（Indicatif）

現在時（Présent）

Je	plais	Nous	plaisons
Tu	plais	Vous	plaisez
Il / Elle	plaît	Ils / Elles	plaisent

過去未完成時（Imparfait）

Je	plaisais	Nous	plaisions
Tu	plaisais	Vous	plaisiez
Il / Elle	plaisait	Ils / Elles	plaisaient

複合過去時（Passé composé）

J'ai	plu	Nous avons	plu
Tu as	plu	Vous avez	plu
Il / Elle a	plu	Ils / Elles ont	plu

愈過去時（Plus-que-parfait）

J'avais	plu	Nous avions	plu
Tu avais	plu	Vous aviez	plu
Il / Elle avait	plu	Ils / Elles avaient	plu

簡單未來時（Futur simple）

Je	plairai	Nous	plairons
Tu	plairas	Vous	plairez
Il / Elle	plaira	Ils / Elles	plairont

未來完成時（Futur antérieur）

J'aurai	plu	Nous aurons	plu
Tu auras	plu	Vous aurez	plu
Il / Elle aura	plu	Ils / Elles auront	plu

命令式（Impératif）

現在時（Présent）

Plais
Plaisons
Plaisez

虛擬式（Subjonctif）

現在時（Présent）

Que je	plaise	Que nous	plaisions
Que tu	plaises	Que vous	plaisiez
Qu'il / Qu'elle	plaise	Qu'ils / Qu'elles	plaisent

過去時（Passé）

Que j'aie	plu	Que nous ayons	plu
Que tu aies	plu	Que vous ayez	plu
Qu'il / Qu'elle ait	plu	Qu'ils / Qu'elles aient	plu

條件式（Conditionnel）

現在時（Présent）

Je	plairais	Nous	plairions
Tu	plairais	Vous	plairiez
Il / Elle	plairait	Ils / Elles	plairaient

過去時（Passé）

J'aurais	plu	Nous aurions	plu
Tu aurais	plu	Vous auriez	plu
Il / Elle aurait	plu	Ils / Elles auraient	plu

Jade : **Ce film français** t'**a plu** ?

你喜歡這部法國電影嗎？

Rémy : Oui, **ça** m'**a** beaucoup **plu**.

喜歡，我非常喜歡。

Pleurer 哭

直陳式（Indicatif）

現在時（Présent）

Je	pleure	Nous	pleurons
Tu	pleures	Vous	pleurez
Il / Elle	pleure	Ils / Elles	pleurent

過去未完成時（Imparfait）

Je	pleurais	Nous	pleurions
Tu	pleurais	Vous	pleuriez
Il / Elle	pleurait	Ils / Elles	pleuraient

複合過去時（Passé composé）

J’ai	pleuré	Nous avons	pleuré
Tu as	pleuré	Vous avez	pleuré
Il / Elle a	pleuré	Ils / Elles ont	pleuré

愈過去時（Plus-que-parfait）

J’avais	pleuré	Nous avions	pleuré
Tu avais	pleuré	Vous aviez	pleuré
Il / Elle avait	pleuré	Ils / Elles avaient	pleuré

簡單未來時（Futur simple）

Je	pleurerai	Nous	pleurerons
Tu	pleureras	Vous	pleurerez
Il / Elle	pleurera	Ils / Elles	pleureront

未來完成時（Futur antérieur）

J'aurai	pleuré	Nous aurons	pleuré
Tu auras	pleuré	Vous aurez	pleuré
Il / Elle aura	pleuré	Ils / Elles auront	pleuré

命令式（Impératif）

現在時（Présent）

Pleure
Pleurons
Pleurez

虛擬式（Subjonctif）

現在時（Présent）

Que je	pleure	Que nous	pleurions
Que tu	pleures	Que vous	pleuriez
Qu'il / Qu'elle	pleure	Qu'ils / Qu'elles	pleurent

過去時（Passé）

Que j'aie	pleuré	Que nous ayons	pleuré
Que tu aies	pleuré	Que vous ayez	pleuré
Qu'il / Qu'elle ait	pleuré	Qu'ils / Qu'elles aient	pleuré

條件式（Conditionnel）

現在時（Présent）

Je	pleurerais	Nous	pleurerions
Tu	pleurerais	Vous	pleureriez
Il / Elle	pleurerait	Ils / Elles	pleureraient

過去時（Passé）

J'aurais	pleuré	Nous aurions	pleuré
Tu aurais	pleuré	Vous auriez	pleuré
Il / Elle aurait	pleuré	Ils / Elles auraient	pleuré

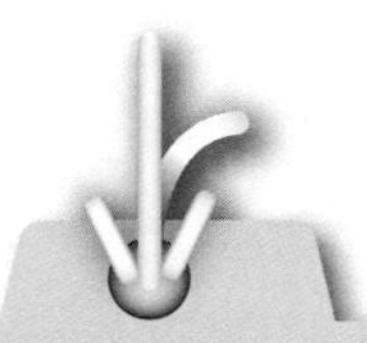

Albert : Pourquoi **tu pleures** ?
妳為什麼哭呢？

La petite Léa : Parce que mon frère a pris mon jouet.
小小 Léa： 因為我的哥哥拿了我的玩具。

Pleuvoir 下雨

直陳式（Indicatif）

現在時（Présent）

Il	pleut

過去未完成時（Imparfait）

Il	pleuvait

複合過去時（Passé composé）

Il a	plu

愈過去時（Plus-que-parfait）

Il avait	plu

簡單未來時（Futur simple）

Il	pleuvra

未來完成時（Futur antérieur）

Il aura	plu

虛擬式（Subjonctif）

現在時（Présent）

Qu'il	pleuve

過去時 （Passé）

Qu'il ait	plu

條件式（Conditionnel）

現在時（Présent）

Il	pleuvrait

過去時（Passé）

Il aurait	plu

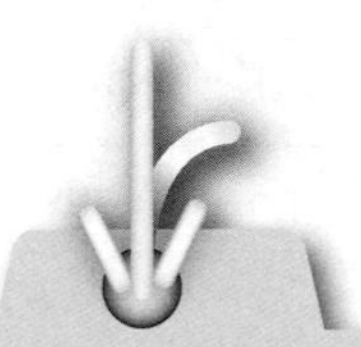

Sébastien : **Il pleut** depuis une semaine, c'est déprimant.
下了一週的雨，真令人沮喪。

Nadine : D'après la météo, **il pleuvra** encore toute la semaine.
根據氣象報導，還會再下一整週的雨。

P

Posséder 擁有

直陳式（Indicatif）

現在時（Présent））

Je	possède	Nous	possédons
Tu	possèdes	Vous	possédez
Il / Elle	possède	Ils / Elles	possèdent

過去未完成時（Imparfait）

Je	possédais	Nous	possédions
Tu	possédais	Vous	possédiez
Il / Elle	possédait	Ils / Elles	possédaient

複合過去時（Passé composé）

J'ai	possédé	Nous avons	possédé
Tu as	possédé	Vous avez	possédé
Il / Elle a	possédé	Ils / Elles ont	possédé

愈過去時（Plus-que-parfait）

J'avais	possédé	Nous avions	possédé
Tu avais	possédé	Vous aviez	possédé
Il / Elle avait	possédé	Ils / Elles avaient	possédé

簡單未來時（Futur simple）

Je	posséderai	Nous	posséderons
Tu	posséderas	Vous	posséderez
Il / Elle	possédera	Ils / Elles	posséderont

未來完成時（Futur antérieur）

J’aurai	possédé	Nous aurons	possédé
Tu auras	possédé	Vous aurez	possédé
Il / Elle aura	possédé	Ils / Elles auront	possédé

命令式（Impératif）

現在時（Présent）

Possède
Possédons
Possédez

虛擬式（Subjonctif）

現在時（Présent）

Que je	possède	Que nous	possédions
Que tu	possèdes	Que vous	possédiez
Qu’il / Qu’elle	possède	Qu’ils / Qu’elles	possèdent

過去時（Passé）

Que j’aie	possédé	Que nous ayons	possédé
Que tu aies	possédé	Que vous ayez	possédé
Qu’il / Qu’elle ait	possédé	Qu’ils / Qu’elles aient	possédé

條件式（Conditionnel）

現在時（Présent）

Je	posséderais	Nous	posséderions
Tu	posséderais	Vous	posséderiez
Il / Elle	posséderait	Ils / Elles	posséderaient

過去時（Passé）

J'aurais	possédé	Nous aurions	possédé
Tu aurais	possédé	Vous auriez	possédé
Il / Elle aurait	possédé	Ils / Elles auraient	possédé

Jean-Batiste : **Cet homme d'affaires possède** plusieurs entreprises qui fabriquent des masques chirurgicaux.
這位生意人擁有好幾家醫用口罩工廠。

Ghislain : Quelle est la qualité de ces masques ?
這些口罩的品質如何？

Pouvoir 可以

直陳式（Indicatif）

現在時（Présent）

Je	peux	Nous	pouvons
Tu	peux	Vous	pouvez
Il / Elle	peut	Ils / Elles	peuvent

過去未完成時（Imparfait）

Je	pouvais	Nous	pouvions
Tu	pouvais	Vous	pouviez
Il / Elle	pouvait	Ils / Elles	pouvaient

複合過去時（Passé composé）

J'ai	pu	Nous avons	pu
Tu as	pu	Vous avez	pu
Il / Elle a	pu	Ils / Elles ont	pu

愈過去時（Plus-que-parfait）

J'avais	pu	Nous avions	pu
Tu avais	pu	Vous aviez	pu
Il / Elle avait	pu	Ils / Elles avaient	pu

簡單未來時（Futur simple）

Je	pourrai	Nous	pourrons
Tu	pourras	Vous	pourrez
Il / Elle	pourra	Ils / Elles	pourront

未來完成時（Futur antérieur）

J'aurai	pu	Nous aurons	pu
Tu auras	pu	Vous aurez	pu
Il / Elle aura	pu	Ils / Elles auront	pu

命令式（Impératif）

現在時（Présent）

Inusité

虛擬式（Subjonctif）

現在時（Présent）

Que je	puisse	Que nous	puissions
Que tu	puisses	Que vous	puissiez
Qu'il / Qu'elle	puisse	Qu'ils / Qu'elles	puissent

過去時（Passé）

Que j'aie	pu	Que nous ayons	pu
Que tu aies	pu	Que vous ayez	pu
Qu'il / Qu'elle ait	pu	Qu'ils / Qu'elles aient	pu

條件式（Conditionnel）

現在時（**Présent**）

Je	pourrais	Nous	pourrions
Tu	pourrais	Vous	pourriez
Il / Elle	pourrait	Ils / Elles	pourraient

過去時（**Passé**）

J'aurais	pu	Nous aurions	pu
Tu aurais	pu	Vous auriez	pu
Il / Elle aurait	pu	Ils / Elles auraient	pu

Julien : **Je pourrais** vous poser une question ?

我可以問您一個問題嗎？

Raoul : Bien sûr.

當然可以。

Préférer 比較喜歡

直陳式（Indicatif）

現在時（Présent）

Je	préfère	Nous	préférons
Tu	préfères	Vous	préférez
Il / Elle	préfère	Ils / Elles	préfèrent

過去未完成時（Imparfait）

Je	préférais	Nous	préférions
Tu	préférais	Vous	préfériez
Il / Elle	préférait	Ils / Elles	préféraient

複合過去時（Passé composé）

J'ai	préféré	Nous avons	préféré
Tu as	préféré	Vous avez	préféré
Il / Elle a	préféré	Ils / Elles ont	préféré

愈過去時（Plus-que-parfait）

J'avais	préféré	Nous avions	préféré
Tu avais	préféré	Vous aviez	préféré
Il / Elle avait	préféré	Ils / Elles avaient	préféré

簡單未來時（Futur simple）

Je	préférerai	Nous	préférerons
Tu	préféreras	Vous	préférerez
Il / Elle	préférera	Ils / Elles	préféreront

未來完成時（Futur antérieur）

J'aurai	préféré	Nous aurons	préféré
Tu auras	préféré	Vous aurez	préféré
Il / Elle aura	préféré	Ils / Elles auront	préféré

命令式（Impératif）

現在時（Présent）

Préfère
Préférons
Préférez

虛擬式（Subjonctif）

現在時（Présent）

Que je	préfère	Que nous	préférions
Que tu	préfères	Que vous	préfériez
Qu'il / Qu'elle	préfère	Qu'ils / Qu'elles	préfèrent

過去時（Passé）

Que j'aie	préféré	Que nous ayons	préféré
Que tu aies	préféré	Que vous ayez	préféré
Qu'il / Qu'elle ait	préféré	Qu'ils / Qu'elles aient	préféré

P

條件式（Conditionnel）

現在時（Présent）

Je	préférerais	Nous	préférerions
Tu	préférerais	Vous	préféreriez
Il / Elle	préférerait	Ils / Elles	préféreraient

過去時（Passé）

J'aurais	préféré	Nous aurions	préféré
Tu aurais	préféré	Vous auriez	préféré
Il / Elle aurait	préféré	Ils / Elles auraient	préféré

Quentin : **J'aurais préféré** vivre à la campagne, et toi ?

我原本比較喜歡住在鄉下，妳呢？

Viviane : Moi, ça m'est égal.

我都可以。

Prendre 拿、搭交通工具、點餐或飲料

直陳式（Indicatif）

現在時（Présent）

Je	prends	Nous	prenons
Tu	prends	Vous	prenez
Il / Elle	prend	Ils / Elles	prennent

過去未完成時（Imparfait）

Je	prenais	Nous	prenions
Tu	prenais	Vous	preniez
Il / Elle	prenait	Ils / Elles	prenaient

複合過去時（Passé composé）

J'ai	pris	Nous avons	pris
Tu as	pris	Vous avez	pris
Il / Elle a	pris	Ils / Elles ont	pris

愈過去時（Plus-que-parfait）

J'avais	pris	Nous avions	pris
Tu avais	pris	Vous aviez	pris
Il / Elle avait	pris	Ils / Elles avaient	pris

簡單未來時（Futur simple）

Je	prendrai	Nous	prendrons
Tu	prendras	Vous	prendrez
Il / Elle	prendra	Ils / Elles	prendront

未來完成時（Futur antérieur）

J’aurai	pris	Nous aurons	pris
Tu auras	pris	Vous aurez	pris
Il / Elle aura	pris	Ils / Elles auront	pris

命令式（Impératif）

現在時（Présent）

Prends
Prenons
Prenez

虛擬式（Subjonctif）

現在時（Présent）

Que je	prenne	Que nous	prenions
Que tu	prennes	Que vous	preniez
Qu’il / Qu’elle	prenne	Qu’ils / Qu’elles	prennent

過去時（Passé）

Que j’aie	pris	Que nous ayons	pris
Que tu aies	pris	Que vous ayez	pris
Qu’il / Qu’elle ait	pris	Qu’ils / Qu’elles aient	pris

條件式（Conditionnel）

現在時（Présent）

Je	prendrais	Nous	prendrions
Tu	prendrais	Vous	prendriez
Il / Elle	prendrait	Ils / Elles	prendraient

過去時（Passé）

J’aurais	pris	Nous aurions	pris
Tu aurais	pris	Vous auriez	pris
Il / Elle aurait	pris	Ils / Elles auraient	pris

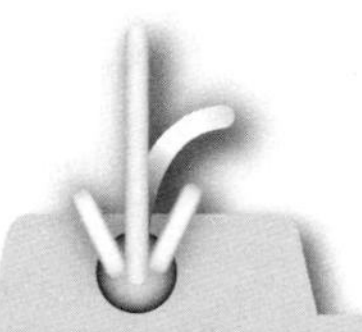

Yannick : Je suis un peu en retard, il faut que **je prenne** un taxi.
我有點遲到了，我得搭計程車。

Maurice : Tu veux que je t’emmène en voiture ?
你要我開車載你去嗎？

P

Promettre 承諾

直陳式（Indicatif）

現在時（Présent）

Je	promets	Nous	promettons
Tu	promets	Vous	promettez
Il / Elle	promet	Ils / Elles	promettent

過去未完成時（Imparfait）

Je	promettais	Nous	promettions
Tu	promettais	Vous	promettiez
Il / Elle	promettait	Ils / Elles	promettaient

複合過去時（Passé composé）

J’ai	promis	Nous avons	promis
Tu as	promis	Vous avez	promis
Il / Elle a	promis	Ils / Elles ont	promis

愈過去時（Plus-que-parfait）

J’avais	promis	Nous avions	promis
Tu avais	promis	Vous aviez	promis
Il / Elle avait	promis	Ils / Elles avaient	promis

簡單未來時（Futur simple）

Je	promettrai	Nous	promettrons
Tu	promettras	Vous	promettrez
Il / Elle	promettra	Ils / Elles	promettront

未來完成時（Futur antérieur）

J'aurai	promis	Nous aurons	promis
Tu auras	promis	Vous aurez	promis
Il / Elle aura	promis	Ils / Elles auront	promis

命令式（Impératif）

現在時（Présent）

Promets
Promettons
Promettez

虛擬式（Subjonctif）

現在時（Présent）

Que je	promette	Que nous	promettions
Que tu	promettes	Que vous	promettiez
Qu'il / Qu'elle	promette	Qu'ils / Qu'elles	promettent

過去時（Passé）

Que j'aie	promis	Que nous ayons	promis
Que tu aies	promis	Que vous ayez	promis
Qu'il / Qu'elle ait	promis	Qu'ils / Qu'elles aient	promis

條件式（Conditionnel）

現在時（Présent）

Je	promettrais	Nous	promettrions
Tu	promettrais	Vous	promettriez
Il / Elle	promettrait	Ils / Elles	promettraient

過去時（Passé）

J'aurais	promis	Nous aurions	promis
Tu aurais	promis	Vous auriez	promis
Il / Elle aurait	promis	Ils / Elles auraient	promis

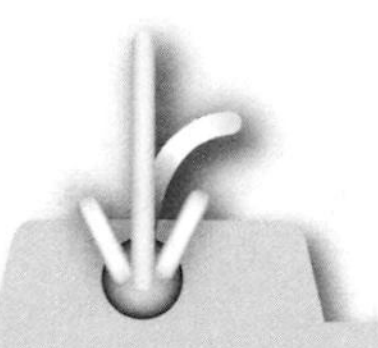

Roxane : J'espère que tu arriveras à l'heure la prochaine fois.
我希望你下次準時到。

Alex : D'accord , **je** te le **promets**.
好的，我跟妳承諾。

Prononcer 發音

直陳式（Indicatif）

現在時（Présent）

Je	prononce	Nous	prononçons
Tu	prononces	Vous	prononcez
Il / Elle	prononce	Ils / Elles	prononcent

過去未完成時（Imparfait）

Je	prononçais	Nous	prononcions
Tu	prononçais	Vous	prononciez
Il / Elle	prononçait	Ils / Elles	prononçaient

複合過去時（Passé composé）

J'ai	prononcé	Nous avons	prononcé
Tu as	prononcé	Vous avez	prononcé
Il / Elle a	prononcé	Ils / Elles ont	prononcé

愈過去時（Plus-que-parfait）

J'avais	prononcé	Nous avions	prononcé
Tu avais	prononcé	Vous aviez	prononcé
Il / Elle avait	prononcé	Ils / Elles avaient	prononcé

簡單未來時（Futur simple）

Je	prononcerai	Nous	prononcerons
Tu	prononceras	Vous	prononcerez
Il / Elle	prononcera	Ils / Elles	prononceront

未來完成時（Futur antérieur）

J'aurai	prononcé	Nous aurons	prononcé
Tu auras	prononcé	Vous aurez	prononcé
Il / Elle aura	prononcé	Ils / Elles auront	prononcé

命令式（Impératif）

現在時（Présent）

Prononce
Prononçons
Prononcez

虛擬式（Subjonctif）

現在時（Présent）

Que je	prononce	Que nous	prononcions
Que tu	prononces	Que vous	prononciez
Qu'il / Qu'elle	prononce	Qu'ils / Qu'elles	prononcent

過去時（Passé）

Que j'aie	prononcé	Que nous ayons	prononcé
Que tu aies	prononcé	Que vous ayez	prononcé
Qu'il / Qu'elle ait	prononcé	Qu'ils / Qu'elles aient	prononcé

條件式（Conditionnel）

現在時（Présent）

Je	prononcerais	Nous	prononcerions
Tu	prononcerais	Vous	prononceriez
Il / Elle	prononcerait	Ils / Elles	prononceraient

過去時（Passé）

J'aurais	prononcé	Nous aurions	prononcé
Tu aurais	prononcé	Vous auriez	prononcé
Il / Elle aurait	prononcé	Ils / Elles auraient	prononcé

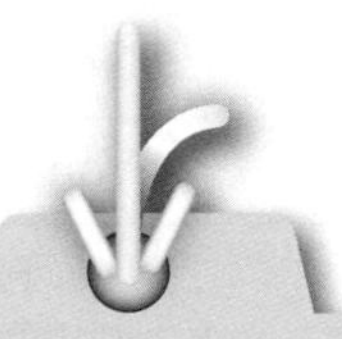

Le professeur : Comment **prononces-tu** ce mot ?
男老師：　　這個字妳怎麼發音？

Une étudiante : C'est un peu difficile pour moi.
一位女學生：　這對我來說有點困難。

P

Proposer 提議

直陳式（Indicatif）

現在時（Présent）

Je	propose	Nous	proposons
Tu	proposes	Vous	proposez
Il / Elle	propose	Ils / Elles	proposent

過去未完成時（Imparfait）

Je	proposais	Nous	proposions
Tu	proposais	Vous	proposiez
Il / Elle	proposait	Ils / Elles	proposaient

複合過去時（Passé composé）

J'ai	proposé	Nous avons	proposé
Tu as	proposé	Vous avez	proposé
Il / Elle a	proposé	Ils / Elles ont	proposé

愈過去時（Plus-que-parfait）

J'avais	proposé	Nous avions	proposé
Tu avais	proposé	Vous aviez	proposé
Il / Elle avait	proposé	Ils / Elles avaient	proposé

簡單未來時（Futur simple）

Je	proposerai	Nous	proposerons
Tu	proposeras	Vous	proposerez
Il / Elle	proposera	Ils / Elles	proposeront

未來完成時（Futur antérieur）

J'aurai	proposé	Nous aurons	proposé
Tu auras	proposé	Vous aurez	proposé
Il / Elle aura	proposé	Ils / Elles auront	proposé

命令式（Impératif）

現在時（Présent）

Propose
Proposons
Proposez

虛擬式（Subjonctif）

現在時（Présent）

Que je	propose	Que nous	proposions
Que tu	proposes	Que vous	proposiez
Qu'il / Qu'elle	propose	Qu'ils / Qu'elles	proposent

過去時（Passé）

Que j'aie	proposé	Que nous ayons	proposé
Que tu aies	proposé	Que vous ayez	proposé
Qu'il / Qu'elle ait	proposé	Qu'ils / Qu'elles aient	proposé

P

條件式（Conditionnel）

現在時（Présent）

Je	proposerais	Nous	proposerions
Tu	proposerais	Vous	proposeriez
Il / Elle	proposerait	Ils / Elles	proposeraient

過去時（Passé）

J'aurais	proposé	Nous aurions	proposé
Tu aurais	proposé	Vous auriez	proposé
Il / Elle aurait	proposé	Ils / Elles auraient	proposé

Nadège : **Je** vous **propose** d'aller au concert demain soir.
我跟你們提議明晚去聽音樂會。

Xavier : C'est une bonne idée. Tu as les billets ?
好主意。妳有門票嗎？

Quitter 離開

直陳式（Indicatif）

現在時（Présent）

Je	quitte	Nous	quittons
Tu	quittes	Vous	quittez
Il / Elle	quitte	Ils / Elles	quittent

過去未完成時（Imparfait）

Je	quittais	Nous	quittions
Tu	quittais	Vous	quittiez
Il / Elle	quittait	Ils / Elles	quittaient

複合過去時（Passé composé）

J'ai	quitté	Nous avons	quitté
Tu as	quitté	Vous avez	quitté
Il / Elle a	quitté	Ils / Elles ont	quitté

愈過去時（Plus-que-parfait）

J'avais	quitté	Nous avions	quitté
Tu avais	quitté	Vous aviez	quitté
Il / Elle avait	quitté	Ils / Elles avaient	quitté

簡單未來時（Futur simple）

Je	quitterai	Nous	quitterons
Tu	quitteras	Vous	quitterez
Il / Elle	quittera	Ils / Elles	quitteront

未來完成時（Futur antérieur）

J'aurai	quitté	Nous aurons	quitté
Tu auras	quitté	Vous aurez	quitté
Il / Elle aura	quitté	Ils / Elles auront	quitté

命令式（Impératif）

現在時（Présent）

Quitte
Quittons
Quittez

虛擬式（Subjonctif）

現在時（Présent）

Que je	quitte	Que nous	quittions
Que tu	quittes	Que vous	quittiez
Qu'il / Qu'elle	quitte	Qu'ils / Qu'elles	quittent

過去時（Passé）

Que j'aie	quitté	Que nous ayons	quitté
Que tu aies	quitté	Que vous ayez	quitté
Qu'il / Qu'elle ait	quitté	Qu'ils / Qu'elles aient	quitté

條件式（Conditionnel）

現在時（Présent）

Je	quitterais	Nous	quitterions
Tu	quitterais	Vous	quitteriez
Il / Elle	quitterait	Ils / Elles	quitteraient

過去時（Passé）

J'aurais	quitté	Nous aurions	quitté
Tu aurais	quitté	Vous auriez	quitté
Il / Elle aurait	quitté	Ils / Elles auraient	quitté

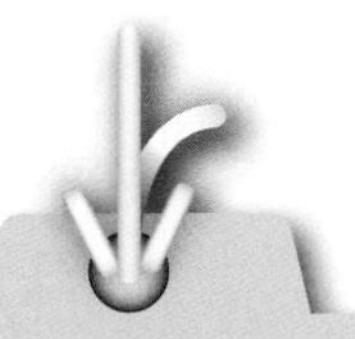

Jean-Luc : **Norbert a quitté** sa femme il y a une semaine.

一星期前，Norbert 離開了他的太太。

Pauline : Pour quelle raison ?

為了什麼原因呢？

Q

Recevoir 收到

直陳式（Indicatif）

現在時（Présent）

Je	reçois	Nous	recevons
Tu	reçois	Vous	recevez
Il / Elle	reçoit	Ils / Elles	reçoivent

過去未完成時（Imparfait）

Je	recevais	Nous	recevions
Tu	recevais	Vous	receviez
Il / Elle	recevait	Ils / Elles	recevaient

複合過去時（Passé composé）

J'ai	reçu	Nous avons	reçu
Tu as	reçu	Vous avez	reçu
Il / Elle a	reçu	Ils / Elles ont	reçu

愈過去時（Plus-que-parfait）

J'avais	reçu	Nous avions	reçu
Tu avais	reçu	Vous aviez	reçu
Il / Elle avait	reçu	Ils / Elles avaient	reçu

簡單未來時（Futur simple）

Je	recevrai	Nous	recevrons
Tu	recevras	Vous	recevrez
Il / Elle	recevra	Ils / Elles	recevront

未來完成時（Futur antérieur）

J'aurai	reçu	Nous aurons	reçu
Tu auras	reçu	Vous aurez	reçu
Il / Elle aura	reçu	Ils / Elles auront	reçu

命令式（Impératif）

現在時（Présent）

Reçois
Recevons
Recevez

虛擬式（Subjonctif）

現在時（Présent）

Que je	reçoive	Que nous	recevions
Que tu	reçoives	Que vous	receviez
Qu'il / Qu'elle	reçoive	Qu'ils / Qu'elles	reçoivent

過去時（Passé）

Que j'aie	reçu	Que nous ayons	reçu
Que tu aies	reçu	Que vous ayez	reçu
Qu'il / Qu'elle ait	reçu	Qu'ils / Qu'elles aient	reçu

條件式（Conditionnel）

現在時（Présent）

Je	recevrais	Nous	recevrions
Tu	recevrais	Vous	recevriez
Il / Elle	recevrait	Ils / Elles	recevraient

過去時（Passé）

J'aurais	reçu	Nous aurions	reçu
Tu aurais	reçu	Vous auriez	reçu
Il / Elle aurait	reçu	Ils / Elles auraient	reçu

Rachel : **Nous** n'**avons** pas encore **reçu** le paquet que tu avais envoyé.
我們還沒收到妳寄的包裹。

Karine : Peut-être demain.
或許明天會收到吧。

Réfléchir 考慮

直陳式（Indicatif）

現在時（Présent）

Je	réfléchis	Nous	réfléchissons
Tu	réfléchis	Vous	réfléchissez
Il / Elle	réfléchit	Ils / Elles	réfléchissent

過去未完成時（Imparfait）

Je	réfléchissais	Nous	réfléchissions
Tu	réfléchissais	Vous	réfléchissiez
Il / Elle	réfléchissait	Ils / Elles	réfléchissaient

複合過去時（Passé composé）

J'ai	réfléchi	Nous avons	réfléchi
Tu as	réfléchi	Vous avez	réfléchi
Il / Elle a	réfléchi	Ils / Elles ont	réfléchi

愈過去時（Plus-que-parfait）

J'avais	réfléchi	Nous avions	réfléchi
Tu avais	réfléchi	Vous aviez	réfléchi
Il / Elle avait	réfléchi	Ils / Elles avaient	réfléchi

簡單未來時（Futur simple）

Je	réfléchirai	Nous	réfléchirons
Tu	réfléchiras	Vous	réfléchirez
Il / Elle	réfléchira	Ils / Elles	réfléchiront

未來完成時（Futur antérieur）

J’aurai	réfléchi	Nous aurons	réfléchi
Tu auras	réfléchi	Vous aurez	réfléchi
Il / Elle aura	réfléchi	Ils / Elles auront	réfléchi

命令式（Impératif）

現在時（Présent）

Réfléchis
Réfléchissons
Réfléchissez

虛擬式（Subjonctif）

現在時（Présent）

Que je	réfléchisse	Que nous	réfléchissions
Que tu	réfléchisses	Que vous	réfléchissiez
Qu’il / Qu’elle	réfléchisse	Qu’ils / Qu’elles	réfléchissent

過去時（Passé）

Que j’aie	réfléchi	Que nous ayons	réfléchi
Que tu aies	réfléchi	Que vous ayez	réfléchi
Qu’il / Qu’elle ait	réfléchi	Qu’ils / Qu’elles aient	réfléchi

條件式（Conditionnel）

現在時（Présent）

Je	réfléchirais	Nous	réfléchirions
Tu	réfléchirais	Vous	réfléchiriez
Il / Elle	réfléchirait	Ils / Elles	réfléchiraient

過去時（Passé）

J’aurais	réfléchi	Nous aurions	réfléchi
Tu aurais	réfléchi	Vous auriez	réfléchi
Il / Elle aurait	réfléchi	Ils / Elles auraient	réfléchi

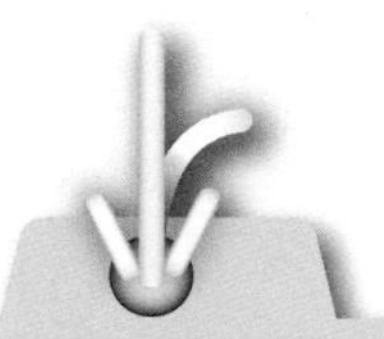

Laurence : **J’ai** bien **réfléchi** à votre proposition, mais...

我好好考慮過您的提議，但是……

Raymond : Prenez votre temps et vous me donnerez votre réponse plus tard.

不急，過些時候您再給我回覆。

Refuser 拒絕

直陳式（Indicatif）

現在時（Présent）

Je	refuse	Nous	refusons
Tu	refuses	Vous	refusez
Il / Elle	refuse	Ils / Elles	refusent

過去未完成時（Imparfait）

Je	refusais	Nous	refusions
Tu	refusais	Vous	refusiez
Il / Elle	refusait	Ils / Elles	refusaient

複合過去時（Passé composé）

J’ai	refusé	Nous avons	refusé
Tu as	refusé	Vous avez	refusé
Il / Elle a	refusé	Ils / Elles ont	refusé

愈過去時（Plus-que-parfait）

J’avais	refusé	Nous avions	refusé
Tu avais	refusé	Vous aviez	refusé
Il / Elle avait	refusé	Ils / Elles avaient	refusé

簡單未來時（Futur simple）

Je	refuserai	Nous	refuserons
Tu	refuseras	Vous	refuserez
Il / Elle	refusera	Ils / Elles	refuseront

未來完成時（Futur antérieur）

J'aurai	refusé	Nous aurons	refusé
Tu auras	refusé	Vous aurez	refusé
Il / Elle aura	refusé	Ils / Elles auront	refusé

命令式（Impératif）

現在時（Présent）

Refuse
Refusons
Refusez

虛擬式（Subjonctif）

現在時（Présent）

Que je	refuse	Que nous	refusions
Que tu	refuses	Que vous	refusiez
Qu'il / Qu'elle	refuse	Qu'ils / Qu'elles	refusent

過去時（Passé）

Que j'aie	refusé	Que nous ayons	refusé
Que tu aies	refusé	Que vous ayez	refusé
Qu'il / Qu'elle ait	refusé	Qu'ils / Qu'elles aient	refusé

條件式（Conditionnel）

現在時（Présent）

Je	refuserais	Nous	refuserions
Tu	refuserais	Vous	refuseriez
Il / Elle	refuserait	Ils / Elles	refuseraient

過去時（Passé）

J'aurais	refusé	Nous aurions	refusé
Tu aurais	refusé	Vous auriez	refusé
Il / Elle aurait	refusé	Ils / Elles auraient	refusé

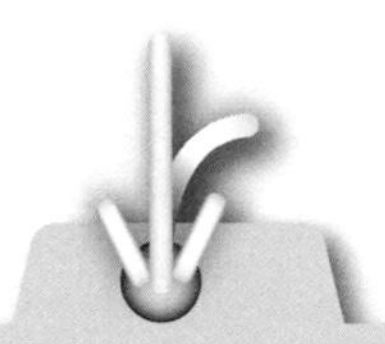

Sarah : **Avez-vous** déjà **refusé** quelqu'un ?

你們曾經拒絕過某人嗎？

Joëlle et Céline : Non, jamais, car c'est difficile à dire.

Joëlle 和 Céline：　從來沒有，因為很難說出口。

Regarder 注視

直陳式（Indicatif）

現在時（Présent）

Je	regarde	Nous	regardons
Tu	regardes	Vous	regardez
Il / Elle	regarde	Ils / Elles	regardent

過去未完成時（Imparfait）

Je	regardais	Nous	regardions
Tu	regardais	Vous	regardiez
Il / Elle	regardait	Ils / Elles	regardaient

複合過去時（Passé composé）

J’ai	regardé	Nous avons	regardé
Tu as	regardé	Vous avez	regardé
Il / Elle a	regardé	Ils / Elles ont	regardé

愈過去時（Plus-que-parfait）

J’avais	regardé	Nous avions	regardé
Tu avais	regardé	Vous aviez	regardé
Il / Elle avait	regardé	Ils / Elles avaient	regardé

簡單未來時（Futur simple）

Je	regarderai	Nous	regarderons
Tu	regarderas	Vous	regarderez
Il / Elle	regardera	Ils / Elles	regarderont

未來完成時（Futur antérieur）

J'aurai	regardé	Nous aurons	regardé
Tu auras	regardé	Vous aurez	regardé
Il / Elle aura	regardé	Ils / Elles auront	regardé

命令式（Impératif）

現在時（Présent）

Regarde
Regardons
Regardez

虛擬式（Subjonctif）

現在時（Présent）

Que je	regarde	Que nous	regardions
Que tu	regardes	Que vous	regardiez
Qu'il / Qu'elle	regarde	Qu'ils / Qu'elles	regardent

過去時（Passé）

Que j'aie	regardé	Que nous ayons	regardé
Que tu aies	regardé	Que vous ayez	regardé
Qu'il / Qu'elle ait	regardé	Qu'ils / Qu'elles aient	regardé

條件式（Conditionnel）

現在時（Présent）

Je	regarderais	Nous	regarderions
Tu	regarderais	Vous	regarderiez
Il / Elle	regarderait	Ils / Elles	regarderaient

過去時（Passé）

J'aurais	regardé	Nous aurions	regardé
Tu aurais	regardé	Vous auriez	regardé
Il / Elle aurait	regardé	Ils / Elles auraient	regardé

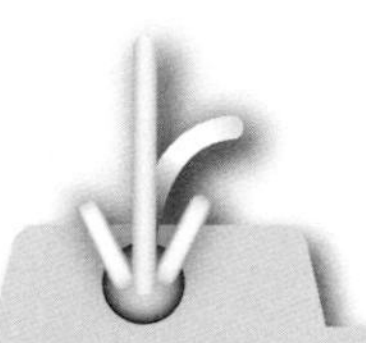

Jacqueline : Avant **je regardais** souvent les informations télévisées, mais maintenant je préfère lire des journaux sur Internet. Et toi ?
以前我經常看電視上的新聞報導，但是現在我比較喜歡上網看報。你呢？

Edouard : **Je** ne les **regarde** ni à la télévision ni sur Internet, je préfère lire les journaux imprimés.
我不看電視上的新聞報導，也不上網看報，我比較喜歡看報紙。

Regretter 後悔

直陳式（Indicatif）

現在時（Présent）

Je	regrette	Nous	regrettons
Tu	regrettes	Vous	regrettez
Il / Elle	regrette	Ils / Elles	regrettent

過去未完成時（Imparfait）

Je	regrettais	Nous	regrettions
Tu	regrettais	Vous	regrettiez
Il / Elle	regrettait	Ils / Elles	regrettaient

複合過去時（Passé composé）

J'ai	regretté	Nous avons	regretté
Tu as	regretté	Vous avez	regretté
Il / Elle a	regretté	Ils / Elles ont	regretté

愈過去時（Plus-que-parfait）

J'avais	regretté	Nous avions	regretté
Tu avais	regretté	Vous aviez	regretté
Il / Elle avait	regretté	Ils / Elles avaient	regretté

簡單未來時（Futur simple）

Je	regretterai	Nous	regretterons
Tu	regretteras	Vous	regretterez
Il / Elle	regrettera	Ils / Elles	regretteront

未來完成時（Futur antérieur）

J'aurai	regretté	Nous aurons	regretté
Tu auras	regretté	Vous aurez	regretté
Il / Elle aura	regretté	Ils / Elles auront	regretté

命令式（Impératif）

現在時（Présent）

Regrette
Regrettons
Regrettez

虛擬式（Subjonctif）

現在時（Présent）

Que je	regrette	Que nous	regrettions
Que tu	regrettes	Que vous	regrettiez
Qu'il / Qu'elle	regrette	Qu'ils / Qu'elles	regrettent

過去時（Passé）

Que j'aie	regretté	Que nous ayons	regretté
Que tu aies	regretté	Que vous ayez	regretté
Qu'il / Qu'elle ait	regretté	Qu'ils / Qu'elles aient	regretté

條件式（Conditionnel）

現在時（Présent）

Je	regretterais	Nous	regretterions
Tu	regretterais	Vous	regretteriez
Il / Elle	regretterait	Ils / Elles	regretteraient

過去時（Passé）

J'aurais	regretté	Nous aurions	regretté
Tu aurais	regretté	Vous auriez	regretté
Il / Elle aurait	regretté	Ils / Elles auraient	regretté

Estelle : Je suis sûre que **tu as regretté** ton choix.
我相信妳對妳的選擇後悔了。

Mari-Ange : Oui, un peu, mais ça fait partie de la vie.
是有一點，然而這是生命的一部分。

Remplir 裝滿、填寫

直陳式（Indicatif）

現在時（Présent）

Je	remplis	Nous	remplissons
Tu	remplis	Vous	remplissez
Il / Elle	remplit	Ils / Elles	remplissent

過去未完成時（Imparfait）

Je	remplissais	Nous	remplissions
Tu	remplissais	Vous	remplissiez
Il / Elle	remplissait	Ils / Elles	remplissaient

複合過去時（Passé composé）

J'ai	rempli	Nous avons	rempli
Tu as	rempli	Vous avez	rempli
Il / Elle a	rempli	Ils / Elles ont	rempli

愈過去時（Plus-que-parfait）

J'avais	rempli	Nous avions	rempli
Tu avais	rempli	Vous aviez	rempli
Il / Elle avait	rempli	Ils / Elles avaient	rempli

簡單未來時（Futur simple）

Je	remplirai	Nous	remplirons
Tu	rempliras	Vous	remplirez
Il / Elle	remplira	Ils / Elles	rempliront

未來完成時（Futur antérieur）

J'aurai	rempli	Nous aurons	rempli
Tu auras	rempli	Vous aurez	rempli
Il / Elle aura	rempli	Ils / Elles auront	rempli

命令式（Impératif）

現在時（Présent）

Remplis
Remplissons
Remplissez

虛擬式（Subjonctif）

現在時（Présent）

Que je	remplisse	Que nous	remplissions
Que tu	remplisses	Que vous	remplissiez
Qu'il / Qu'elle	remplisse	Qu'ils / Qu'elles	remplissent

過去時（Passé）

Que j'aie	rempli	Que nous ayons	rempli
Que tu aies	rempli	Que vous ayez	rempli
Qu'il / Qu'elle ait	rempli	Qu'ils / Qu'elles aient	rempli

條件式（Conditionnel）

現在時（Présent）

Je	remplirais	Nous	remplirions
Tu	remplirais	Vous	rempliriez
Il / Elle	remplirait	Ils / Elles	rempliraient

過去時（Passé）

J'aurais	rempli	Nous aurions	rempli
Tu aurais	rempli	Vous auriez	rempli
Il / Elle aurait	rempli	Ils / Elles auraient	rempli

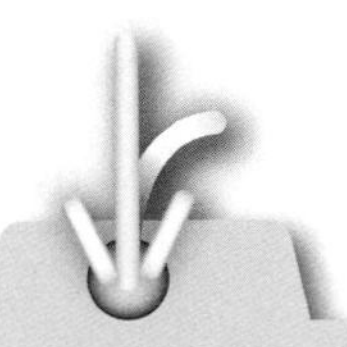

La secrétaire : Il est indispensable que **vous remplissiez** ce formulaire.

女祕書：　　您必須填寫這份表格。

L'étudiant : Entendu.

男學生：　　好的。

R

Rencontrer 遇到

直陳式（Indicatif）

現在時（Présent）

Je	rencontre	Nous	rencontrons
Tu	rencontres	Vous	rencontrez
Il / Elle	rencontre	Ils / Elles	rencontrent

過去未完成時（Imparfait）

Je	rencontrais	Nous	rencontrions
Tu	rencontrais	Vous	rencontriez
Il / Elle	rencontrait	Ils / Elles	rencontraient

複合過去時（Passé composé）

J'ai	rencontré	Nous avons	rencontré
Tu as	rencontré	Vous avez	rencontré
Il / Elle a	rencontré	Ils / Elles ont	rencontré

愈過去時（Plus-que-parfait）

J'avais	rencontré	Nous avions	rencontré
Tu avais	rencontré	Vous aviez	rencontré
Il / Elle avait	rencontré	Ils / Elles avaient	rencontré

簡單未來時（Futur simple）

Je	rencontrerai	Nous	rencontrerons
Tu	rencontreras	Vous	rencontrerez
Il / Elle	rencontrera	Ils / Elles	rencontreront

未來完成時（Futur antérieur）

J'aurai	rencontré	Nous aurons	rencontré
Tu auras	rencontré	Vous aurez	rencontré
Il / Elle aura	rencontré	Ils / Elles auront	rencontré

命令式（Impératif）

現在時（Présent）

Rencontre
Rencontrons
Rencontrez

虛擬式（Subjonctif）

現在時（Présent）

Que je	rencontre	Que nous	rencontrions
Que tu	rencontres	Que vous	rencontriez
Qu'il / Qu'elle	rencontre	Qu'ils / Qu'elles	rencontrent

過去時（Passé）

Que j'aie	rencontré	Que nous ayons	rencontré
Que tu aies	rencontré	Que vous ayez	rencontré
Qu'il / Qu'elle ait	rencontré	Qu'ils / Qu'elles aient	rencontré

條件式（Conditionnel）

現在時（Présent）

Je	rencontrerais	Nous	rencontrerions
Tu	rencontrerais	Vous	rencontreriez
Il / Elle	rencontrerait	Ils / Elles	rencontreraient

過去時（Passé）

J'aurais	rencontré	Nous aurions	rencontré
Tu aurais	rencontré	Vous auriez	rencontré
Il / Elle aurait	rencontré	Ils / Elles auraient	rencontré

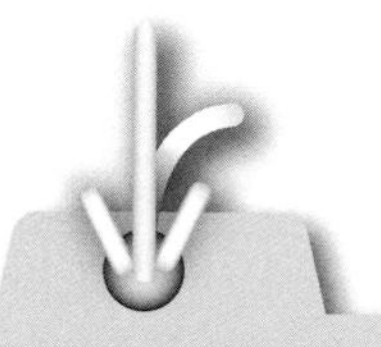

Monsieur Robert : J'espère qu'un jour **je rencontrerai** la femme de ma vie.

Robert 先生： 我希望有一天我會碰到生命中的那位女人。

La voyante : Peut-être les femmes de votre vie.

女算命師： 或許是您生命中的那些女人。

Rentrer 回家

直陳式（Indicatif）

現在時（Présent）

Je	rentre	Nous	rentrons
Tu	rentres	Vous	rentrez
Il / Elle	rentre	Ils / Elles	rentrent

過去未完成時（Imparfait）

Je	rentrais	Nous	rentrions
Tu	rentrais	Vous	rentriez
Il / Elle	rentrait	Ils / Elles	rentraient

複合過去時（Passé composé）

Je suis	rentré(e)	Nous sommes	rentré(e)s
Tu es	rentré(e)	Vous êtes	rentré(e)s
Il est Elle est	rentré rentrée	Ils sont Elles sont	rentrés rentrées

愈過去時（Plus-que-parfait）

J'étais	rentré(e)	Nous étions	rentré(e)s
Tu étais	rentré(e)	Vous étiez	rentré(e)s
Il était Elle était	rentré rentrée	Ils étaient Elles étaient	rentrés rentrées

簡單未來時（Futur simple）

Je	rentrerai	Nous	rentrerons
Tu	rentreras	Vous	rentrerez
Il / Elle	rentrera	Ils / Elles	rentreront

R

未來完成時（Futur antérieur）

Je serai	rentré(e)	Nous serons	rentré(e)s
Tu seras	rentré(e)	Vous serez	rentré(e)s
Il sera Elle sera	rentré rentrée	Ils seront Elles seront	rentrés rentrées

命令式（Impératif）

現在時（Présent）

Rentre
Rentrons
Rentrez

虛擬式（Subjonctif）

現在時（Présent）

Que je	rentre	Que nous	rentrions
Que tu	rentres	Que vous	rentriez
Qu'il / Qu'elle	rentre	Qu'ils / Qu'elles	rentrent

過去時（Passé）

Que je sois	rentré(e)	Que nous soyons	rentré(e)s
Que tu sois	rentré(e)	Que vous soyez	rentré(e)s
Qu'il soit Qu'elle soit	rentré rentrée	Qu'ils soient Qu'elles soient	rentrés rentrées

條件式（Conditionnel）

現在時（Présent）

Je	rentrerais	Nous	rentrerions
Tu	rentrerais	Vous	rentreriez
Il / Elle	rentrerait	Ils / Elles	rentreraient

過去時（Passé）

Je serais	rentré(e)	Nous serions	rentré(e)s
Tu serais	rentré(e)	Vous seriez	rentré(e)s
Il serait Elle serait	rentré rentrée	Ils seraient Elles seraient	rentrés rentrées

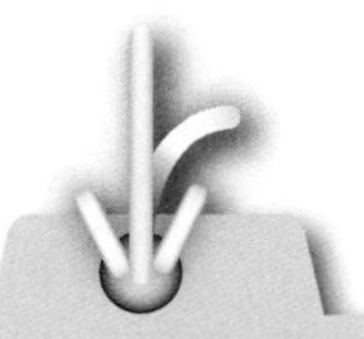

Lydie : À quelle heure **Julie rentre-t-elle** ?

Julie 幾點回來？

Roseline : Je ne sais pas exactement, mais je pense qu'à 20 heures **elle sera** déjà **rentrée**.

我不是很清楚，但是我想她 20 點（晚上 8 點）就已經回到家了。

R

Répondre 回答

直陳式（Indicatif）

現在時（Présent）

Je	réponds	Nous	répondons
Tu	réponds	Vous	répondez
Il / Elle	répond	Ils / Elles	répondent

過去未完成時（Imparfait）

Je	répondais	Nous	répondions
Tu	répondais	Vous	répondiez
Il / Elle	répondait	Ils / Elles	répondaient

複合過去時（Passé composé）

J'ai	répondu	Nous avons	répondu
Tu as	répondu	Vous avez	répondu
Il / Elle a	répondu	Ils / Elles ont	répondu

愈過去時（Plus-que-parfait）

J'avais	répondu	Nous avions	répondu
Tu avais	répondu	Vous aviez	répondu
Il / Elle avait	répondu	Ils / Elles avaient	répondu

簡單未來時（Futur simple）

Je	répondrai	Nous	répondrons
Tu	répondras	Vous	répondrez
Il / Elle	répondra	Ils / Elles	répondront

未來完成時（Futur antérieur）

J'aurai	répondu	Nous aurons	répondu
Tu auras	répondu	Vous aurez	répondu
Il / Elle aura	répondu	Ils / Elles auront	répondu

命令式（Impératif）

現在時（Présent）

Réponds
Répondons
Répondez

虛擬式（Subjonctif）

現在時（Présent）

Que je	réponde	Que nous	répondions
Que tu	répondes	Que vous	répondiez
Qu'il / Qu'elle	réponde	Qu'ils / Qu'elles	répondent

過去時（Passé）

Que j'aie	répondu	Que nous ayons	répondu
Que tu aies	répondu	Que vous ayez	répondu
Qu'il / Qu'elle ait	répondu	Qu'ils / Qu'elles aient	répondu

條件式（Conditionnel）

現在時（Présent）

Je	répondrais	Nous	répondrions
Tu	répondrais	Vous	répondriez
Il / Elle	répondrait	Ils / Elles	répondraient

過去時 （Passé）

J'aurais	répondu	Nous aurions	répondu
Tu aurais	répondu	Vous auriez	répondu
Il / Elle aurait	répondu	Ils / Elles auraient	répondu

Le conférencier : **J'ai** bien **répondu** à vos questions ?
男演講者：　　　我是否回答了您的問題？

Le public : Oui, c'est parfait. Merci.
觀眾：　　回答了，非常好。謝謝。

Rester 留下來

直陳式（Indicatif）

現在時（Présent）

Je	reste	Nous	restons
Tu	restes	Vous	restez
Il / Elle	reste	Ils / Elles	restent

過去未完成時（Imparfait）

Je	restais	Nous	restions
Tu	restais	Vous	restiez
Il / Elle	restait	Ils / Elles	restaient

複合過去時（Passé composé）

Je suis	resté(e)	Nous sommes	resté(e)s
Tu es	resté(e)	Vous êtes	resté(e)s
Il est Elle est	resté restée	Ils sont Elles sont	restés restées

愈過去時（Plus-que-parfait）

J'étais	resté(e)	Nous étions	resté(e)s
Tu étais	resté(e)	Vous étiez	resté(e)s
Il était Elle était	resté restée	Ils étaient Elles étaient	restés restées

簡單未來時（Futur simple）

Je	resterai	Nous	resterons
Tu	resteras	Vous	resterez
Il / Elle	restera	Ils / Elles	resteront

未來完成時（Futur antérieur）

Je serai	resté(e)	Nous serons	resté(e)s
Tu seras	resté(e)	Vous serez	resté(e)s
Il sera Elle sera	resté restée	Ils seront Elles seront	restés restées

命令式（Impératif）

現在時（Présent）

Reste
Restons
Restez

虛擬式（Subjonctif）

現在時（Présent）

Que je	reste	Que nous	restions
Que tu	restes	Que vous	restiez
Qu'il / Qu'elle	reste	Qu'ils / Qu'elles	restent

過去時（Passé）

Que je sois	resté(e)	Que nous soyons	resté(e)s
Que tu sois	resté(e)	Que vous soyez	resté(e)s
Qu'il soit Qu'elle soit	resté restée	Qu'ils soient Qu'elles soient	restés restées

條件式（Conditionnel）

現在時（Présent）

Je	resterais	Nous	resterions
Tu	resterais	Vous	resteriez
Il / Elle	resterait	Ils / Elles	resteraient

過去時（Passé）

Je serais	resté(e)	Nous serions	resté(e)s
Tu serais	resté(e)	Vous seriez	resté(e)s
Il serait Elle serait	resté restée	Ils seraient Elles seraient	restés restées

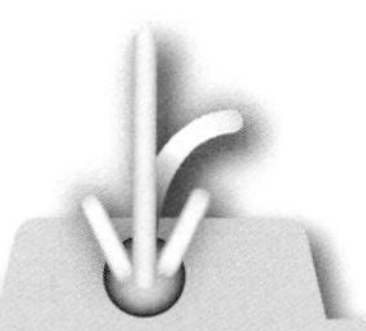

Claire : S'il n'était pas trop tard, **je resterais** un peu plus avec vous.

如果時間不是太晚，我也會和你們多待一下。

Amandine : La prochaine fois, alors.

那就下一次吧。

R

Réussir 成功

直陳式（Indicatif）

現在時（Présent）

Je	réussis	Nous	réussissons
Tu	réussis	Vous	réussissez
Il / Elle	réussit	Ils / Elles	réussissent

過去未完成時（Imparfait）

Je	réussissais	Nous	réussissions
Tu	réussissais	Vous	réussissiez
Il / Elle	réussissait	Ils / Elles	réussissaient

複合過去時（Passé composé）

J'ai	réussi	Nous avons	réussi
Tu as	réussi	Vous avez	réussi
Il / Elle a	réussi	Ils / Elles ont	réussi

愈過去時（Plus-que-parfait）

J'avais	réussi	Nous avions	réussi
Tu avais	réussi	Vous aviez	réussi
Il / Elle avait	réussi	Ils / Elles avaient	réussi

簡單未來時（Futur simple）

Je	réussirai	Nous	réussirons
Tu	réussiras	Vous	réussirez
Il / Elle	réussira	Ils / Elles	réussiront

未來完成時（Futur antérieur）

J'aurai	réussi	Nous aurons	réussi
Tu auras	réussi	Vous aurez	réussi
Il / Elle aura	réussi	Ils / Elles auront	réussi

命令式（Impératif）

現在時（Présent）

Réussis
Réussissons
Réussissez

虛擬式（Subjonctif）

現在時（Présent）

Que je	réussisse	Que nous	réussissions
Que tu	réussisses	Que vous	réussissiez
Qu'il / Qu'elle	réussisse	Qu'ils / Qu'elles	réussissent

過去時（Passé）

Que j'aie	réussi	Que nous ayons	réussi
Que tu aies	réussi	Que vous ayez	réussi
Qu'il / Qu'elle ait	réussi	Qu'ils / Qu'elles aient	réussi

條件式（Conditionnel）

現在時（Présent）

Je	réussirais	Nous	réussirions
Tu	réussirais	Vous	réussiriez
Il / Elle	réussirait	Ils / Elles	réussiraient

過去時（Passé）

J'aurais	réussi	Nous aurions	réussi
Tu aurais	réussi	Vous auriez	réussi
Il / Elle aurait	réussi	Ils / Elles auraient	réussi

Constant : Elle n'a toujours pas eu son permis de conduire ?
她還是沒拿到她的駕照嗎？

Florian : Non, mais **elle réussira** sûrement la prochaine fois.
還沒拿到，但她下次一定會成功的。

Savoir 知道

直陳式（Indicatif）

現在時（Présent）

Je	sais	Nous	savons
Tu	sais	Vous	savez
Il / Elle	sait	Ils / Elles	savent

過去未完成時（Imparfait）

Je	savais	Nous	savions
Tu	savais	Vous	saviez
Il / Elle	savait	Ils / Elles	savaient

複合過去時（Passé composé）

J'ai	su	Nous avons	su
Tu as	su	Vous avez	su
Il / Elle a	su	Ils / Elles ont	su

愈過去時（Plus-que-parfait）

J'avais	su	Nous avions	su
Tu avais	su	Vous aviez	su
Il / Elle avait	su	Ils / Elles avaient	su

簡單未來時（Futur simple）

Je	saurai	Nous	saurons
Tu	sauras	Vous	saurez
Il / Elle	saura	Ils / Elles	sauront

未來完成時（Futur antérieur）

J'aurai	su	Nous aurons	su
Tu auras	su	Vous aurez	su
Il / Elle aura	su	Ils / Elles auront	su

命令式（Impératif）

現在時（Présent）

Sache
Sachons
Sachez

虛擬式（Subjonctif）

現在時（Présent）

Que je	sache	Que nous	sachions
Que tu	saches	Que vous	sachiez
Qu'il / Qu'elle	sache	Qu'ils / Qu'elles	sachent

過去時（Passé）

Que j'aie	su	Que nous ayons	su
Que tu aies	su	Que vous ayez	su
Qu'il / Qu'elle ait	su	Qu'ils / Qu'elles aient	su

條件式（Conditionnel）

現在時（Présent）

Je	saurais	Nous	saurions
Tu	saurais	Vous	sauriez
Il / Elle	saurait	Ils / Elles	sauraient

過去時（Passé）

J'aurais	su	Nous saurions	su
Tu aurais	su	Vous sauriez	su
Il / Elle aurait	su	Ils / Elles sauraient	su

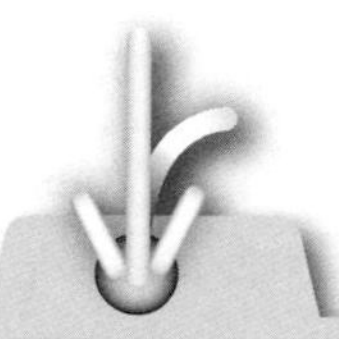

Geoffroy : Ils se sont mariés l'année dernière ?
他們是去年結婚的嗎？

Michelle : Oui, **je** le **savais**.
是啊，我早就知道了。

S

Servir 供應

直陳式（Indicatif）

現在時（Présent）

Je	sers	Nous	servons
Tu	sers	Vous	servez
Il / Elle	sert	Ils / Elles	servent

過去未完成時（Imparfait）

Je	servais	Nous	servions
Tu	servais	Vous	serviez
Il / Elle	servait	Ils / Elles	servaient

複合過去時（Passé composé）

J'ai	servi	Nous avons	servi
Tu as	servi	Vous avez	servi
Il / Elle a	servi	Ils / Elles ont	servi

愈過去時（Plus-que-parfait）

J'avais	servi	Nous avions	servi
Tu avais	servi	Vous aviez	servi
Il / Elle avait	servi	Ils / Elles avaient	servi

簡單未來時（Futur simple）

Je	servirai	Nous	servirons
Tu	serviras	Vous	servirez
Il / Elle	servira	Ils / Elles	serviront

未來完成時（Futur antérieur）

J’aurai	servi	Nous aurons	servi
Tu auras	servi	Vous aurez	servi
Il / Elle aura	servi	Ils / Elles auront	servi

命令式（Impératif）

現在時（Présent）

Sers
Servons
Servez

虛擬式（Subjonctif）

現在時（Présent）

Que je	serve	Que nous	servions
Que tu	serves	Que vous	serviez
Qu’il / Qu’elle	serve	Qu’ils / Qu’elles	servent

過去時（Passé）

Que j’aie	servi	Que nous ayons	servi
Que tu aies	servi	Que vous ayez	servi
Qu’il / Qu’elle ait	servi	Qu’ils / Qu’elles aient	servi

條件式（Conditionnel）

現在時（Présent）

Je	servirais	Nous	servirions
Tu	servirais	Vous	serviriez
Il / Elle	servirait	Ils / Elles	serviraient

過去時（Passé）

J'aurais	servi	Nous aurions	servi
Tu aurais	servi	Vous auriez	servi
Il / Elle aurait	servi	Ils / Elles auraient	servi

Thibaud : Nous aimons ce restaurant car **on sert** rapidement. (car le service y est rapide.)
我們喜歡這家餐廳，因為上菜快。（因為服務迅速。）

Thérèse : Moi, je préfère l'autre car le service y est meilleur.
我呢，我比較喜歡另外一家，因為服務品質比較好。

Sortir 出去

直陳式（Indicatif）

現在時（Présent）

Je	sors	Nous	sortons
Tu	sors	Vous	sortez
Il / Elle	sort	Ils / Elles	sortent

過去未完成時（Imparfait）

Je	sortais	Nous	sortions
Tu	sortais	Vous	sortiez
Il / Elle	sortait	Ils / Elles	sortaient

複合過去時（Passé composé）

Je suis	sorti(e)	Nous sommes	sorti(e)s
Tu es	sorti(e)	Vous êtes	sorti(e)s
Il est Elle est	sorti sortie	Ils sont Elles sont	sortis sorties

愈過去時（Plus-que-parfait）

J'étais	sorti(e)	Nous étions	sorti(e)s
Tu étais	sorti(e)	Vous étiez	sorti(e)s
Il était Elle était	sorti sortie	Ils étaient Elles étaient	sortis sorties

簡單未來時（Futur simple）

Je	sortirai	Nous	sortirons
Tu	sortiras	Vous	sortirez
Il / Elle	sortira	Ils / Elles	sortiront

S

未來完成時（Futur antérieur）

Je serai	sorti(e)	Nous serons	sorti(e)s
Tu seras	sorti(e)	Vous serez	sorti(e)s
Il sera Elle sera	sorti sortie	Ils seront Elles seront	sortis sorties

命令式（Impératif）

現在時（Présent）

Sors
Sortons
Sortez

虛擬式（Subjonctif）

現在時（Présent）

Que je	sorte	Que nous	sortions
Que tu	sortes	Que vous	sortiez
Qu'il / Qu'elle	sorte	Qu'ils / Qu'elles	sortent

過去時（Passé）

Que je sois	sorti(e)	Que nous soyons	sorti(e)s
Que tu sois	sorti(e)	Que vous soyez	sorti(e)s
Qu'il soit Qu'elle soit	sorti sortie	Qu'ils soient Qu'elles soient	sortis sorties

條件式（Conditionnel）

現在時（Présent）

Je	sortirais	Nous	sortirions
Tu	sortirais	Vous	sortiriez
Il / Elle	sortirait	Ils / Elles	sortiraient

過去時（Passé）

Je serais	sorti(e)	Nous serions	sorti(e)s
Tu serais	sorti(e)	Vous seriez	sorti(e)s
Il serait Elle serait	sorti sortie	Ils seraient Elles seraient	sortis sorties

Benoît : Vendredi dernier, si je n'avais pas eu d'examen, je **serais sorti** avec mes amis.
上週五如果我沒有考試，我就會跟我的朋友出去了。

Brigitte : Si je n'avais pas rendez-vous maintenant, **je sortirais** avec toi.
如果我現在沒有約的話，我就跟你出去。

S

Souhaiter 祝福

直陳式（Indicatif）

現在時（Présent）

Je	souhaite	Nous	souhaitons
Tu	souhaites	Vous	souhaitez
Il / Elle	souhaite	Ils / Elles	souhaitent

過去未完成時（Imparfait）

Je	souhaitais	Nous	souhaitions
Tu	souhaitais	Vous	souhaitiez
Il / Elle	souhaitait	Ils / Elles	souhaitaient

複合過去時（Passé composé）

J'ai	souhaité	Nous avons	souhaité
Tu as	souhaité	Vous avez	souhaité
Il / Elle a	souhaité	Ils / Elles ont	souhaité

愈過去時（Plus-que-parfait）

J'avais	souhaité	Nous avions	souhaité
Tu avais	souhaité	Vous aviez	souhaité
Il / Elle avait	souhaité	Ils / Elles avaient	souhaité

簡單未來時（Futur simple）

Je	souhaiterai	Nous	souhaiterons
Tu	souhaiteras	Vous	souhaiterez
Il / Elle	souhaitera	Ils / Elles	souhaiteront

未來完成時（Futur antérieur）

J'aurai	souhaité	Nous aurons	souhaité
Tu auras	souhaité	Vous aurez	souhaité
Il / Elle aura	souhaité	Ils / Elles auront	souhaité

命令式（Impératif）

現在時（Présent）

Souhaite
Souhaitons
Souhaitez

虛擬式（Subjonctif）

現在時（Présent）

Que je	souhaite	Que nous	souhaitions
Que tu	souhaites	Que vous	souhaitiez
Qu'il / Qu'elle	souhaite	Qu'ils / Qu'elles	souhaitent

過去時（Passé）

Que j'aie	souhaité	Que nous ayons	souhaité
Que tu aies	souhaité	Que vous ayez	souhaité
Qu'il / Qu'elle ait	souhaité	Qu'ils / Qu'elles aient	souhaité

條件式（Conditionnel）

現在時（Présent）

Je	souhaiterais	Nous	souhaiterions
Tu	souhaiterais	Vous	souhaiteriez
Il / Elle	souhaiterait	Ils / Elles	souhaiteraient

過去時（Passé）

J’aurais	souhaité	Nous aurions	souhaité
Tu aurais	souhaité	Vous auriez	souhaité
Il / Elle aurait	souhaité	Ils / Elles auraient	souhaité

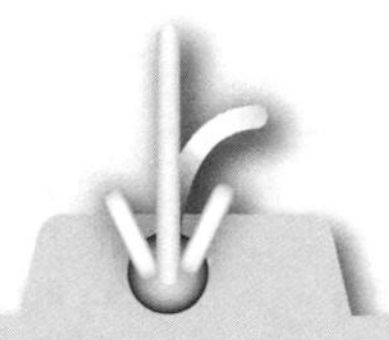

Damien et Lise : **Nous** vous **souhaitons** une bonne année.

Damien 和 Lise： 我們祝你們新年快樂。

Elsa et Eric : À vous aussi.

Elsa 和 Eric： 我們也祝福你們。

Suivre 跟隨

直陳式（Indicatif）

現在時（Présent）

Je	suis	Nous	suivons
Tu	suis	Vous	suivez
Il / Elle	suit	Ils / Elles	suivent

過去未完成時（Imparfait）

Je	suivais	Nous	suivions
Tu	suivais	Vous	suiviez
Il / Elle	suivait	Ils / Elles	suivaient

複合過去時（Passé composé）

J'ai	suivi	Nous avons	suivi
Tu as	suivi	Vous avez	suivi
Il / Elle a	suivi	Ils / Elles ont	suivi

愈過去時（Plus-que-parfait）

J'avais	suivi	Nous avions	suivi
Tu avais	suivi	Vous aviez	suivi
Il / Elle avait	suivi	Ils / Elles avaient	suivi

簡單未來時（Futur simple）

Je	suivrai	Nous	suivrons
Tu	suivras	Vous	suivrez
Il / Elle	suivra	Ils / Elles	suivront

未來完成時（Futur antérieur）

J'aurai	suivi	Nous aurons	suivi
Tu auras	suivi	Vous aurez	suivi
Il / Elle aura	suivi	Ils / Elles auront	suivi

命令式（Impératif）

現在時（Présent）

Suis
Suivons
Suivez

虛擬式（Subjonctif）

現在時（Présent）

Que je	suive	Que nous	suivions
Que tu	suives	Que vous	suiviez
Qu'il / Qu'elle	suive	Qu'ils / Qu'elles	suivent

過去時（Passé）

Que j'aie	suivi	Que nous ayons	suivi
Que tu aies	suivi	Que vous ayez	suivi
Qu'il / Qu'elle ait	suivi	Qu'ils / Qu'elles aient	suivi

條件式（Conditionnel）

現在時（Présent）

Je	suivrais	Nous	suivrions
Tu	suivrais	Vous	suivriez
Il / Elle	suivrait	Ils / Elles	suivraient

過去時（Passé）

J'aurais	suivi	Nous aurions	suivi
Tu aurais	suivi	Vous auriez	suivi
Il / Elle aurait	suivi	Ils / Elles auraient	suivi

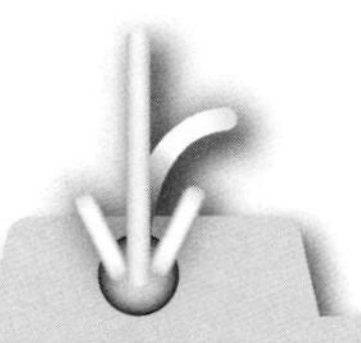

Le policier : Pour aller à la gare, **vous suivez** cette route, et puis vous tournez à gauche.

男警察：　要前往火車站，你們沿著這條路走，然後左轉就到了。

La touriste : Merci beaucoup.

女觀光客：　非常感謝您。

S

Tenir 拿去、拿著

直陳式（Indicatif）

現在時（Présent）

Je	tiens	Nous	tenons
Tu	tiens	Vous	tenez
Il / Elle	tient	Ils / Elles	tiennent

過去未完成時（Imparfait）

Je	tenais	Nous	tenions
Tu	tenais	Vous	teniez
Il / Elle	tenait	Ils / Elles	tenaient

複合過去時（Passé composé）

J'ai	tenu	Nous avons	tenu
Tu as	tenu	Vous avez	tenu
Il / Elle a	tenu	Ils / Elles ont	tenu

愈過去時（Plus-que-parfait）

J'avais	tenu	Nous avions	tenu
Tu avais	tenu	Vous aviez	tenu
Il / Elle avait	tenu	Ils / Elles avaient	tenu

簡單未來時（Futur simple）

Je	tiendrai	Nous	tiendrons
Tu	tiendras	Vous	tiendrez
Il / Elle	tiendra	Ils / Elles	tiendront

未來完成時（Futur antérieur）

J'aurai	tenu	Nous aurons	tenu
Tu auras	tenu	Vuos aurez	tenu
Il / Elle aura	tenu	Ils / Elles auront	tenu

命令式（Impératif）

現在時（Présent）

Tiens
Tenons
Tenez

虛擬式（Subjonctif）

現在時（Présent）

Que je	tienne	Que nous	tenions
Que tu	tiennes	Que vous	teniez
Qu'il / Qu'elle	tienne	Qu'ils / Qu'elles	tiennent

過去時（Passé）

Que j'aie	tenu	Que nous ayons	tenu
Que tu aies	tenu	Que vous ayez	tenu
Qu'il / Qu'elle ait	tenu	Qu'ils / Qu'elles aient	tenu

條件式（Conditionnel）

現在時（Présent）

Je	tiendrais	Nous	tiendrions
Tu	tiendrais	Vous	tiendriez
Il / Elle	tiendrait	Ils / Elles	tiendraient

過去時（Passé）

J'aurais	tenu	Nous aurions	tenu
Tu aurais	tenu	Vous auriez	tenu
Il / Elle aurait	tenu	Ils / Elles auraient	tenu

Elodie : Passez-moi deux feuilles de papier, s'il vous plaît.
請您遞給我兩張紙。

Liliane : **Tenez**, les voilà.
拿去吧！

Terminer 結束

直陳式（Indicatif）

現在時（Présent）

Je	termine	Nous	terminons
Tu	termines	Vous	terminez
Il / Elle	termine	Ils / Elles	terminent

過去未完成時（Imparfait）

Je	terminais	Nous	terminions
Tu	terminais	Vous	terminiez
Il / Elle	terminait	Ils / Elles	terminaient

複合過去時（Passé composé）

J'ai	terminé	Nous avons	terminé
Tu as	terminé	Vous avez	terminé
Il / Elle a	terminé	Ils / Elles ont	terminé

愈過去時（Plus-que-parfait）

J'avias	terminé	Nous avions	terminé
Tu avais	terminé	Vous aviez	terminé
Il / Elle avait	terminé	Ils / Elles avaient	terminé

簡單未來時（Futur simple）

Je	terminerai	Nous	terminerons
Tu	termineras	Vous	terminerez
Il / Elle	terminera	Ils / Elles	termineront

未來完成時（Futur antérieur）

J'aurai	terminé	Nous aurons	terminé
Tu auras	terminé	Vous aurez	terminé
Il / Elle aura	terminé	Ils / Elles auront	terminé

命令式（Impératif）

現在時（Présent）

Termine
Terminons
Terminez

虛擬式（Subjonctif）

現在時（Présent）

Que je	termine	Que nous	terminions
Que tu	termines	Que vous	terminiez
Qu'il / Qu'elle	termine	Qu'ils / Qu'elles	terminent

過去時（Passé）

Que j'aie	terminé	Que nous ayons	terminé
Que tu aies	terminé	Que vous ayez	terminé
Qu'il / Qu'elle ait	terminé	Qu'ils / Qu'elles aient	terminé

條件式（Conditionnel）

現在時（Présent）

Je	terminerais	Nous	terminerions
Tu	terminerais	Vous	termineriez
Il / Elle	terminerait	Ils / Elles	termineraient

過去時（Passé）

J'aurais	terminé	Nous aurions	terminé
Tu aurais	terminé	Vous auriez	terminé
Il / Elle aurait	terminé	Ils / Elles auraient	terminé

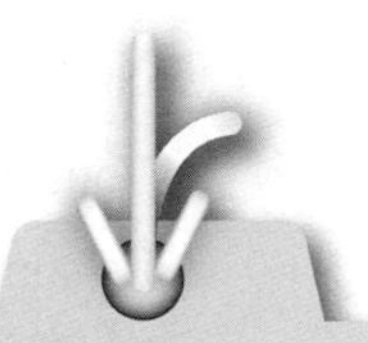

Mathilde : Où en est votre mémoire ?

你們的碩士論文進度到什麼地方？

François et Francis : Nous **l'aurons terminé** dans 6 mois.

François 和 Francis：　我們再過 6 個月就會完成。

T

Tomber 跌倒

直陳式（Indicatif）

現在時（Présent）

Je	tombe	Nous	tombons
Tu	tombes	Vous	tombez
Il / Elle	tombe	Ils / Elles	tombent

過去未完成時（Imparfait）

Je	tombais	Nous	tombions
Tu	tombais	Vous	tombiez
Il / Elle	tombait	Ils / Elles	tombaient

複合過去時（Passé composé）

Je suis	tombé(e)	Nous sommes	tombé(e)s
Tu es	tombé(e)	Vous êtes	tombé(e)s
Il est Elle est	tombé tombée	Ils sont Elles sont	tombés tombées

愈過去時（Plus-que-parfait）

J'étais	tombé(e)	Nous étions	tombé(e)s
Tu étais	tombé(e)	Vous étiez	tombé(e)s
Il était Elle était	tombé tombée	Ils étaient Elles étaient	tombés tombées

簡單未來時（Futur simple）

Je	tomberai	Nous	tomberons
Tu	tomberas	Vous	tomberez
Il / Elle	tombera	Ils / Elles	tomberont

未來完成時（Futur antérieur）

Je serai	tombé(e)	Nous scrons	tombé(e)s
Tu seras	tombé(e)	Vous serez	tombé(e)s
Il sera Elle sera	tombé tombée	Ils seront Elles seront	tombés tombées

命令式（Impératif）

現在時（Présent）

Tombe
Tombons
Tombez

虛擬式（Subjonctif）

現在時（Présent）

Que je	tombe	Que nous	tombions
Que tu	tombes	Que vous	tombiez
Qu'il / Qu'elle	tombe	Qu'ils / Qu'elles	tombent

過去時（Passé）

Que je sois	tombé(e)	Que nous soyons	tombé(e)s
Que tu sois	tombé(e)	Qu vous soyez	tombé(e)s
Qu'il soit Qu'elle soit	tombé tombée	Qu'ils soient Qu'elles soient	tombés tombées

條件式（Conditionnel）

現在時（Présent）

Je	tomberais	Nous	tomberions
Tu	tomberais	Vous	tomberiez
Il / Elle	tomberait	Ils / Elles	tomberaient

過去時（Passé）

Je serais	tombé(e)	Nous serions	tombé(e)s
Tu serais	tombé(e)	Vous seriez	tombé(e)s
Il serait Elle serait	tombé tombée	Ils seraient Elles seraient	tombés tombées

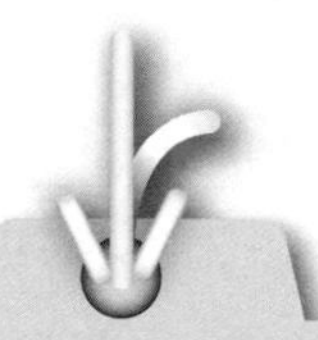

Thomas : Pourquoi Pauline est-elle à l'hôpital ?
為什麼 Pauline 在醫院？

Sylvestre : Parce qu'**elle est tombée** de l'échelle et elle s'est cassé la jambe droite.
因為她從梯子上摔下來，而且摔斷了右腿。

Traduire 翻譯

直陳式（Indicatif）

現在時（Présent）

Je	traduis	Nous	traduisons
Tu	traduis	Vous	traduisez
Il / Elle	traduit	Ils / Elles	traduisent

過去未完成時（Imparfait）

Je	traduisais	Nous	traduisions
Tu	traduisais	Vous	traduisiez
Il / Elle	traduisait	Ils / Elles	traduisaient

複合過去時（Passé composé）

J'ai	traduit	Nous avons	traduit
Tu as	traduit	Vous avez	traduit
Il / Elle a	traduit	Ils / Elles ont	traduit

愈過去時（Plus-que-parfait）

J'avais	traduit	Nous avions	traduit
Tu avais	traduit	Vous aviez	traduit
Il / Elle avait	traduit	Ils / Elles avaient	traduit

簡單未來時（Futur simple）

Je	traduirai	Nous	traduirons
Tu	traduiras	Vous	traduirez
Il / Elle	traduira	Ils / Elles	traduiront

未來完成時（Futur antérieur）

J'aurai	traduit	Nous aurons	traduit
Tu auras	traduit	Vous aurez	traduit
Il / Elle aura	traduit	Ils / Elles auront	traduit

命令式（Impératif）

現在時（Présent）

Traduis
Traduisons
Traduisez

虛擬式（Subjonctif）

現在時（Présent）

Que je	traduise	Que nous	traduisions
Que tu	traduises	Que vous	traduisiez
Qu'il / Qu'elle	traduise	Qu'ils / Qu'elles	traduisent

過去時（Passé）

Que j'aie	traduit	Que nous ayons	traduit
Que tu aies	traduit	Que vous ayez	traduit
Qu'il / Qu'elle ait	traduit	Qu'ils / Qu'elles aient	traduit

條件式（Conditionnel）

現在時（Présent）

Je	traduirais	Nous	traduirions
Tu	traduirais	Vous	traduiriez
Il / Elle	traduirait	Ils / Elles	traduiraient

過去時（Passé）

J'aurais	traduit	Nous aurions	traduit
Tu aurais	traduit	Vous auriez	traduit
Il / Elle aurait	traduit	Ils / Elles auraient	traduit

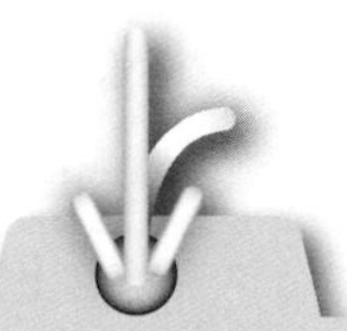

Gaspard : Pourrais-tu **traduire** ce texte en français ?
妳能將這篇文章翻成法文嗎？

Virginie : Fais voir !
給我看看！

Travailler 工作

直陳式（Indicatif）

現在時（Présent）

Je	travaille	Nous	travaillons
Tu	travailles	Vous	travaillez
Il / Elle	travaille	Ils / Elles	travaillent

過去未完成時（Imparfait）

Je	travaillais	Nous	travaillions
Tu	travaillais	Vous	travailliez
Il / Elle	travaillait	Ils / Elles	travaillaient

複合過去時（Passé composé）

J'ai	travaillé	Nous avons	travaillé
Tu as	travaillé	Vous avez	travaillé
Il / Elle a	travaillé	Ils / Elles ont	travaillé

愈過去時（Plus-que-parfait）

J'avais	travaillé	Nous avions	travaillé
Tu avais	travaillé	Vous aviez	travaillé
Il / Elle avait	travaillé	Ils / Elles avaient	travaillé

簡單未來時（Futur simple）

Je	travaillerai	Nous	travaillerons
Tu	travailleras	Vous	travaillerez
Il / Elle	travaillera	Ils / Elles	travailleront

未來完成時（Futur antérieur）

J'aurai	travaillé	Nous aurons	travaillé
Tu auras	travaillé	Vous aurez	travaillé
Il / Elle aura	travaillé	Ils / Elles auront	travaillé

命令式（Impératif）

現在時（Présent）

Travaille
Travaillons
Travaillez

虛擬式（Subjonctif）

現在時（Présent）

Que je	travaille	Que nous	travaillions
Que tu	travailles	Que vous	travailliez
Qu'il / Qu'elle	travaille	Qu'ils / Qu'elles	travaillent

過去時（Passé）

Que j'aie	travaillé	Que nous ayons	travaillé
Que tu aies	travaillé	Que vous ayez	travaillé
Qu'il / Qu'elle ait	travaillé	Qu'ils / Qu'elles aient	travaillé

條件式（Conditionnel）

現在時（Présent）

Je	travaillerais	Nous	travaillerions
Tu	travaillerais	Vous	travailleriez
Il / Elle	travaillerait	Ils / Elles	travailleraient

過去時 （Passé）

J'aurais	travaillé	Nous aurions	travaillé
Tu aurais	travaillé	Vous auriez	travaillé
Il / Elle aurait	travaillé	Ils / Elles auraient	travaillé

Jasmine : Je suis contente que tu **aies travaillé** comme stagiaire dans cette entreprise d'informatique.
我很高興妳在這家電腦公司當過實習生。

Liliane : Ce stage m'a beaucoup aidée dans ma future carrière professionnelle.
這份實習工作對我未來的職業生涯很有幫助。

Trouver 找到

直陳式（Indicatif）

現在時（Présent）

Je	trouve	Nous	trouvons
Tu	trouves	Vous	trouvez
Il / Elle	trouve	Ils / Elles	trouvent

過去未完成時（Imparfait）

Je	trouvais	Nous	trouvions
Tu	trouvais	Vous	trouviez
Il / Elle	trouvait	Ils / Elles	trouvaient

複合過去時（Passé composé）

J'ai	trouvé	Nous avons	trouvé
Tu as	trouvé	Vous avez	trouvé
Il / Elle a	trouvé	Ils / Elles ont	trouvé

愈過去時（Plus-que-parfait）

J'avais	trouvé	Nous avions	trouvé
Tu avais	trouvé	Vous aviez	trouvé
Il / Elle avait	trouvé	Ils / Elles avaient	trouvé

簡單未來時（Futur simple）

Je	trouverai	Nous	trouverons
Tu	trouveras	Vous	trouverez
Il / Elle	trouvera	Ils / Elles	trouveront

未來完成時（Futur antérieur）

J'aurai	trouvé	Nous aurons	trouvé
Tu auras	trouvé	Vous aurez	trouvé
Il / Elle aura	trouvé	Ils / Elles auront	trouvé

命令式（Impératif）

現在時（Présent）

Trouve
Trouvons
Trouvez

虛擬式（Subjonctif）

現在時（Présent）

Que je	trouve	Que nous	trouvions
Que tu	trouves	Que vous	trouviez
Qu'il / Qu'elle	trouve	Qu'ils / Qu'elles	trouvent

過去時（Passé）

Que j'aie	trouvé	Que nous ayons	trouvé
Que tu aies	trouvé	Que vous ayez	trouvé
Qu'il / Qu'elle ait	trouvé	Qu'ils / Qu'elles aient	trouvé

條件式（Conditionnel）

現在時（Présent）

Je	trouverais	Nous	trouverions
Tu	trouverais	Vous	trouveriez
Il / Elle	trouverait	Ils / Elles	trouveraient

過去時（Passé）

J'aurais	trouvé	Nous aurions	trouvé
Tu aurais	trouvé	Vous auriez	trouvé
Il / Elle aurait	trouvé	Ils / Elles auraient	trouvé

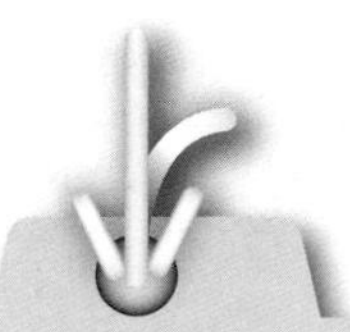

Lise : **Tu as trouvé** ta bague ?

妳找到妳的戒指了嗎？

Nadine : Non, je la cherche depuis 3 jours.

沒有，我找了 3 天。

Utiliser 使用

直陳式（Indicatif）

現在時（Présent）

J’	utilise	Nous	utilisons
Tu	utilises	Vous	utilisez
Il / Elle	utilise	Ils / Elles	utilisent

過去未完成時（Imparfait）

J’	utilisais	Nous	utilisions
Tu	utilisais	Vous	utilisiez
Il / Elle	utilisait	Ils / Elles	utilisaient

複合過去時（Passé composé）

J’ai	utilisé	Nous avons	utilisé
Tu as	utilisé	Vous avez	utilisé
Il / Elle a	utilisé	Ils / Elles ont	utilisé

愈過去時（Plus-que-parfait）

J’avais	utilisé	Nous avions	utilisé
Tu avais	utilisé	Vous aviez	utilisé
Il / Elle avait	utilisé	Ils / Elles avaient	utilisé

簡單未來時（Futur simple）

J’	utiliserai	Nous	utiliserons
Tu	utiliseras	Vous	utiliserez
Il / Elle	utilisera	Ils / Elles	utiliseront

未來完成時（Futur antérieur）

J'aurai	utilisé	Nous aurons	utilisé
Tu auras	utilisé	Vous aurez	utilisé
Il / Elle aura	utilisé	Ils / Elles auront	utilisé

命令式（Impératif）

現在時（Présent）

Utilise
Utilisons
Utilisez

虛擬式（Subjonctif）

現在時（Présent）

Que j'	utilise	Que nous	utilisions
Que tu	utilises	Que vous	utilisiez
Qu'il / Qu'elle	utilise	Qu'ils / Qu'elles	utilisent

過去時（Passé）

Que j'aie	utilisé	Que nous ayons	utilisé
Que tu aies	utilisé	Que vous ayez	utilisé
Qu'il / Qu'elle ait	utilisé	Qu'ils / Qu'elles aient	utilisé

條件式（Conditionnel）

現在時（Présent）

J’	utiliserais	Nous	utiliserions
Tu	utiliserais	Vous	utiliseriez
Il / Elle	utiliserait	Ils / Elles	utiliseraient

過去時（Passé）

J’aurais	utilisé	Nous aurions	utilisé
Tu aurais	utilisé	Vous auriez	utilisé
Il / Elle aurait	utilisé	Ils / Elles auraient	utilisé

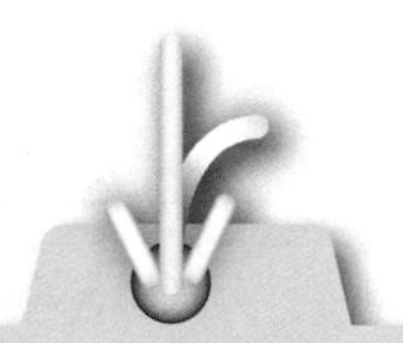

Mathieu : J’ai l’impression que tu ne sais pas **utiliser** cet appareil.
我覺得妳好像不會使用這台機器。

Sandrine : Ne t’inquiète pas, il suffit de lire le mode d’emploi.
你不用擔心，只需要看說明書就會了。

Vendre 賣

直陳式（Indicatif）

現在時（Présent）

Je	vends	Nous	vendons
Tu	vends	Vous	vendez
Il / Elle	vend	Ils / Elles	vendent

過去未完成時（Imparfait）

Je	vendais	Nous	vendions
Tu	vendais	Vous	vendiez
Il / Elle	vendait	Ils / Elles	vendaient

複合過去時（Passé composé）

J'ai	vendu	Nous avons	vendu
Tu as	vendu	Vous avez	vendu
Il / Elle a	vendu	Ils / Elles ont	vendu

愈過去時（Plus-que-parfait）

J'avais	vendu	Nous avions	vendu
Tu avais	vendu	Vous aviez	vendu
Il / Elle avait	vendu	Ils / Elles avaient	vendu

簡單未來時（Futur simple）

Je	vendrai	Nous	vendrons
Tu	vendras	Vous	vendrez
Il / Elle	vendra	Ils / Elles	vendront

未來完成時（Futur antérieur）

J'aurai	vendu	Nous aurons	vendu
Tu auras	vendu	Vous aurez	vendu
Il / Elle aura	vendu	Ils / Elles auront	vendu

命令式（Impératif）

現在時（Présent）

Vends
Vendons
Vendez

虛擬式（Subjonctif）

現在時（Présent）

Que je	vende	Que nous	vendions
Que tu	vendes	Que vous	vendiez
Qu'il / Qu'elle	vende	Qu'ils / Qu'elles	vendent

過去時（Passé）

Que j'aie	vendu	Que nous ayons	vendu
Que tu aies	vendu	Que vous ayez	vendu
Qu'il / Qu'elle ait	vendu	Qu'ils / Qu'elles aient	vendu

條件式（Conditionnel）

現在時（Présent）

Je	vendrais	Nous	vendrions
Tu	vendrais	Vous	vendriez
Il / Elle	vendrait	Ils / Elles	vendraient

過去時（Passé）

J'aurais	vendu	Nous aurions	vendu
Tu aurais	vendu	Vous auriez	vendu
Il / Elle aurait	vendu	Ils / Elles auraient	vendu

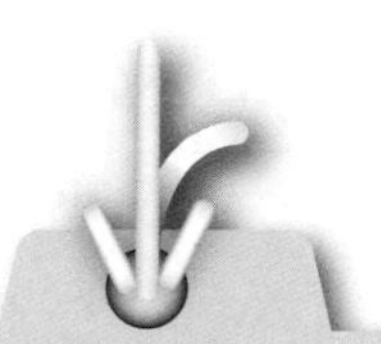

Bastien : Regarde, **ce magasin vend** toutes sortes de bibelots.
妳看，這家商店賣各式各樣的小玩意。

France : Il y a l'embarras du choix, c'est pour ça que tu viens souvent ici ?
任君挑選，這就是你常來這裡的原因嗎？

V

Venir 來

直陳式（Indicatif）

現在時（Présent）

Je	viens	Nous	venons
Tu	viens	Vous	venez
Il / Elle	vient	Ils / Elles	viennent

過去未完成時（Imparfait）

Je	venais	Nous	venions
Tu	venais	Vous	veniez
Il / Elle	venait	Ils / Elles	venaient

複合過去時（Passé composé）

Je suis	venu(e)	Nous sommes	venu(e)s
Tu es	venu(e)	Vous êtes	venu(e)s
Il est Elle est	venu venue	Ils sont Elles sont	venus venues

愈過去時（Plus-que-parfait）

J'étais	venu(e)	Nous étions	venu(e)s
Tu étais	venu(e)	Vous étiez	venu(e)s
Il était Elle était	venu venue	Ils étaient Elles étaient	venus venues

簡單未來時（Futur simple）

Je	viendrai	Nous	viendrons
Tu	viendras	Vous	viendrez
Il / Elle	viendra	Ils / Elles	viendront

未來完成時（Futur antérieur）

Je serai	venu(e)	Nous serons	venu(e)s
Tu seras	venu(e)	Vous serez	venu(e)s
Il sera Elle sera	venu venue	Ils seront Elles seront	venus venues

命令式（Impératif）

現在時（Présent）

Viens
Venons
Venez

虛擬式（Subjonctif）

現在時（Présent）

Que je	vienne	Que nous	venions
Que tu	viennes	Que vous	veniez
Qu'il / Qu'elle	vienne	Qu'ils / Qu'elles	viennent

過去時（Passé）

Que je sois	venu(e)	Que nous soyons	venu(e)s
Que tu sois	venu(e)	Que vous soyez	venu(e)s
Qu'il soit Qu'elle soit	venu venue	Qu'ils soient Qu'elles soient	venus venues

條件式（Conditionnel）

現在時（Présent）

Je	viendrais	Nous	viendrions
Tu	viendrais	Vous	viendriez
Il / Elle	viendrait	Ils / Elles	viendraient

過去時 （Passé）

Je serais	venu(e)	Nous serions	venu(e)s
Tu serais	venu(e)	Vous seriez	venu(e)s
Il serait Elle serait	venu venue	Ils seraient Elles seraient	venus venues

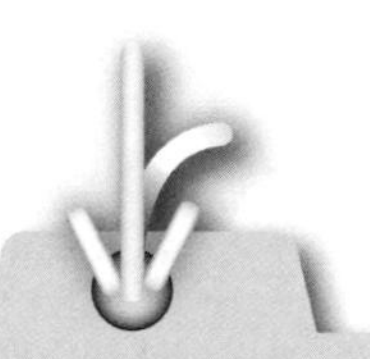

Félix : Vous **êtes** déjà **venus** dans cette bibliothèque ?
你們已經來過這間圖書館嗎？

Hervé et Irène : Oui, on peut y trouver beaucoup de livres intéressants.
Hervé 和 Irène： 來過了，在這裡可以找到很多有趣的書籍。

Visiter 參觀

直陳式（Indicatif）

現在時（Présent）

Je	visite	Nous	visitons
Tu	visites	Vous	visitez
Il / Elle	visite	Ils / Elles	visitent

過去未完成時（Imparfait）

Je	visitais	Nous	visitions
Tu	visitais	Vous	visitiez
Il / Elle	visitait	Ils / Elles	visitaient

複合過去時（Passé composé）

J'ai	visité	Nous avons	visité
Tu as	visité	Vous avez	visité
Il / Elle a	visité	Ils / Elles ont	visité

愈過去時（Plus-que-parfait）

J'avais	visité	Nous avions	visité
Tu avais	visité	Vous aviez	visité
Il / Elle avait	visité	Ils / Elles avaient	visité

簡單未來時（Futur simple）

Je	visiterai	Nous	visiterons
Tu	visiteras	Vous	visiterez
Il / Elle	visitera	Ils / Elles	visiteront

未來完成時（Futur antérieur）

J'aurai	visité	Nous aurons	visité
Tu auras	visité	Vous aurez	visité
Il / Elle aura	visité	Ils / Elles auront	visité

命令式（Impératif）

現在時（Présent）

Visite
Visitons
Visitez

虛擬式（Subjonctif）

現在時（Présent）

Que je	visite	Que nous	visitions
Que tu	visites	Que vous	visitiez
Qu'il / Qu'elle	visite	Qu'ils / Qu'elles	visitent

過去時（Passé）

Que j'aie	visité	Que nous ayons	visité
Que tu aies	visité	Que vous ayez	visité
Qu'il / Qu'elle ait	visité	Qu'ils / Qu'elles aient	visité

條件式（Conditionnel）

現在時（Présent）

Je	visiterais	Nous	visiterions
Tu	visiterais	Vous	visiteriez
Il / Elle	visiterait	Ils / Elles	visiteraient

過去時（Passé）

J’aurais	visité	Nous aurions	visité
Tu aurais	visité	Vous auriez	visité
Il / Elle aurait	visité	Ils / Elles auraient	visité

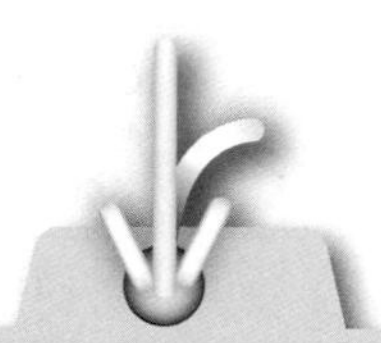

Raoul et Vincent : **Nous avions** déjà **visité** le musée du Louvre, et vous ?

Raoul 和 Vincent： 我們已經參觀過羅浮宮，你們呢？

Richard et Jérémie : Pas encore, mais nous sommes montés à la Tour Eiffel et à l’Arc de Triomphe.

Richard 和 Jérémie： 還沒有，不過我們爬上艾菲爾鐵塔和凱旋門了。

Vivre 生活

直陳式（Indicatif）

現在時（Présent）

Je	vis	Nous	vivons
Tu	vis	Vous	vivez
Il / Elle	vit	Ils / Elles	vivent

過去未完成時（Imparfait）

Je	vivais	Nous	vivions
Tu	vivais	Vous	viviez
Il / Elle	vivait	Ils / Elles	vivaient

複合過去時（Passé composé）

J'ai	vécu	Nous avons	vécu
Tu as	vécu	Vous avez	vécu
Il / Elle a	vécu	Ils / Elles ont	vécu

愈過去時（Plus-que-parfait）

J'avais	vécu	Nous avions	vécu
Tu avais	vécu	Vous aviez	vécu
Il / Elle avait	vécu	Ils / Elles avaient	vécu

簡單未來時（Futur simple）

Je	vivrai	Nous	vivrons
Tu	vivras	Vous	vivrez
Il / Elle	vivra	Ils / Elles	vivront

未來完成時（Futur antérieur）

J'aurai	vécu	Nous aurons	vécu
Tu auras	vécu	Vous aurez	vécu
Il / Elle aura	vécu	Ils / Elles auront	vécu

命令式（Impératif）

現在時（Présent）

Vis
Vivons
Vivez

虛擬式（Subjonctif）

現在時（Présent）

Que je	vive	Que nous	vivions
Que tu	vives	Que vous	viviez
Qu'il / Qu'elle	vive	Qu'ils / Qu'elles	vivent

過去時（Passé）

Que j'aie	vécu	Que nous ayons	vécu
Que tu aies	vécu	Que vous ayez	vécu
Qu'il / Qu'elle ait	vécu	Qu'ils / Qu'elles aient	vécu

條件式（Conditionnel）

現在時（Présent）

Je	vivrais	Nous	vivrions
Tu	vivrais	Vous	vivriez
Il / Elle	vivrait	Ils / Elles	vivraient

過去時（Passé）

J'aurais	vécu	Nous aurions	vécu
Tu aurais	vécu	Vous auriez	vécu
Il / Elle aurait	vécu	Ils / Elles auraient	vécu

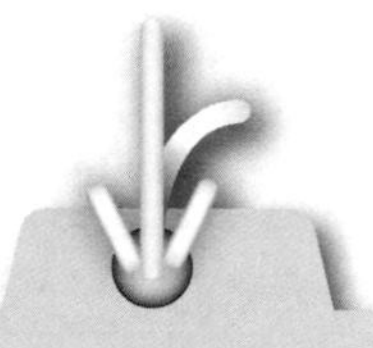

Bérengère : Ils ont passé cinq ans en Europe, mais avant, **ils avaient vécu** aux États-Unis.

他們在歐洲住了五年，但是之前他們曾住過美國。

Didier : Ah, la belle vie !

啊，多麼美好的人生！

Voir 看到

直陳式（Indicatif）

現在時（Présent）

Je	vois	Nous	voyons
Tu	vois	Vous	voyez
Il / Elle	voit	Ils / Elles	voient

過去未完成時（Imparfait）

Je	voyais	Nous	voyions
Tu	voyais	Vous	voyiez
Il / Elle	voyait	Ils / Elles	voyaient

複合過去時（Passé composé）

J'ai	vu	Nous avons	vu
Tu as	vu	Vous avez	vu
Il / Elle a	vu	Ils / Elles ont	vu

愈過去時（Plus-que-parfait）

J'avais	vu	Nous avions	vu
Tu avais	vu	Vous aviez	vu
Il / Elle avait	vu	Ils / Elles avaient	vu

簡單未來時（Futur simple）

Je	verrai	Nous	verrons
Tu	verras	Vous	verrez
Il / Elle	verra	Ils / Elles	verront

未來完成時（Futur antérieur）

J'aurai	vu	Nous aurons	vu
Tu auras	vu	Vous aurez	vu
Il / Elle aura	vu	Ils / Elles auront	vu

命令式（Impératif）

現在時（Présent）

Vois
Voyons
Voyez

虛擬式（Subjonctif）

現在時（Présent）

Que je	voie	Que nous	voyion
Que tu	voies	Que vous	voyiez
Qu'il / Qu'elle	voie	Qu'ils / Qu'elles	voient

過去時（Passé）

Que j'aie	vu	Que nous ayons	vu
Que tu aies	vu	Que vous ayez	vu
Qu'il / Qu'elle ait	vu	Qu'ils / Qu'elles aient	vu

條件式（Conditionnel）

現在時（Présent）

Je	verrais	Nous	verrions
Tu	verrais	Vous	verriez
Il / Elle	verrait	Ils / Elles	verraient

過去時（Passé）

J'aurais	vu	Nous aurions	vu
Tu aurais	vu	Vous auriez	vu
Il / Elle aurait	vu	Ils / Elles auraient	vu

La femme : **Tu as vu** quelqu'un sur le toit ?
太太：　你有沒有看到有個人在屋頂上？

Le mari : Non, **je** n'**ai vu** personne.
丈夫：　沒有，我沒有看到任何人。

Vouloir 想要

直陳式（Indicatif）

現在時（Présent）

Je	veux	Nous	voulons
Tu	veux	Vous	voulez
Il / Elle	veut	Ils / Elles	veulent

過去未完成時（Imparfait）

Je	voulais	Nous	voulions
Tu	voulais	Vous	vouliez
Il / Elle	voulait	Ils / Elles	voulaient

複合過去時（Passé composé）

J'ai	voulu	Nous avons	voulu
Tu as	voulu	Vous avez	voulu
Il / Elle a	voulu	Ils / Elles ont	voulu

愈過去時（Plus-que-parfait）

J'avais	voulu	Nous avions	voulu
Tu avais	voulu	Vous aviez	voulu
Il / Elle avait	voulu	Ils / Elles avaient	voulu

簡單未來時（Futur simple）

Je	voudrai	Nous	voudrons
Tu	voudras	Vous	voudrez
Il / Elle	voudra	Ils / Elles	voudront

未來完成時（Futur antérieur）

J'aurai	voulu	Nous aurons	voulu
Tu auras	voulu	Vous aurez	voulu
Il / Elle aura	voulu	Ils / Elles auront	voulu

命令式（Impératif）

現在時（Présent）

Veux / Veuille
Voulons / Veuillons
Voulez / Veuillez

虛擬式（Subjonctif）

現在時（Présent）

Que je	veuille	Que nous	voulions
Que tu	veuilles	Que vous	vouliez
Qu'il / Qu'elle	veuille	Qu'ils / Qu'elles	veuillent

過去時（Passé）

Que j'aie	voulu	Que nous ayons	voulu
Que tu aies	voulu	Que vous ayez	voulu
Qu'il / Qu'elle ait	voulu	Qu'ils / Qu'elles aient	voulu

條件式（Conditionnel）

現在時（Présent）

Je	voudrais	Nous	voudrions
Tu	voudrais	Vous	voudriez
Il / Elle	voudrait	Ils / Elles	voudraient

過去時（Passé）

J'aurais	voulu	Nous aurions	voulu
Tu aurais	voulu	Vous auriez	voulu
Il / Elle aurait	voulu	Ils / Elles auraient	voulu

Elisabeth : Ce matin, **j'ai voulu** prendre un taxi pour aller au bureau car il pleuvait, mais...
今天早上，因為下著雨，所以我想搭計程車去上班，但是……

Philippe : Et finalement, comment tu y es allée ?
所以最後妳怎麼去公司？

Voyager 旅行

直陳式（Indicatif）

現在時（Présent）

Je	voyage	Nous	voyageons
Tu	voyages	Vous	voyagez
Il / Elle	voyage	Ils / Elles	voyagent

過去未完成時（Imparfait）

Je	voyageais	Nous	voyagions
Tu	voyageais	Vous	voyagiez
Il / Elle	voyageait	Ils / Elles	voyageaient

複合過去時（Passé composé）

J'ai	voyagé	Nous avons	voyagé
Tu as	voyagé	Vous avez	voyagé
Il / Elle a	voyagé	Ils / Elles ont	voyagé

愈過去時（Plus-que-parfait）

J'avais	voyagé	Nous avions	voyagé
Tu avais	voyagé	Vous aviez	voyagé
Il / Elle avait	voyagé	Ils / Elles avaient	voyagé

簡單未來時（Futur simple）

Je	voyagerai	Nous	voyagerons
Tu	voyageras	Vous	voyagerez
Il / Elle	voyagera	Ils / Elles	voyageront

未來完成時（Futur antérieur）

J'aurai	voyagé	Nous aurons	voyagé
Tu auras	voyagé	Vous aurez	voyagé
Il / Elle aura	voyagé	Ils / Elles auront	voyagé

命令式（Impératif）

現在時（Présent）

Voyage
Voyageons
Voyagez

虛擬式（Subjonctif）

現在時（Présent）

Que je	voyage	Que nous	voyagions
Que tu	voyages	Que vous	voyagiez
Qu'il / Qu'elle	voyage	Qu'ils / Qu'elles	voyagent

過去時（Passé）

Que j'aie	voyagé	Que nous ayons	voyagé
Que tu aies	voyagé	Que vous ayez	voyagé
Qu'il / Qu'elle ait	voyagé	Qu'ils / Qu'elles aient	voyagé

條件式（Conditionnel）

現在時（Présent）

Je	voyagerais	Nous	voyagerions
Tu	voyagerais	Vous	voyageriez
Il / Elle	voyagerait	Ils / Elles	voyageraient

過去時（Passé）

J'aurais	voyagé	Nous aurions	voyagé
Tu aurais	voyagé	Vous auriez	voyagé
Il / Elle aurait	voyagé	Ils / Elles auraient	voyagé

Alizée : Aimez-vous **voyager** ?

你們喜歡旅行嗎？

Guy et Blanche : Oui, c'est notre passion.

Guy 和 Blanche：喜歡，這是我們所熱愛的。

S’en aller 離開

直陳式（Indicatif）

現在時（Présent）

Je m’en	vais	Nous nous en	allons
Tu t’en	vas	Vous vous en	allez
Il / Elle s’en	va	Ils / Elles s’en	vont

過去未完成時（Imparfait）

Je m’en	allais	Nous nous en	allions
Tu t’en	allais	Vous vous en	alliez
Il / Elle s’en	allait	Ils / Elles s’en	allaient

複合過去時（Passé composé）

Je m’en suis	allé(e)	Nous nous en sommes	allé(e)s
Tu t’en es	allé(e)	Vous vous en êtes	allé(e)s
Il s’en est Elle s’en est	allé allée	Ils s’en sont Elles s’en sont	allés allées

簡單未來時（Futur simple）

Je m’en	irai	Nous nous en	irons
Tu t’en	iras	Vous vous en	irez
Il / Elle s’en	ira	Ils / Elles s’en	iront

命令式（Impératif）

現在時（Présent）

Va-t'en
Allons-nous-en
Allez-vous-en

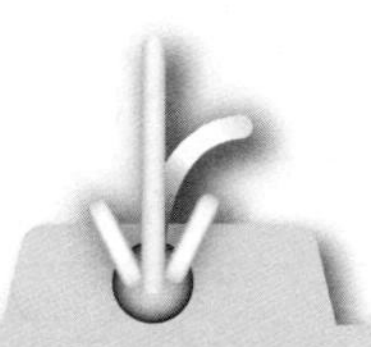

Anna : C'est trop bruyant ici, **je m'en vais**.
這裡太吵了，我要走了。

Alexandre : Ne pars pas tout de suite. Écoutons encore une chanson !
不要馬上離開。我們再聽一首歌吧！

代動

S’amuser 自娛

直陳式（Indicatif）

現在時（Présent）

Je m’	amuse	Nous nous	amusons
Tu t’	amuses	Vous vous	amusez
Il / Elle s’	amuse	Ils / Elles s’	amusent

過去未完成時（Imparfait）

Je m’	amusais	Nous nous	amusions
Tu t’	amusais	Vous vous	amusiez
Il / Elle s’	amusait	Ils / Elles s’	amusaient

複合過去時（Passé composé）

Je me suis	amusé(e)	Nous nous sommes	amusé(e)s
Tu t’es	amusé(e)	Vous vous êtes	amusé(e)s
Il s’est Elle s’est	amusé amusée	Ils se sont Elles se sont	amusés amusées

簡單未來時（Futur simple）

Je m’	amuserai	Nous nous	amuserons
Tu t’	amuseras	Vous vous	amuserez
Il / Elle s’	amusera	Ils / Elles s’	amuseront

命令式（Impératif）

現在時（Présent）

Amuse-toi
Amusons-nous
Amusez-vous

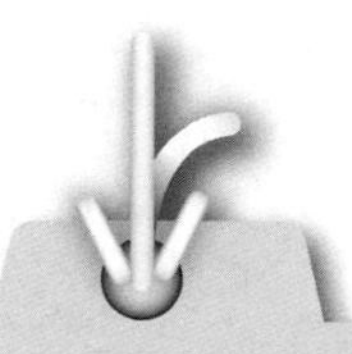

Enzo et Célia : Nous partons maintenant, bonne soirée !

Enzo 和 Célia： 我們現在要離開了，祝你有個美好的夜晚！

Oscar : À vous aussi ! **Amusez-vous** bien !

我也祝你們有個美好的夜晚！祝你們玩得愉快！

S'arrêter 停止

直陳式（Indicatif）

現在時（Présent）

Je m'	arrête	Nous nous	arrêtons
Tu t'	arrêtes	Vous vous	arrêtez
Il / Elle s'	arrête	Ils / Elles s'	arrêtent

過去未完成時（Imparfait）

Je m'	arrêtais	Nous nous	arrêtions
Tu t'	arrêtais	Vous vous	arrêtiez
Il / Elle s'	arrêtait	Ils / Elles s'	arrêtaient

複合過去時（Passé composé）

Je me suis	arrêté(e)	Nous nous sommes	arrêté(e)s
Tu t'es	arrêté(e)	Vous vous êtes	arrêté(e)s
Il s'est Elle s'est	arrêté arrêtée	Ils se sont Elles se sont	arrêtés arrêtées

簡單未來時（Futur simple）

Je m'	arrêterai	Nous nous	arrêterons
Tu t'	arrêteras	Vous vous	arrêterez
Il / Elle s'	arrêtera	Ils / Elles s'	arrêteront

命令式（Impératif）

現在時（Présent）

Arrête-toi
Arrêtons-nous
Arrêtez-vous

Maya : Je suis épuisée, je vais **m'arrêter** là.

我精疲力盡了，我要停下來。

Nathan : Fais une petite pause, ça te fera du bien.

休息一下吧，會讓妳舒服一點。

S’asseoir 坐下來

直陳式（Indicatif）

現在時（Présent）

Je m’	assieds / assois	Nous nous	asseyons / assoyons
Tu t’	assieds / assois	Vous vous	asseyez / assoyez
Il / Elle s’	assied / assoit	Ils / Elles s’	asseyent / assoient

過去未完成時（Imparfait）

Je m’	asseyais / assoyais	Nous nous	asseyions / assoyions
Tu t’	asseyais / assoyais	Vous vous	asseyiez / assoyiez
Il / Elle s’	asseyait / assoyait	Ils / Elles s’	asseyaient / assoyaient

複合過去時（Passé composé）

Je me suis	assis(e)	Nous nous sommes	assis(e)s
Tu t’es	assis(e)	Vous vous êtes	assis(e)s
Il s’est Elle s’est	assis assise	Ils se sont Elles se sont	assis assises

簡單未來時（Futur simple）

Je m’	assiérai / assoirai	Nous nous	assiérons / assoirons
Tu t’	assiéras / assoiras	Vous vous	assiérez / assoirez
Il / Elle s’	assiéra / assoira	Ils / Elles s’	assiéront / assoiront

命令式（Impératif）

現在時（Présent）

Assieds-toi / Assois-toi
Asseyons-nous / Assoyons-nous
Asseyez-vous / Assoyez-vous

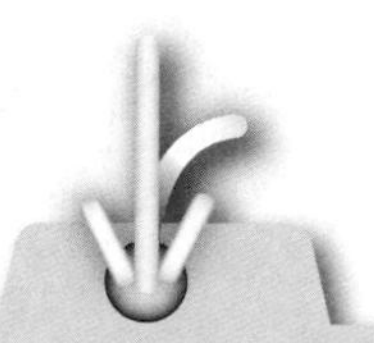

Lola : Entrez, **asseyez-vous** !

請進，請坐！

Jacob : Merci.

謝謝。

代動

Se changer 換衣服

直陳式（Indicatif）

現在時（Présent）

Je me	change	Nous nous	changeons
Tu te	changes	Vous vous	changez
Il / Elle se	change	Ils / Elles se	changent

過去未完成時（Imparfait）

Je me	changeais	Nous nous	changions
Tu te	changeais	Vous vous	changiez
Il / Elle se	changeait	Ils / Elles se	changeaient

複合過去時（Passé composé）

Je me suis	changé(e)	Nous nous sommes	changé(e)s
Tu t'es	changé(e)	Vous vous êtes	changé(e)s
Il s'est Elle s'est	changé changée	Ils se sont Elles se sont	changés changées

簡單未來時（Futur simple）

Je me	changerai	Nous nous	changerons
Tu te	changeras	Vous vous	changerez
Il / Elle se	changera	Ils / Elles se	changeront

命令式（Impératif）

現在時（Présent）

Change-toi
Changeons-nous
Changez-vous

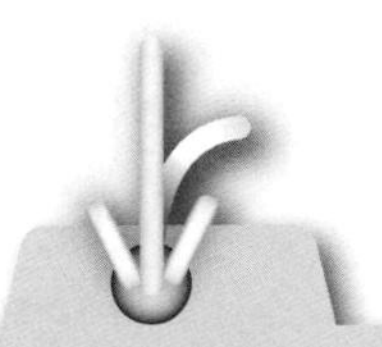

Gabrielle et ses enfants : Il est un peu tard, allons **nous changer** tout de suite.

Gabrielle 與她的孩子們：　時間有點晚了，我們馬上去換衣服吧。

Le père : Je **me suis** déjà **changé**. Je vous attends dans la voiture.

父親：　我已經換好了。我到車子裡等你們。

代動

Se coiffer 梳頭髮

直陳式（Indicatif）

現在時（Présent）

Je me	coiffe	Nous nous	coiffons
Tu te	coiffes	Vous vous	coiffez
Il / Elle se	coiffe	Ils / Elles se	coiffent

過去未完成時（Imparfait）

Je me	coiffais	Nous nous	coiffions
Tu te	coiffais	Vous vous	coiffiez
Il / Elle se	coiffait	Ils / Elles se	coiffaient

複合過去時（Passé composé）

Je me suis	coiffé(e)	Nous nous sommes	coiffé(e)s
Tu t'es	coiffé(e)	Vous vous êtes	coiffé(e)s
Il s'est Elle s'est	coiffé coiffée	Ils se sont Elles se sont	coiffés coiffées

簡單未來時（Futur simple）

Je me	coifferai	Nous nous	coifferons
Tu te	coifferas	Vous vous	coifferez
Il / Elle se	coiffera	Ils / Elles se	coifferont

命令式（Impératif）

現在時（Présent）

Coiffe-toi
Coiffons-nous
Coiffez-vous

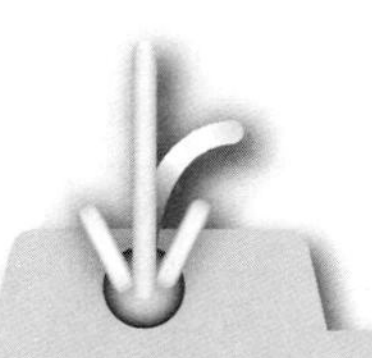

對話

La maman : Tu **t'es coiffée** ce matin ?

媽媽：　　妳早上梳頭髮了嗎？

Noémie : Oui, mais je n'ai pas mis de gel.

梳了，但是我沒有抹髮膠。

代動

Se dépêcher 趕快

直陳式（Indicatif）

現在時（Présent）

Je me	dépêche	Nous nous	dépêchons
Tu te	dépêches	Vous vous	dépêchez
Il / Elle se	dépêche	Ils / Elles se	dépêchent

過去未完成時（Imparfait）

Je me	dépêchais	Nous nous	dépêchions
Tu te	dépêchais	Vous vous	dépêchiez
Il / Elle se	dépêchait	Ils / Elles se	dépêchaient

複合過去時（Passé composé）

Je me suis	dépêché(e)	Nous nous sommes	dépêché(e)s
Tu t'es	dépêché(e)	Vous vous êtes	dépêché(e)s
Il s'est Elle s'est	dépêché dépêchée	Ils se sont Elles se sont	dépêchés dépêchées

簡單未來時（Futur simple）

Je me	dépêcherai	Nous nous	dépêcherons
Tu te	dépêcheras	Vous vous	dépêcherez
Il / Elle se	dépêchera	Ils / Elles se	dépêcheront

命令式（Impératif）

現在時（Présent）

Dépêche-toi
Dépêchons-nous
Dépêchez-vous

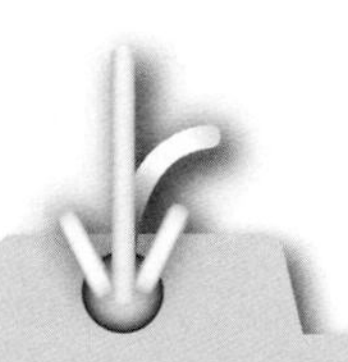

Océane : **Dépêchons-nous**, le film va commencer dans 10 minutes.
我們趕快吧，再過 10 分鐘電影就要開始了。

Alexandre : D'accord, mais je vais acheter du pop-corn, je te retrouve dans la salle.
好的，但是我要去買爆米花，然後去電影院裡跟妳會合。

代動

Se doucher 沖澡

直陳式（Indicatif）

現在時（Présent）

Je me	douche	Nous nous	douchons
Tu te	douches	Vous vous	douchez
Il / Elle se	douche	Ils / Elles se	douchent

過去未完成時（Imparfait）

Je me	douchais	Nous nous	douchions
Tu te	douchais	Vous vous	douchiez
Il / Elle se	douchait	Ils / Elles se	douchaient

複合過去時（Passé composé）

Je me suis	douché(e)	Nous nous sommes	douché(e)s
Tu t'es	douché(e)	Vous vous êtes	douché(e)s
Il s'est Elle s'est	douché douchée	Ils se sont Elles se sont	douchés douchées

簡單未來時（Futur simple）

Je me	doucherai	Nous nous	doucherons
Tu te	doucheras	Vous vous	doucherez
Il / Elle se	douchera	Ils / Elles se	doucheront

命令式（Impératif）

現在時（Présent）

Douche-toi
Douchons-nous
Douchez-vous

Jean : Avant, je prenais ma douche avant de me coucher, mais maintenant je préfère **me doucher** le matin.

以前我習慣睡前沖澡，但是現在我比較喜歡在早上沖澡。

Clara : C'est une question d'habitude.

這是習慣問題。

代動

S'habiller 穿衣服

直陳式（Indicatif）

現在時（Présent）

Je m'	habille	Nous nous	habillons
Tu t'	habilles	Vous vous	habillez
Il / Elle s'	habille	Ils / Elles s'	habillent

過去未完成時（Imparfait）

Je m'	habillais	Nous nous	habillions
Tu t'	habillais	Vous vous	habilliez
Il / Elle s'	habillait	Ils / Elles s'	habillaient

複合過去時（Passé composé）

Je me suis	habillé(e)	Nous nous sommes	habillé(e)s
Tu t'es	habillé(e)	Vous vous êtes	habillé(e)s
Il s'est Elle s'est	habillé habillée	Ils se sont Elle se sont	habillés habillées

簡單未來時（Futur simple）

Je m'	habillerai	Nous nous	habillerons
Tu t'	habilleras	Vous vous	habillerez
Il / Elle s'	habillera	Ils / Elles s'	habilleront

命令式（Impératif）

現在時（Présent）

Habille-toi
Habillons-nous
Habillez-vous

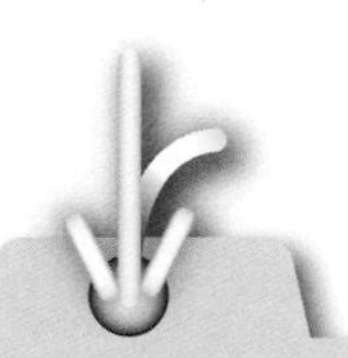

Théa : Pour le mariage de ma copine, comment je vais **m'habiller** ?

我要穿什麼衣服去參加我的女性朋友的婚禮？

Félicie : Mets quelque chose de simple mais élégant.

穿簡單但高雅的衣服吧。

代動

S’installer 安頓

直陳式（Indicatif）

現在時（Présent）

Je m’	installe	Nous nous	installons
Tu t’	installes	Vous vous	installez
Il / Elle s’	installe	Ils / Elles s’	installent

過去未完成時 （Imparfait）

Je m’	installais	Nous nous	installions
Tu t’	installais	Vous vous	installiez
Il / Elle s’	installait	Ils / Elles s’	installaient

複合過去時（Passé composé ）

Je me suis	installé(e)	Nous nous sommes	installé(e)s
Tu t’es	installé(e)	Vous vous êtes	installé(e)s
Il s’est Elle s’est	installé installée	Ils se sont Elles se sont	installés installées

簡單未來時（Futur simple）

Je m’	installerai	Nous nous	installerons
Tu t’	installeras	Vous vous	installerez
Il / Elle s’	installera	Ils / Elles s’	installeront

命令式（Impératif）

現在時（Présent）

Installe-toi
Installons-nous
Installez-vous

La mère : **Installons-nous** ici près du couloir !
媽媽：　我們坐這裡，靠走道！

L'enfant : Non, je préfère être à côté de la fenêtre.
小男孩：　不要，我比較喜歡靠窗。

代動

S’intéresser (à) 感興趣

直陳式（Indicatif）

現在時（Présent）

Je m’	intéresse	Nous nous	intéressons
Tu t’	intéresses	Vous vous	intéressez
Il / Elle s’	intéresse	Ils / Elles s’	intéressent

過去未完成時（Imparfait）

Je m’	intéressais	Nous nous	intéressions
Tu t’	intéressais	Vous vous	intéressiez
Il / Elle s’	intéressait	Ils / Elles s’	intéressaient

複合過去時（Passé composé）

Je me suis	intéressé(e)	Nous nous sommes	intéressé(e)s
Tu t’es	intéressé(e)	Vous vous êtes	intéressé(e)s
Il s’est Elle s’est	intéressé intéressée	Ils se sont Elles se sont	intéressés intéressées

簡單未來時（Futur simple）

Je m’	intéresserai	Nous nous	intéresserons
Tu t’	intéresseras	Vous vous	intéresserez
Il / Elle s’	intéressera	Ils / Elles s’	intéresseront

命令式（Impératif）

現在時（présent）

Intéresse-toi
Intéressons-nous
Intéressez-vous

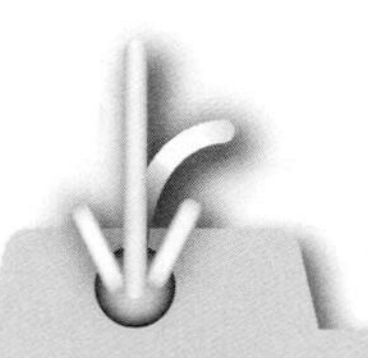

Lila et Gabriel : **Nous nous intéressons** à la culture française. Et toi ?

Lila 和 Gabriel： 我們對法國文化感興趣，妳呢？

Céleste : Moi, **je m'y intéresse** beaucoup aussi.

我也很感興趣。

Se laver 梳洗

直陳式（Indicatif）

現在時（Présent）

Je me	lave	Nous nous	lavons
Tu te	laves	Vous vous	lavez
Il / Elle se	lave	Ils / Elles se	lavent

過去未完成時（Imparfait）

Je me	lavais	Nous nous	lavions
Tu te	lavais	Vous vous	laviez
Il / Elle se	lavait	Ils / Elles se	lavaient

複合過去時（Passé composé）

Je me suis	lavé(e)	Nous nous sommes	lavé(e)s
Tu t'es	lavé(e)	Vous vous êtes	lavé(e)s
Il s'est Elle s'est	lavé lavée	Ils se sont Elles se sont	lavés lavées

簡單未來時（Futur simple）

Je me	laverai	Nous nous	laverons
Tu te	laveras	Vous vous	laverez
Il / Elle se	lavera	Ils / Elles se	laveront

命令式（Impératif）

現在時（Présent）

Lave-toi
Lavons-nous
Lavez-vous

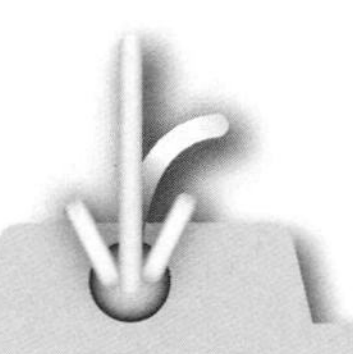

La mère : Les enfants, **lavez-vous** les mains avant de passer à table !

母親：　孩子們，上桌前去洗手！

Les enfants : Ça y est ! On a faim, on peut manger ?

孩子們：　洗好了！我們肚子餓了，可以吃了嗎？

代動

Se marier (avec) 結婚

直陳式（Indicatif）

現在時（Présent）

Je me	marie	Nous nous	marions
Tu te	maries	Vous vous	mariez
Il / Elle se	marie	Ils / Elles se	marient

過去未完成時（Imparfait）

Je me	mariais	Nous nous	mariions
Tu te	mariais	Vous vous	mariiez
Il / Elle se	mariait	Ils / Elles se	mariaient

複合過去時（Passé composé）

Je me suis	marié(e)	Nous nous sommes	marié(e)s
Tu t'es	marié(e)	Vous vous êtes	marié(e)s
Il s'est Elle s'est	marié mariée	Ils se sont Elles se sont	mariés mariées

簡單未來時（Futur simple）

Je me	marierai	Nous nous	marierons
Tu te	marieras	Vous vous	marierez
Il / Elle se	mariera	Ils / Elles se	marieront

命令式（Impératif）

現在時（Présent）

Marie-toi
Marions-nous
Mariez-vous

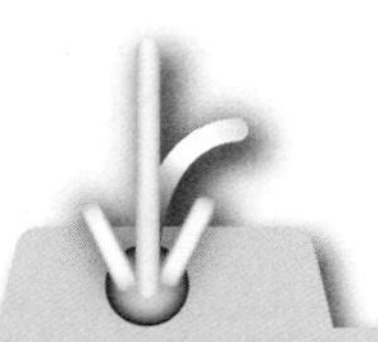

Suzanne : Quand est-ce que **nous nous marierons** ?
我們什麼時候結婚？

Martin : Comme tu voudras !
看妳的意思！

代動

S'occuper (de) 照顧

直陳式（Indicatif）

現在時（Présent）

Je m'	occupe	Nous nous	occupons
Tu t'	occupes	Vous vous	occupez
Il / Elle s'	occupe	Ils / Elles s'	occupent

過去未完成時 （Imparfait）

Je m'	occupais	Nous nous	occupions
Tu t'	occupais	Vous vous	occupiez
Il / Elle s'	occupait	Ils / Elles s'	occupaient

複合過去時（Passé composé）

Je me suis	occupé(e)	Nous nous sommes	occupé(e)s
Tu t'es	occupé(e)	Vous vous êtes	occupé(e)s
Il s'est Elle s'est	occupé occupée	Ils se sont Elles se sont	occupés occupées

簡單未來時（Futur simple）

Je m'	occuperai	Nous nous	occuperons
Tu t'	occuperas	Vous vous	occuperez
Il / Elle s'	occupera	Ils / Elles s'	occuperont

命令式（Impératif）

現在時（Présent）

Occupe-toi
Occupons-nous
Occupez-vous

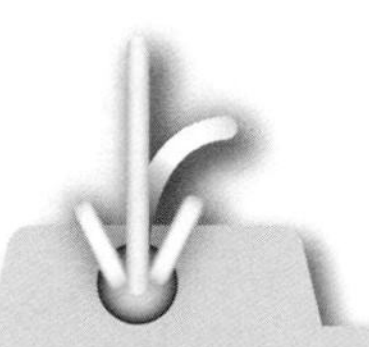

La secrétaire : Pourriez-vous attendre un peu ? **Nous nous occuperons** de vous dans un quart d'heure.

女祕書： 是否可以請您等一下？我們 15 分鐘（一刻鐘）後就負責您的事情。

Le client : Pas de problème, merci.

男顧客： 沒問題，謝謝您。

Se promener 散步

直陳式（Indicatif）

現在時（Présent）

Je me	promène	Nous nous	promenons
Tu te	promènes	Vous vous	promenez
Il / Elle se	promène	Ils / Elles se	promènent

過去未完成時（Imparfait）

Je me	promenais	Nous nous	promenions
Tu te	promenais	Vous vous	promeniez
Il / Elle se	promenait	Ils / Elles se	promenaient

複合過去時（Passé composé）

Je me suis	promené(e)	Nous nous sommes	promené(e)s
Tu t'es	promené(e)	Vous vous êtes	promené(e)s
Il s'est Elle s'est	promené promenée	Ils se sont Elles se sont	promenés promenées

簡單未來時（Futur simple）

Je me	promènerai	Nous nous	promènerons
Tu te	promèneras	Vous vous	promènerez
Il / Elle se	promènera	Ils / Elles se	promèneront

命令式（Impératif）

現在時（Présent）

Promène-toi
Promenons-nous
Promenez-vous

對話

Stéphanie : Avant, **je me promenais** souvent après le repas. Et toi ?
以前我常常飯後去散步。妳呢？

Brigitte : Moi aussi, mais maintent, on reste collés à nos portables.
我也是，但現在，我們都離不開手機。

代動

Se réveiller 醒來

直陳式（Indicatif）

現在時（Présent）

Je me	réveille	Nous nous	réveillons
Tu te	réveilles	Vous vous	réveillez
Il / Elle se	réveille	Ils / Elles se	réveillent

過去未完成時（Imparfait）

Je me	réveillais	Nous nous	réveillions
Tu te	réveillais	Vous vous	réveilliez
Il / Elle se	réveillait	Ils / Elles se	réveillaient

複合過去時（Passé composé）

Je me suis	réveillé(e)	Nous nous sommes	réveillé(e)s
Tu t'es	réveillé(e)	Vous vous êtes	réveillé(e)s
Il s'est Elle s'est	réveillé réveillée	Ils se sont Elles se sont	réveillés réveillées

簡單未來時（Futur simple）

Je me	réveillerai	Nous nous	réveillerons
Tu te	réveilleras	Vous vous	réveillerez
Il / Elle se	réveillera	Ils / Elles se	réveilleront

命令式（Impératif）

現在時（Présent）

Réveille-toi
Réveillons-nous
Réveillez-vous

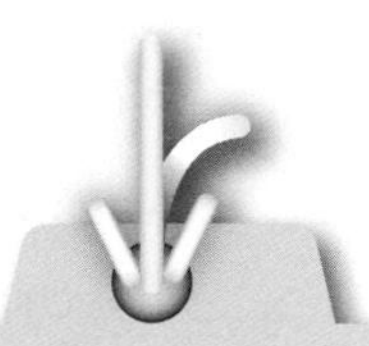

La sœur : **Réveille-toi**, sinon tu vas rater ton train.
姊姊：　你醒醒，不然會搭不上火車。

Le frère : Laisse-moi dormir encore un peu.
弟弟：　讓我再睡一會兒。

代動

Se reposer 休息

直陳式（Indicatif）

現在時（Présent）

Je me	repose	Nous nous	reposons
Tu te	reposes	Vous vous	reposez
Il / Elle se	repose	Ils / Elles se	reposent

過去未完成時（Imparfait）

Je me	reposais	Nous nous	reposions
Tu te	reposais	Vous vous	reposiez
Il / Elle se	reposait	Ils / Elles se	reposaient

複合過去時（Passé composé）

Je me suis	reposé(e)	Nous nous sommes	reposé(e)s
Tu t'es	reposé(e)	Vous vous êtes	reposé(e)s
Il s'est Elle s'est	reposé reposée	Ils se sont Elles se sont	reposés reposées

簡單未來時（Futur simple）

Je me	reposerai	Nous nous	reposerons
Tu te	reposeras	Vous vous	reposerez
Il / Elle se	reposera	Ils / Elles se	reposeront

命令式（Impératif）

現在時（Présent）

Repose-toi
Reposons-nous
Reposez-vous

Gilles : Hier après-midi j'ai fait une bonne sieste, **je me suis** bien **reposé**.

昨天下午我睡了一個很棒的午覺，有充分地休息了。

Laurent : Tant mieux, tu seras en forme pour mieux travailler ce soir.

那就好，晚上你就能精神飽滿把工作做得更好。

Se servir (de) 使用

直陳式（Indicatif）

現在時（Présent）

Je me	sers	Nous nous	servons
Tu te	sers	Vous vous	servez
Il / Elle se	sert	Ils / Elles se	servent

過去未完成時（Imparfait)

Je me	servais	Nous nous	servions
Tu te	servais	Vous vous	serviez
Il / Elle se	servait	Ils / Elles se	servaient

複合過去時（Passé composé)

Je me suis	servi(e)	Nous nous sommes	servi(e)s
Tu t'es	servi(e)	Vous vous êtes	servi(e)s
Il s'est Elle s'est	servi servie	Ils se sont Elles se sont	servis servies

簡單未來時（Futur simple)

Je me	servirai	Nous nous	servirons
Tu te	serviras	Vous vous	servirez
Il / Elle se	servira	Ils / Elles se	serviront

命令式（Impératif）

現在時（Présent）

Sers-toi
Servons-nous
Servez-vous

Mme Leroux : **Servez-vous**, prenez tout ce qui vous plaît.
你們請用吧，拿所有你們喜歡吃的東西。

Lise : Merci, **je me suis servie** trois fois. Que c'était bon !
謝謝，我拿了三次。真好吃！

Se souvenir (de) 回憶

直陳式（Indicatif）

現在時（Présent）

Je me	souviens	Nous nous	souvenons
Tu te	souviens	Vous vous	souvenez
Il / Elle se	souvient	Ils / Elles se	souviennent

過去未完成時（Imparfait）

Je me	souvenais	Nous nous	souvenions
Tu te	souvenais	Vous vous	souveniez
Il / Elle se	souvenait	Ils / Elles se	souvenaient

複合過去時（Passé composé）

Je me suis	souvenu(e)	Nous nous sommes	souvenu(e)s
Tu t'es	souvenu(e)	Vous vous êtes	souvenu(e)s
Il s'est Elle s'est	souvenu souvenue	Ils se sont Elles se sont	souvenus souvenues

簡單未來時（Futur simple）

Je me	souviendrai	Nous nous	souviendrons
Tu te	souviendras	Vous vous	souviendrez
Il / Elle se	souviendra	Ils / Elles se	souviendront

命令式（Impératif）

現在時（Présent）

Souviens-toi
Souvenons-nous
Souvenez-vous

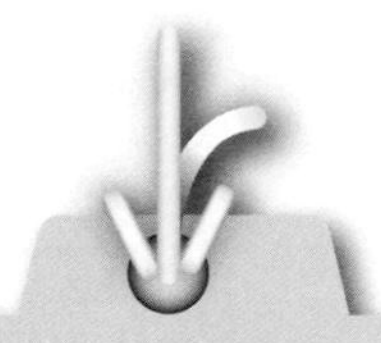

Thomas : Regardez cette photo, **vous vous souvenez** d'eux ?
你們看看這張相片，還記得他們嗎？

Patrick : Bien sûr, **je me souviens** très bien de ces garçons car on a fait des bêtises ensemble !
當然記得，我記得很清楚這些男生，因為當年我們一起做蠢事！

代動

Se taire 閉嘴

直陳式（Indicatif）

現在時（Présent）

Je me	tais	Nous nous	taisons
Tu te	tais	Vous vous	taisez
Il / Elle se	tait	Ils / Elles se	taisent

過去未完成時 （Imparfait）

Je me	taisais	Nous nous	taisions
Tu te	taisais	Vous vous	taisiez
Il / Elle se	taisait	Ils / Elles se	taisaient

複合過去時（Passé composé）

Je me suis	tu(e)	Nous nous sommes	tu(e)s
Tu t'es	tu(e)	Vous vous êtes	tu(e)s
Il s'est Elle s'est	tu tue	Ils se sont Elles se sont	tus tues

簡單未來時 （Futur simple）

Je me	tairai	Nous nous	tairons
Tu te	tairas	Vous vous	tairez
Il / Elle se	taira	Ils / Elles se	tairont

命令語式（Impératif）

現在時（Présent）

Tais-toi
Taisons-nous
Taisez-vous

M. Lepetit : Ces enfants sont insupportables, dis-leur de **se taire**.

Lepetit 先生：這些小孩真令人受不了，叫他們閉嘴。

Mme Legros : **Taisez-vous** ! Sinon vous n'aurez pas de goûter.

Legros 女士：　閉嘴！不然你們就沒有點心吃。

參考書目

1. Conjugaison, 350 exercices-1000 verbes à conjuguer, J. Bady, I. Greaves, A. Petetin, Hachette, 1997.

2. Grammaire , 350 exercices, Niveau débutant, J. Bady, I. Greaves, A. Petetin, Hachette, 1990.

3. Le bon usage, M. Grevisse, Duculot, 1980.

4. Grammaire expliquée du français (Niveau intermédiaire), S. Poisson-Quinton, R. Mimran, M. Mahéo-Le Coadic, CLE INTERNATIONAL, 2002.

5. Nouvelle Grammaire du Français, Y. Delatour, D. Jennepin, M. Léon-Dufour, B. Teyssier, Hachette, 2004.

6. Conjugaison, Yann Le Lay, Larousse, 1995.

國家圖書館出版品預行編目資料

法語動詞變化寶典 / 楊淑娟著
-- 初版 -- 臺北市：瑞蘭國際, 2023.09
552 面；17×23 公分 --（繽紛外語系列；122）
ISBN：978-626-7274-17-0（平裝）
1. CST：法語 2. CST：動詞

804.565 112003759

繽紛外語系列 122

法語動詞變化寶典

作者｜楊淑娟
責任編輯｜潘治婷、王愿琦
特約編輯｜陳媛
校對｜楊淑娟、林德祐、潘治婷、陳媛、王愿琦

封面設計｜劉麗雪
版型設計、內文排版｜陳如琪

瑞蘭國際出版
董事長｜張暖彗 · 社長兼總編輯｜王愿琦
編輯部
副總編輯｜葉仲芸 · 主編｜潘治婷
設計部主任｜陳如琪
業務部
經理｜楊米琪 · 主任｜林湲洵 · 組長｜張毓庭

出版社｜瑞蘭國際有限公司 · 地址｜台北市大安區安和路一段 104 號 7 樓之一
電話｜(02)2700-4625 · 傳真｜(02)2700-4622 · 訂購專線｜(02)2700-4625
劃撥帳號｜19914152 瑞蘭國際有限公司
瑞蘭國際網路書城｜www.genki-japan.com.tw

法律顧問｜海灣國際法律事務所　呂錦峯律師

總經銷｜聯合發行股份有限公司 · 電話｜(02)2917-8022、2917-8042
傳真｜(02)2915-6275、2915-7212 · 印刷｜科億印刷股份有限公司
出版日期｜2023 年 09 月初版 1 刷 · 定價｜680 元 · ISBN｜978-626-7274-17-0

本書採用環保大豆油墨印製

瑞蘭國際

瑞蘭國際